Corinna Kohfink

Küss keinen Frosch, denn es könnte ein Prinz sein

Sinnfee

Küss keinen Frosch, denn es könnte ein Prinz sein

Eva, 46, führt erfolgreich eine psychotherapeutische Praxis. Beruflich läuft alles rund, doch dem privaten Glück weicht sie aus. Ein Zufall spült ihr den geheimnisvollen Musiker und Kinderbuchautor Klaus Frosch über den Weg, der ihr nach einem denkwürdigen Abend einen ganz und gar nicht alltäglichen Vorschlag unterbreitet. Was als verlockender Deal beginnt, wirbelt Evas sorgfältig kontrollierte Welt zunehmend durcheinander. Ihre Beziehung zu ihm, die eigentlich überhaupt keine sein will, konfrontiert sie mit den Schatten ihrer Vergangenheit, über die sie seit dreißig Jahren nicht zu springen wagt.

Bei einer gemeinsamen Reise mit Freunden nach Korfu werden die Karten neu gemischt. Während sich die sechs Menschen unter dem griechischen Nachthimmel ihre Lebensgeschichten erzählen, muss sich Eva nicht nur zwischen zwei Männern entscheiden, sondern auch zwischen sicherer Unverbindlichkeit und dem Abenteuer Liebe ...

Corinna Kohfink, geboren 1966 in Esslingen am Neckar, ist – seit sie denken kann – ein Bücherwurm. Mittlerweile erfüllt sie sich ihren großen Lebenstraum und verbringt einen bedeutenden Teil ihrer Lebenszeit mit dem Schriftstellern. »Küss keinen Frosch, denn es könnte ein Prinz sein« ist ihr fünfter Roman.

Wenn sie nicht schreibt, coacht sie mit genauso viel Begeisterung Unternehmen und Privatpersonen in Sachen Kommunikation, moderner Führung, Persönlichkeitsförderung oder Team- und Organisationsentwicklung. Menschen zu bewegen, ist ihre Lebensmission, der sie mit beiden Standbeinen folgt.

Privat lebt sie mit ihrem ebenfalls schriftstellernden Mann in Pliezhausen im Großraum Stuttgart. Sie hat zwei erwachsene Söhne und zwei Zusatzsöhne. Lange Spaziergänge in der Natur, Tanzen und Musik hören, vor allem von deutschen Singer-Songwritern, sind neben dem Lesen ihre liebsten Freizeitaktivitäten.

Küss keinen Frosch,

denn es könnte ein Prinz sein

Ü40-Liebesroman mit heiteren und nachdenklichen Tönen

ISBN: 9798511932040
Imprint: Independently published

Erste Auflage

Verfasserin: Corinna Kohfink
Uhlandstraße 7, 72124 Pliezhausen
Kontakt: Corinna.kohfink@sinnfee.de, www.sinnfee.de
Covergestaltung: Constanze Kramer, www.coverboutique.de
Bildnachweise:
©robertdering, ©Eric Isselée, ©TeamDaf – stock.adobe.com
©Dean Drobot – shutterstock.com

Für alle, die felsenfest davon überzeugt sind, dass es nie zu spät ist – egal für was!

Ein Abend wie viele

– Anfang Juni –

Ungezügelte, verzweifelte Lust erfüllte den Raum. Japsend und immer noch bebend warf ich mich auf die Matratze und starrte mit weit aufgerissenen Augen an die Decke. Der Geruch von heißem Schweiß und sexueller Energie hing in der Luft. Draußen wütete die frühsommerliche Hitze ungebremst. Wie Saunadampf hatte sie sich über die Stadt gelegt und war in die Ritzen sämtlicher Häuser gekrochen. Doch nicht nur das brachte die Atmosphäre in meinem Schlafzimmer zum Brodeln. Vor allem war es der Mann, der neben mir lag und mit demselben Gesichtsausdruck wie ich die Zimmerdecke fixierte.

Seit vier Monaten ging das so. Ein wenig fühlte ich mich, als wäre ich – wie Bill Murray in »Und täglich grüßt das Murmeltier« – in einer Endlosschleife gefangen. In schönster Regelmäßigkeit fanden unsere Schlafzimmer-Treffen statt, nur dass der Sex jedes Mal neu und anders war. Atemberaubend. Intensiv. Freiheit pur.

Gedanklich schüttelte ich den Kopf. Mein sonst so ruhiges Dasein, bei dem ich sklavisch darauf achtete, dass es keine emotionale Schlagseite bekam, hatte sich seitdem ungewollt und unbemerkt verändert. Ich hatte mein Leben im Griff gehabt. Immer! Diesen Zustand hatte ich mir hart erarbeitet. Er war das Ergebnis schierer Willenskraft. Und auf einmal fragte ich mich, ob das hier nicht vollkommen aus dem Ruder geriet.

»Ich verschwinde jetzt«, ließ der Mann neben mir mitten in meine Grübeleien hinein verlauten, hauchte mir einen flüchtigen Kuss auf die Wange und schwang sich über die Bettkante.

»Ja, klar«, entgegnete ich nickend.

»Wann kommst du aus Menorca zurück? Soll ich dich vom Flughafen abholen?«

»Nein, danke, nicht nötig. Freunde von mir fliegen mit derselben Maschine heimwärts und bringen mich nach Hause.«

»Klingt gut. Sehen wir uns danach?«

Er klang so lässig. Alles an ihm klang immer so lässig. War er ein derart talentierter Schauspieler oder kannte er tatsächlich keine Zweifel? Dachte er, unser Deal könne ewig in dieser Form fortbestehen? Dieses ungute Gefühl, dass wir uns gewaltig was vormachten – hatte das wirklich nur ich?

»Ich melde mich«, gab ich bewusst knapp zurück, denn ich wollte ihn meine Verwirrung nicht spüren lassen.

»Okay. Viel Spaß und einen guten Flug! Ciao, Eva.« Die Gedanken schwirrten zu wild in meinem Kopf umher, um mehr als ein schwaches Nicken zuwege zu bringen.

Erleichtert atmete ich auf, als ich das Geräusch der zuklappenden Wohnungstür hörte. Weiter an die Decke starrend blieb ich liegen. Mit tiefen Atemzügen versuchte ich, mich zu beruhigen. Unwillig blies ich die Luft aus. Wie hatte ich es zulassen können, dass mein labiles Gleichgewicht, das ich bereits das komplette Erwachsenenleben lang hütete wie meinen größten Schatz, derart durcheinandergeraten war?

Beruflich lief alles perfekt, schon von jeher. Meine Praxis als Psychotherapeutin florierte. Ich hatte mir überregional einen Namen gemacht, und viele aus nah und fern, die ein großes oder kleines Trauma zu bewältigen hatten, kamen zu mir. Privat war ich mit ein paar guten Freunden gesegnet, die mir wichtig und echte Lieblingsmenschen waren, mit denen ich mein Leben und die gesammelten Erfahrungen teilte. Zumindest den Großteil davon, denn da gab es dieses eine Thema, über das ich seit meiner eigenen Therapie nie mit irgendwem gesprochen hatte.

Alles war in Balance, in einer fragilen Balance zwar, doch ich beherrschte den Alltag – und nicht umgekehrt.

Alles folgte seinem gewohnten Gang bis zu dem Tag, an dem mein Leben nach beinahe dreißig Jahren zum zweiten Mal eine ungestüme Wendung genommen hatte. Dem Tag, an dem mir jener Mann begegnete, der mit seinem unmoralischen Angebot heimtückisch und unmerklich meine mühsam austarierte Welt unterwandert hatte.

Ein Abend wie keiner

– Vier Monate zuvor –

Es machte mir nichts aus, Single zu sein. Beinahe lebenslanges Training hatte dafür gesorgt, dass ich mit diesem Zustand bestens zurechtkam. Und nicht nur das: Ich genoss ihn geradezu. Dennoch gab es Tage, an denen ich mir zumindest eine Freundin an meine Seite gewünscht hätte. Eine, die jederzeit für mich verfügbar war.

Bis vor eineinhalb Jahren hatte es die gegeben. Eine frühere Klientin von mir, die ich nach der Trennung von ihrem abtrünnigen Ehemann therapiert hatte, war zu einer wunderbaren, hochgeschätzten Freundin geworden, und wir hatten unser Single-Leben mit gemeinsamen Aktivitäten gefüllt. Dann hatte sie sich verliebt, was ich ihr zweifellos von Herzen gönnte, zumal ihr Weg zu ihrer großen Liebe alles andere als einfach gewesen war. Doch seit Laura und Mark ein Paar waren, verbrachten wir logischerweise weniger Zeit miteinander. Ich vermisste die spontanen Treffen mit Gesprächen über Gott und die Welt, die wir per Zuruf verabreden konnten. Oftmals hatten wir beieinander übernachtet, sodass es am nächsten Tag eine willkommene Fortsetzung des Zusammenseins gegeben hatte. Unsere Mädels-Abende fanden zwar auch heute noch statt, allerdings nicht mit derselben Frequenz wie zu ihren Single-Zeiten und vor allem eher geplant als aus einer plötzlichen Laune heraus.

Eigentlich gab es keinen Grund, zu klagen. Oft nahmen mich Laura und Mark zu Unternehmungen mit, und regelmäßig waren auch Tammy, meine zweite enge Freundin, und ihr Mann Jonas dabei. Diese beiden kannte ich seit einer zwanzig Jahre zurückliegenden Neuseeland-Reise. Da die Welt bekanntlich klein war und mitunter voller verrückter Zufälle steckte, waren Tammy und Jonas obendrein Marks Nachbarn. Über die zwei hatte ich ihn bereits vor langer Zeit kennengelernt. Als mir Laura dann ihr Herz ausgeschüttet und von ihrer Liebe zu ihrem Chef berichtet hatte, wäre ich niemals auf die Idee gekommen, dass es sich um ein und denselben Mann handeln könnte. Diese merkwürdigen Verwicklungen hatten dazu geführt, dass wir heute alle fünf befreundet waren.

Von derart fantastischen Menschen umgeben zu sein, empfand ich als ein großes Geschenk. Nie gaben sie mir das Gefühl, das fünfte Rad am Wagen zu sein. Aber dennoch fehlte mir eine Single-Freundin mit ähnlichen Interessen und Lust auf gemeinsame Aktivitäten.

An jenem Samstag Anfang Februar stand wieder einer der Abende an, an denen ich allein durch Tübingen strich auf der Suche nach Ablenkung, Unterhaltung und etwas, was die Leere des Wochenendes zu füllen vermochte. Ich ahnte nicht, dass mir ein verwunschener

Frosch über den Weg hüpfen würde, der mein Leben gehörig aus dem Takt bringen sollte.

Aus einer Kneipe erschallte der Klang von Livemusik. Neugierig trat ich näher. Ein paar Atemzüge lang blieb ich vor der Tür stehen und lauschte. Die wohlige Stimme des Sängers verursachte ein angenehmes Kribbeln in meinem Bauchraum, und ich beschloss, mir die Location von innen zu besehen. Ein einzelner Barhocker an der Theke, die auf der rechten Seite Richtung Bühne ausgerichtet war, stand frei und einladend da. Der Aufsteller neben dem Podium verriet mir, dass die Band, die musikalisch zugange war, »Best of Frogs« hieß. Der Name brachte mich zum Schmunzeln, zumal der Gesang rein gar nichts von Fröschen hatte. Sie coverten, und das taten sie verdammt gut.

»No woman, No cry« erklang in einer traumhaften Version. Die warme, tiefe und unfassbar weiche Stimme des Mannes am Mikrofon ließ mich dahinschmelzen. Ich schloss verzückt die Augen und gab mich der Musik hin. Sanft schwankte ich mit dem Oberkörper im Rhythmus der leisen Beats und kam mir vor wie ein Baby, das liebevoll in den Armen seiner Mutter geschaukelt wird.

Erst als der Song ein paar Sekunden verklungen war und das Publikum frenetisch applaudierte, öffnete ich die Augen, um die Band genauer zu betrachten. Überrascht stellte ich fest, dass mich der Sänger und Gitarrist auf eine unergründliche Weise musterte. Der Raum war prall gefüllt mit Menschen, und doch war ich es, der er seine Aufmerksamkeit widmete – mit einem Blick, der mein Herz zum Rasen brachte. Nicht, weil er flirtend oder herausfordernd gewesen wäre, sondern weil ich mich unter diesem Blick auf eine unbeschreibliche Art durchschaut fühlte. Als würde er hinter die Fassade spähen, die ich sorgsam errichtet hatte. Ich kam mir nackt vor, seelisch nackt. Sonst war ich es, die versuchte, ihren Mitmenschen in die Seele zu schauen. Außerhalb meiner durchlebten Therapie war mir noch nie jemand begegnet, der das bei mir getan hatte. Ungefragt, ohne Erlaubnis und ohne erkennbaren Grund.

Ich wusste nicht, ob ich wütend oder fasziniert sein sollte. Mein Inneres verharrte in Schockstarre. Wie ein hypnotisiertes Kaninchen die Schlange starrte ich den Fremden an.

Und das Kaninchen nahm wahr, wie er sich umdrehte und dem Pianisten etwas zuflüsterte. Als die ersten Akkorde der nächsten Darbietung erklangen, entglitt mir der Rest meiner noch bruchstückhaft vorhandenen Fassung. Sie spielten einen, im Vergleich zu den ansonsten sensationellen Erfolgen seines Schöpfers, eher unbekannten Song. Nichts, was ausufernd im Radio lief, dennoch erkannte ich ihn sofort.

Ich war ein riesiger Fan von Nico Santos, liebte die Variabilität seiner Musik – das Energetische, Kraftvolle genauso wie das Leise, Zarte. Auch wenn der Titel noch nicht lange veröffentlicht war, hatte ich ihn seitdem rauf- und runtergehört. Er war zu meiner Hymne geworden, zur Brücke in meine Seele. Dieser melancholische Song linderte den Schmerz eine Winzigkeit, dass ich seit dreißig Jahren nicht in meinen Schuhen lief, sondern in denen zweier Menschen, die für immer jung geblieben waren.

Als das erste Mal »I still walk in your shoes«[1] erklang, rannen mir lautlose Tränen die Wangen hinunter, und mein Blick krallte sich an dem Fremden fest, dessen Gesang den Raum erfüllte und der nur für mich zu singen schien. Nachdem der letzte leise Piano-Ton und jedes ergriffene Klatschen verklungen waren, beugte er sich vor und verkündete mit seiner sonoren Stimme: »Nehmt euch einen Moment, der Menschen zu gedenken, die nicht mehr bei euch sind. Wir machen eine Pause.«

Er stellte die Gitarre ab, nickte den Bandkollegen zu und kam geradewegs in meine Richtung. Starr vor Schreck, vor Verwirrung und vor überbordenden Emotionen beobachtete ich sein Näherkommen und fragte mich, ob das alles überhaupt real war oder ob ich mich in einen surrealen Traum verirrt hatte.

»Für dich ist Musik auch ein Zufluchtsort«, erklärte er, nachdem er vor mir stehengeblieben war, als sei es das Selbstverständlichste auf der Welt, einer Wildfremden mit einer derartigen Analyse gegenüberzutreten.

Ich fühlte mich überrumpelt und fixierte ihn wortlos.

»Und du weißt, wovon ›Walk in your Shoes‹ handelt.« Seine Betonung von »du weißt« ließ keinen Zweifel daran, dass er damit nicht nur meinte, dass ich die

---

1 Ich laufe noch immer in deinen Schuhen.

Bedeutung des Textes verstand. Es schien, als wisse er, dass ich ihn tagtäglich erlebte. Mein Blick begegnete ihm immer noch ohne gesprochene Sprache.

Er lachte auf. »Lass uns erst mal mit einer alltäglicheren Begrüßung starten. Ich bin Klaus. Wie heißt du?«

»Eva.« Einsilbigkeit lag sonst nicht in meinem Wesen, doch im Moment war ich lediglich eines: überfordert!

»Mich interessieren Geschichten – vielleicht weil ich Kinderbuchautor bin. Und deine Geschichte, Eva, würde ich gerne kennenlernen. Unser Konzert dauert bis zehn Uhr. Hast du danach Lust, mit mir eine Plauderstunde zu veranstalten?«

»Warum? Suchst du noch die Handlung für dein nächstes Projekt? Dachtest du, ein kleiner, rothaariger, weiblicher Kobold könnte dafür das Richtige sein?« Ich feierte gedanklich die Rückkehr meines Sprechvermögens.

Amüsiert antwortete er: »Du bist gar nicht so weit von der Wahrheit entfernt, ich schreibe über Wichtel.«

»Nein, die Bezeichnung ›Wichtel‹ gefällt mir nicht. Wenn ich kein Kobold sein darf, dann mag ich auch nicht in einer deiner Geschichten vorkommen.«

»Okay, lass uns darüber noch mal verhandeln. Also, hast du Lust und Zeit?« Belustigt sah er mich an – mit einer Miene, die eine Abfuhr nicht ernsthaft in Betracht zog.

Grinsend schüttelte ich den Kopf, bevor ich zustimmte: »Ja, können wir gerne machen.«

»Von widersprüchlichen Signalen hast du wohl noch nie was gehört? Kopfschütteln in Verbindung mit einem Ja ist ein wenig verwirrend.«

Ein spontanes Lachen in mir fand den Weg nach draußen. »Prinzipiell hast du recht. Aber da dir das nichts auszumachen scheint, lasse ich mir deswegen kein schlechtes Gewissen wachsen.«

Er zwinkerte mir zu und kehrte auf die Bühne zurück. Den Rest des Konzerts ließ ich mich von seiner Stimme umarmen, ohne darüber nachzudenken, was es mit dieser merkwürdigen Begegnung auf sich hatte.

Nachdem die Band ihren Auftritt beendet und das Equipment verstaut hatte, leerte sich die Bar sichtlich. Einige Tische wurden frei und der Geräuschpegel sank. Ich zog von meinem Barhocker an einen Zweiertisch um und wartete mit gemischten Gefühlen auf Klaus. Mir war nicht klar, warum er mich angesprochen hatte. Es fühlte sich weder nach einem Flirt noch nach einer Aufreißermasche an. Komischerweise hatte ich ein Gespür dafür, was es nicht war. Trotzdem konnte ich nicht greifen, was es stattdessen war.

Eine Viertelstunde später gesellte er sich zu mir, und ich beschloss, die leisen Fragen laut werden zu lassen. »Warum hast du mich angesprochen?«

»Ich weiß es nicht.«

»Hey, du wirst ja wohl irgendeinen Grund gehabt haben.«

»Brauchst du immer einen Grund für das, was du tust?«

»Touché!«

»Ich habe dich angesprochen, weil ich das Gefühl hatte, es wäre richtig, es zu tun. Und du? Warum bist du in diese Bar gekommen?«

»Brauchst du immer einen Grund für das, was du tust?«, gab ich lachend zurück. »Ich habe die Musik gehört und deine Stimme hat mich berührt. Also bin ich ihr gefolgt.«

Klaus nickte, wie wenn ich lediglich das ohnehin Offensichtliche ausgesprochen hätte. »Und lass mich raten: Am Samstagabend bist du allein, weil all deine Freundinnen liiert sind. Das Alleinsein am Wochenende nervt dich zwar, aber gleichzeitig willst du keinen Mann in deinem Leben haben.«

Fassungslos starrte ich ihn an. Was veranstaltete er da? Niemand konnte mich lesen. Nicht einmal meine Freundinnen ahnten, was in mir vorging. Ich spürte, dass sie darüber rätselten, ob ich den Richtigen noch nicht gefunden hatte oder ob ich meine Unabhängigkeit bewahren wollte. Und jetzt saß mir dieser Wildfremde gegenüber, der von mir nichts weiter wusste als meinen Vornamen, und ging ehrlicher mit meiner persönlichen Wahrheit um als ich selbst.

»Bevor du mich fragst, woher ich das weiß ... Nein, ich bin kein heimlicher Stalker und habe dich nicht verfolgt. Aber ich spüre es, wenn ich bei einem Menschen in einen Spiegel schaue, wenn mir eine Seele begegnet, die tickt wie meine. Was ich über dich behauptet habe, trifft genauso auf mich zu. Also zumindest fast.« Ein verwegener Ausdruck kaperte sein Gesicht. »Bei mir geht es nicht darum, dass ich keinen Mann in meinem Leben haben will – das ergibt sich schon aus meiner heterosexuellen Orientierung –, sondern darum, dass ich keine feste Beziehung mit einer Frau führen will. Allerdings machen mir meine Berufe die Freizeitgestaltung leicht. Als Berufsmusiker und Kinderbuchautor stelle ich in aller Regel unter der Woche das Schreiben in den Vordergrund und am Wochenende das Musizieren. Dadurch habe ich den Luxus, mir kein Wochenendprogramm ausdenken zu müssen.«

»Warum willst du keine Frau in deinem Leben haben?«, fragte ich, als wäre es normal, eine derart persönliche Frage an mein Gegenüber zu adressieren.

»Ich bin geschieden«, erklärte er achselzuckend. »Mit Beziehungen scheint es nicht gut zu klappen bei mir, also ziehe ich als zufriedener Single durch die Welt, immer auf der Suche nach neuen inspirierenden Kontakten. Ich habe zwei erwachsene Kinder, eine Tochter und einen Sohn, und in einem halben Jahr werde ich Opa. Wenn ich meinem Dasein ein Etikett aufkleben müsste, würde ich es ›heitere Fülle‹ nennen, obwohl das die wenigen glücklich Verheirateten in meinem Umfeld nicht nachvollziehen können.«

Ich nickte und fühlte mich wunderbar leicht, verstanden und frei von jeder Erklärungsnot. Ich hätte nicht sagen können, wie oft mir Sätze begegnet waren wie

»Du findest schon noch den Richtigen«. Um mich auf keine ausgiebige Diskussion einzulassen, hatte ich stets zustimmend genickt. Warum kam niemand auf die Idee, dass ich den Richtigen gar nicht finden *wollte*? Mein Leben war sicher, so wie es war, und Unsicherheit hatte ich genug erlebt – in jeder neuen Beziehung, die ich gestartet hatte, um das schlechte Gewissen mir selbst gegenüber zu besänftigen.

Nun war ich bereits eine Zeit lang Single und damit ging es mir gut. Zugegeben: Die körperliche Nähe fehlte mir. Küssen, gehalten werden, die Wärme eines anderen Menschen zu spüren, seinen Geruch einzuatmen, Sex ... Um auf all das zu verzichten, fühlte ich mich mit sechsundvierzig eindeutig zu jung. Andererseits war ich nicht der Typ für One-Night-Stands. Vertrauen, Verbundenheit und Respekt waren bei mir unerlässliche Zutaten für das Zulassen von Intimität. Aus diesem Grund hatte ich es ja mit zahlreichen halbherzigen Beziehungsversuchen probiert, die ich jedes Mal beendet hatte, wenn es zu ernst zu werden drohte.

Um mich von meinen unpassenden Gedankengängen abzubringen, lenkte ich das Gespräch auf entspanntes Terrain. »Wenn du bald Opa wirst, kannst du dir als Kinderbuchautor ja exklusiv für dein Enkelkind Geschichten ausdenken. Ich hätte da eine Idee ...«

»Ich weiß: der kleine, rothaarige, weibliche Kobold namens Eva. Ich werde darüber nachdenken.«

»Klingt immerhin schon besser als vorhin. Was ist mit deinen Wichteln? Was schreibst du?«

»Ich schreibe über ›Wichtige Wichteleien‹. Das ist eine Serie, die von einem Wichtel-Paar handelt, Feodora und Fritzchen. In jedem Buch helfen sie einem Kind, das Unterstützung braucht – egal, ob es um einen verloren gegangenen Teddy, ein entlaufenes Meerschweinchen oder einen Streit mit den Eltern geht. Die beiden springen ihm mit Rat und Tat zur Seite. Wenn der Vollmond scheint, stellen sie sich im Wald auf eine Lichtung und warten darauf, dass Sternenglitzer hinabfällt, der ihnen eine neue Aufgabe bei einem Kind in Nöten stellt.«

Lächelnd betrachtete ich ihn. »Das klingt schön. Eine solche Geschichte hätte ich gerne gelesen, als ich klein war.« Oder vorgelesen bekommen. Leo hatte mir oft Bücher vorgelesen. Er war stolz gewesen, der Große zu sein und etwas zu beherrschen, wofür ich ihn aus tiefstem Herzen bewunderte. Heftig schluckte ich gegen die aufsteigenden Bilder an und drückte sie mit all meiner Kraft zurück. Ablenkung war angesagt!

»Warum heißt ihr ›Best of Frogs‹? Ihr hört euch nicht gerade wie Frösche an.«

»Kannst du dir das nicht denken?«, fragte er und zwinkerte mir schelmisch zu.

Ich zuckte mit den Achseln. »Würde ich dann fragen? Okay, erster Versuch: Ihr habt euch in einer mondbeschienenen Nacht an einem See getroffen und versucht, besser als die Frösche zu quaken.«

Klaus lachte. »Gute Idee. Nächster Versuch!«

»Lass mal sehen ... Ihr wart ursprünglich eine Karnevalsband und habt euch als Frösche verkleidet.«

Ein Kopfschütteln folgte.

»Eines eurer Bandmitglieder hat den Lieblingsspruch: ›Sei kein Frosch!‹, und der Rest dachte: ›Wieso eigentlich nicht?‹.«

»Das ist zwar alles kreativ, aber dennoch falsch. Wir haben zwei Frösche in der Band.«

»Zwei Frösche? Wie jetzt? Wetterfrösche, also Meteorologen, oder habt ihr echte Frösche als Maskottchen?«

»Noch mal kreativ und noch mal falsch. Ich bin Klaus Frosch. Der Mann am Piano ist mein Bruder Matthias.« Belustigt schenkte er mir einen tiefen Blick, der trotz der Heiterkeit direkt in meine Seele sah. »Jetzt weißt du eine ganze Menge über mich. Revanche, bitte! Was arbeitest du?«

»Gut, du bekommst deine Revanche. Kannst du dir das nicht denken?«

Er musterte mich amüsiert. »Ich bin mir sicher, dass ich besser im Raten bin als du. Auf jeden Fall was Soziales. Sozialpädagogin, Therapeutin in irgendeiner Form, Ergo-Therapie, Logopädie oder ... Warte, mein Bauch sagt: Psychologin.«

Warum wunderte mich das nicht? Es schien, als könne Klaus genauso gut unter einem schönen Namen wie Madame Kassiopeia sein Geld mit dem Hellsehen verdienen. »Wieso glaubst du das?«

»Menschen, die gewaltige Rucksäcke mit sich herumschleppen, machen häufig was Soziales. Und Psychologin passt zu dir.«

Die nächste folgerichtige Frage, wie er auf die Idee mit den Rucksäcken kam, schenkte ich mir. Ich brauchte dringend sicheres Terrain. »Ich bin Psychotherapeutin und habe eine eigene Praxis hier in Tübingen. Spezialisiert bin ich auf Traumata und auf die Begleitung in Lebenskrisen.«

Ein weiterer Blick, der meine Seele scannte, traf und verschreckte mich. Wortlos übermittelten seine Augen die Botschaft: *Anderen kannst du helfen, nur dir selbst nicht!* Wie oft hatte ich an diesem Punkt gehadert und Stoßgebete ausgesendet, dass sich das ändern möge. Doch bislang hatte mich das Schicksal nicht erhört.

Unser Gespräch folgte einem lebendigen Fluss, in dem sich gemächliche Passagen und wilde Stromschnellen abwechselten. Mal wurde es tief und persönlich, dann wieder heiter und leicht. Die Zeit strömte dahin, und als ich nach gefühlten Minuten auf die Armbanduhr sah, standen die Zeiger auf ein Uhr nachts, was mir die Augäpfel ungläubig hervorquellen ließ.

Während in der Bar erste zaghafte Aufräumarbeiten starteten, erkundigte sich Klaus scheinbar zusammenhanglos: »Hattest du schon mal eine Freundschaft plus?«

Mit zusammengekniffenen Augenbrauen studierte ich seine Miene. Wie bei allem, was er von sich gab, meinte er auch diese Frage ernst. Komischerweise stellte er sie auf eine derart unbekümmerte, beiläufige Weise, dass ich sie ihm weder verübeln noch als unangemessen empfinden konnte. Kein anderer hätte sie mir stellen dürfen, doch bei ihm bewegten sich selbst die absonderlichsten Dinge außerhalb jedweder Peinlichkeit. Vorhin hatte ich sogar den Impuls verspürt, nachzuhaken, wie er es angesichts seines erfüllten Single-Daseins mit dem Sex hielte. Sonst wäre das ein völliges No-Go für mich.

»Nein«, antwortete ich und sah ihm, fasziniert über das, was sich zwischen uns ereignete, in die Augen.

»Hättest du Lust, es auszuprobieren?«, schob er hinterher.

Spannende Frage! Hätte ich? Und ich machte mir nichts vor im Hinblick auf die Frage dahinter: Hätte ich Lust, es *mit ihm* auszuprobieren? Ich betrachtete ihn nachdenklich. In seiner Nähe fühlte ich mich so sicher wie im sprichwörtlichen Schoß Abrahams. Seine Blicke signalisierten mir Vertrauenswürdigkeit pur und seine Stimme – egal ob er sang oder sprach – vermittelte mir ein intensives Wohlgefühl. Er strahlte Tiefe aus, und ich genoss es, mit ihm zu reden. Freundschaft? Gerne! Zeit, mit ihm zu verbringen, seinen Konzerten zu lauschen, gemeinsame Unternehmungen zu starten, das klang über alle Maßen verlockend. Noch nie hatte ich zu einem fremden Menschen nach einer kurzen Begegnung eine ähnliche Verbundenheit verspürt wie bei ihm.

Und wie verhielt es sich mit dem Plus? Ich fühlte mich auf jeden Fall zu ihm hingezogen. Er hatte die Art ungekünstelter Ausstrahlung, die ich an Männern mochte. Das graumelierte, füllige Haar, das in Wellen aus der Stirn gekämmt war, lud zum Verwuscheln ein, und der gepflegte Vollbart verlieh ihm etwas Gemütliches. Er hatte feingliedrige Hände, und ich fragte mich, wie sie sich auf meiner Haut anfühlen würden. Seine Gesichtszüge waren markant. Wie sie sich wohl veränderten, wenn sich Leidenschaft darin spiegelte und sich die faszinierenden graugrünen Augen lustvoll verdunkelten? Ich konnte selbst kaum glauben, was ich mir in diesem Moment zusammendachte. War das ich oder hatte man mich in ein Paralleluniversum katapultiert, um mich in eine andere Eva zu verwandeln?

Die Eva aus dem Paralleluniversum antwortete: »Das wäre mal ein neues Lebensmodell und ein spannendes Experiment obendrein. Warum nicht? Was ist mit dir? Hattest du schon mal eine Freundschaft plus?«

Klaus schüttelte den Kopf. »Nein. Aber deine Wortwahl *Experiment* gefällt mir. Mit Beziehungen bin ich gnadenlos gescheitert, One-Night-Stands sind nicht mein Ding, doch da treibt wohl ein kleiner, intelligenter, rothaariger Kobold sein Unwesen in mir und hat mir diese Idee beschert.«

Neugierig musterten wir uns. »Wie stellst du dir eine Freundschaft plus im Detail vor?«, wollte ich es genauer wissen.

»Ganz einfach: Alles miteinander zu tun, worauf beide Lust haben, egal was. Gespräche, gemeinsam verbrachte Zeit, Ausflüge, Urlaub, Sex – aber ohne einander verpflichtet zu sein. Eine Freundschaft, keine Beziehung, keine feste Bindung und vor allem keine Liebe. Kurz gesagt: Freundschaft ja, Liebe nein. Kein Klammern, keine Eifersucht, kein Muss, eine Welt voller *Dürfen*. Ein Maximum an Freiheit für beide Seiten. Wie klingt das?«

Ich atmete tief durch. War das nicht exakt das, was die Lösung für meine Probleme darstellte? Einem Mann freundschaftlich verbunden zu sein, ohne dass er mein Herz erobern wollte und mich damit unter Druck setzte. Kein Geklammere, kein permanent schlechtes Gewissen. Ein klarer Deal mit abgesteckten Grenzen statt unerfüllter und unerfüllbarer Erwartungen. Keine Rolle spielen müssen, sondern ganz ich sein. Frei sein, tun, was ich tun will, ohne mich dafür erklären zu müssen. Endlich wieder körperliche Nähe spüren, Berührungen, Zärtlichkeiten, Leidenschaft, Hingabe. Das klang himmlisch, verlockend, neue Räume öffnend. Oder war es ein Pakt mit dem Teufel, der nach meiner Seele griff? Ein weiteres Mal nahm ich einen tiefen Atemzug. Nein, das Angebot war ein Traum, und eine unglaubliche Anziehung zu Klaus hatte ich von der ersten Sekunde an gespürt.

Entschlossen sah ich ihn an. »Deal?«

»Deal!«

An diesem Abend war ich mit Klaus nach Hause gegangen, und der Rest der Nacht folgte seinem – so fühlte es sich jedenfalls an – naturgegebenen, vorherbestimmten Verlauf. Ohne Vorwarnung wurde ich in die Welt des wiederkehrenden Murmeltiers gebeamt, in der ich seit nunmehr vier Monaten merkte, wie sich Tag für Tag etwas in mir veränderte.

Kleine Murmeltier-Flucht nach Menorca

Das drückende Gefühl in meiner Brust hatte sich auch am Morgen nach Klaus' neuerlichem Zwischenstopp in meinem Schlafzimmer noch nicht verabschiedet. Glücklicherweise blieb mir keine Zeit, mich lange damit auseinanderzusetzen. Stattdessen schnappte ich mir nach einer schnellen Dusche den bereits am Vortag gepackten Koffer und kutschierte in einem Taxi zum Flughafen.

Als ich meinen Platz im Flugzeug ergattert hatte, das mich in knapp zwei Stunden nach Menorca bringen würde, ließ ich mich mit einem erleichterten Aufseufzen gegen die Rückenlehne sinken. Es würde guttun, für ein paar Tage dem pelzigen Alpenbewohner zu entkommen, dessen nahezu täglicher Gruß mich mehr und mehr verwirrte.

Die Freundschaft zwischen Klaus und mir war in den vergangenen Wochen beständig angeschwollen. Wir hatten uns unsere Lebensgeschichten erzählt – zumindest den Teil, den wir einander wissen lassen wollten. Wir waren durch Restaurants, Bars und Kneipen gestreift, hatten uns die Köpfe heiß diskutiert, Wanderungen unternommen und sowohl die Freizeit als auch den Arbeitsalltag miteinander geteilt. Klaus und seine Band coverten zwar voller Leidenschaft, aber daneben schrieben sie eigene Songs. Und immer, wenn ein neuer geboren war, spielte er ihn mir auf der Gitarre vor. Ich saß in diesen Momenten mit geschlossenen Augen bei ihm. Die fein perlenden Klänge, die sein wunderbares Gitarrenspiel hervorbrachte, und seine Stimme, die in mir die Illusion weckte, ein männlicher Engel spiele auf einer Wolke nur für mich, sickerten in mein Inneres wie nichts zuvor. Nach jedem gespielten Musikstück fühlte ich mich eine Winzigkeit heiler – wie eine Einbeinige, der man vorsichtig und unmerklich ein zweites Bein wachsen ließ.

Nur um zu verbergen, dass seine Songs perfekt waren, dass *er* perfekt war, wackelte ich nachdenklich mit dem Kopf und tat so, als müsse ich ausgiebig überlegen, was mir gefallen hat und was nicht. Auch bei seinen Kinderbüchern war ich zur Lektorin, zur ersten Zuhörerin und Ratgeberin avanciert. Umgekehrt sprach ich mit ihm über anonymisierte Geschichten von Klienten, die mich bewegten oder mir Rätsel aufgaben und bat um seine Meinung.

Als Klaus ein kleines Häuschen gesucht hatte, um von seiner Stadtwohnung weiter aufs Land zu ziehen, hatte ich ihn bei seinen Besichtigungstouren begleitet. Scherzend waren wir durch die Objekte gezogen und hatten vorgegeben, Zukunftspläne zu schmieden. Die Makler waren verzückt, was wir für ein glückliches Paar abgaben. Und genau da lag die Krux ...

Meine beiden Hände reichten nicht aus, um die Beziehungsversuche, die ich unternommen hatte, zu zählen. Die Sache mit Klaus war von einem

Beziehungsversuch weit entfernt, unser Deal war eindeutig. Dennoch fühlte es sich viel mehr danach an als alles, was ich je zuvor erlebt hatte. Eine Beziehung, ohne eine Beziehung zu führen. Auch die sonst allgegenwärtige Panik, vereinnahmt, verschlungen, unter Gefühlen begraben zu werden, blieb aus. Es war schließlich nur eine Freundschaft mit einem dicken Plus.

Allein das Plus ohne die Freundschaft wäre schon eine Offenbarung gewesen. Wir zelebrierten es, frei von Erwartungen des anderen zu sein, unserer Lust zu folgen, einander und uns selbst zu begegnen. Ganz ohne beschränkende Gedanken oder vorsichtige Rücksichtnahme auf ein imaginäres Kopfkino. Wir lebten, spürten, folgten unseren Instinkten, ließen uns fallen und erlebten eine sanfte Urgewalt, die zumindest mich vollständig in ihren Bann zog.

Hinterrücks hatte sich Klaus in mein Leben geschlichen und sich darin so breitgemacht, wie es keinem nach Oliver gelungen war. All das verstörte mich. Und genau wie es Bill Murray im Film erging, merkte ich, wie sich in mir eine Veränderung vollzog – heimlich, allmählich, auf leisen Pfoten daherschleichend.

Zunehmend stellte ich mir die Frage, ob sich Klaus nicht längst einen Platz in meinem Herzen erobert hatte, sozusagen durch die Hintertür. Mal ließ ich diesen Gedanken zu, mal verdrängte ich ihn in die Unfühlbarkeit.

Erneut seufzte ich und drückte mich tiefer in den Sitz. Ein Glück, dass ich endlich Abstand gewinnen konnte und meine Aufmerksamkeit von gänzlich anderen Ereignissen vereinnahmt werden würde!

Nachdem ich den Koffer vom Band gezogen hatte, der mir den Gefallen erwies, nicht lange auf sich warten zu lassen, bewegte ich mich voller Vorfreude Richtung Ausgang. Ich trat durch die Tür und ließ meine Blicke schweifen. Es dauerte nur eine Sekunde, bis ich eine über beide Backen strahlende und wild winkende Laura entdeckt hatte.

»Eva, wie schön, dass du da bist!«, rief sie mir begeistert entgegnen, bevor sie mich in eine Umarmung zog, die mich zu zerquetschen drohte.

»Hey, wenn du ein bisschen mehr drückst, bin ich gleich platt wie eine Flunder. Du brauchst mich noch, schon vergessen?«

Sie hob grinsend die Hände. »Wie konnte ich nur übersehen, dass ich dich frühestens nach den Feierlichkeiten erdrücken darf? Wobei: Notfalls kann Tammy für dich einspringen.«

Ich gab ihr einen spielerischen Klaps und schüttelte amüsiert den Kopf. Ich freute mich riesig, meine Freundin derart glücklich zu sehen. Mark und sie hatten vor wenigen Tagen in der Nähe von Reutlingen standesamtlich geheiratet. »Kurz und schmerzlos«, wie sie es formuliert hatten, um dem Gesetzgeber Genüge zu tun. Auch wenn Trauzeugen in Deutschland nicht mehr vorgeschrieben waren, hatten es sich die beiden gewünscht, dass Jonas und ich diese Rolle übernahmen. Die eigentlichen Feierlichkeiten mit Freunden, Familie und einer freien Trauung würden nun auf Menorca stattfinden. Marks Eltern lebten bereits Jahrzehnte auf dieser Insel in einer Finca, die, wenn ich Lauras Schilderungen Glauben schenken durfte, wohl eher eine Villa war. Die Zeremonie sollte direkt am Strand unterhalb des Anwesens abgehalten werden und die anschließende Hochzeitsfeier im Garten. Seit Monaten liefen die Planungen dafür, und in stundenlangen Sitzungen hatten Tammy, Jonas und ich gegrübelt, wie wir ein spannendes Rahmenprogramm auf die Beine stellen könnten.

»Tammy und Jonas hat Mark gestern vom Flughafen abgeholt. Die restlichen Gäste kommen morgen Mittag an. Marks Bruder Leon wird sie abholen. Wir haben also noch ein bisschen Zeit für uns im engsten Freundeskreis. Was hältst du davon, wenn wir zuerst dein Gepäck ins Hotel bringen und danach zur Finca fahren?«

»Klar. Klingt gut. Wie weit ist es denn?«

Laura lachte schallend los. »Das habe ich Mark damals auch gefragt, als wir das erste Mal geschäftlich hier waren. Irgendwie scheint es auf dieser Insel egal zu sein, wo man hinwill. Es ist immer ungefähr eine halbe Stunde Fahrzeit.«

Leise schmunzelte ich. Ich konnte mich genau erinnern, wie viel Panik Laura seinerzeit vor dieser Reise geschoben hatte. Mark war damals für sie noch ihr undurchdringlicher Chef gewesen, in den sie sich Hals über Kopf verliebt hatte, während er alles aufgefahren hatte, um seine Gefühle zu unterbinden. Offensichtlich war er damit nicht sonderlich erfolgreich gewesen, wie das bevorstehende Ereignis eindrücklich bewies.

Meine Gedanken absolvierten einen Schwenk zurück nach Deutschland. Was Klaus jetzt wohl trieb? Ich wusste, dass er heute Abend einen Gig in Stuttgart spielen würde. Und wie ich ihn kannte, saß er wahrscheinlich gerade über dem neuesten Abenteuer von Feodora und Fritzchen. Fünfzehn Episoden waren bereits auf dem Markt, und sie hatten sich als wahre Kassenschlager erwiesen. Die Kinder und ihre Eltern liebten die Geschichten, was auch an den liebevollen Illustrationen seines Freundes Georg lag. Klaus hatte mir ausgiebig von den schwierigen Anfangszeiten berichtet, von der mühevollen Suche nach einem Verleger und der schwer zu realisierenden Möglichkeit, mehrere Bände pro Jahr zu veröffentlichen. Doch irgendwann war seine Suche erfolgreich gewesen. Heute lachte sich der Verlag mit Sicherheit ins Fäustchen, dass er einen derartigen Coup an Land gezogen hatte.

Laura hatte mir angeboten, in Begleitung zur Hochzeit zu kommen. Ich hatte ihr von Klaus als gutem Freund erzählt – nur den Deal hatte ich außen vor gelassen. Tatsächlich hatte ich darüber nachgedacht, ihn um seine Gesellschaft zu bitten. Am Ende hatte mich das Gefühl, damit eine unsichtbare Grenze zu überschreiten, davon abgehalten. Ihn zu einem derart persönlichen Event mitzunehmen, hätte sich mehr nach Beziehung angefühlt, als ich zulassen wollte. Es reichte vollauf, dass ich mir Tag für Tag die Frage stellte, ob unser Abkommen womöglich nichts anderes war als ein gigantischer, phänomenaler Selbstbetrug. Ein Pakt mit versteckten Fallen, die ich in meiner Naivität übersehen hatte.

Während dieser Grübeleien zog die saftig-grüne menorquinische Landschaft an mir vorbei, die jetzt im Frühsommer von zahllosen bunten Farbtupfern durchsetzt war. Wie in Deutschland auch herrschte eine Bruthitze, die jedoch von einem sanften Wind gemildert wurde. Laura navigierte uns mit einem Lächeln, das in ihrem Gesicht festgetackert zu sein schien, über die wenig befahrenen Straßen, bis sie irgendwann über eine Schotterpiste holperte, die auf einem Hotelparkplatz endete.

Schwungvoll stieß sie die Tür auf, sprang heraus, breitete die Arme aus und verkündete: »Da wären wir.«

Bevor ich Gelegenheit hatte, die Umgebung genauer zu mustern, kam sie auf mich zugestürmt und ergriff meine Hand. »Komm, ich zeige dir die Aussicht. Das musst du dir anschauen!« Begeistert zog sie mich in Richtung einer Restaurant-Terrasse, die den Blick auf zwei Buchten gewährte. Ehrfürchtig staunend verharrte ich. Sie hatte nicht zu viel versprochen. Das Panorama war atemberaubend – Meer, Strände, Hügelketten, weiß getünchte Häuser und eine wohltuende Ruhe, die die Landschaft ausstrahlte. All das legte sich wie Balsam auf meine Seele.

Viel Zeit, diesen Wohlfühlmoment auf mich wirken zu lassen, erhielt ich nicht. Die Tür des angrenzenden Gebäudes öffnete sich und eine kleine, drahtige Spanierin kam in einem für ihr Alter unglaublichen Tempo auf uns zugerannt.

»Schöne Laura«, rief sie temperamentvoll aus, »du bist da mit Freundin.« Sie wandte sich mir zu und umarmte mich wie eine langjährige Bekannte. »Du bist Eva. Herzlich willkommen im Hotel de Maria!« Sie ergriff meine Hände, die sie lebhaft auf und ab schüttelte, während sie mir mit einem begeisterten Lächeln ins Gesicht schaute. »Komm, ich zeige Zimmer.«

Nach einem kurzen Zwischenstopp, bei dem ich lediglich den Koffer abgestellt und mich flüchtig erfrischt hatte, machten wir uns wieder auf den Weg, um zur Finca von Marks Eltern zu gelangen. Zehn Minuten später bogen wir in die Einfahrt eines herrschaftlichen Anwesens ein. Mehrere Steingebäude verteilten sich auf einem riesigen Areal. Linkerhand des geschotterten Parkplatzes stand ein großzügiges Natursteinhaus mit einer doppelflügeligen Holztür. Es sah nach einer Werkstatt aus. Geradeaus thronte ein imposantes Wohnhaus mit zahlreichen Fenstern, und im Hintergrund befand sich ein weiteres kleines Gebäude, das wie ein Gartenhaus wirkte. Sichtlich beeindruckt blieb ich stehen. Abermals hatte Laura nicht übertrieben. Das war eine Villa!

Staunend und tief in Gedanken versunken stand ich da, als sich die Tür zum Haupthaus öffnete. Wenn ich geglaubt hatte, Lauras Strahlen sei nicht zu toppen, wurde ich nun eines Besseren belehrt. Mark kam mir entgegen und sah so unfassbar glücklich aus, wie ich ihn noch nie gesehen hatte. Vor vielen Jahren hatte ich am Rande das Scheitern seiner ersten Ehe mitbekommen, und den Anblick seines traurigen, ernsten Gesichts hatte ich deutlich vor meinem inneren Auge. Davon war in diesem Augenblick nichts zu sehen. Er nahm mich schwungvoll in den Arm und drückte mich fast genauso fest wie seine frischgebackene Ehefrau zuvor.

»Wir freuen uns so sehr, dass du da bist, Eva!«, erklärte er euphorisch. »Komm, wir zeigen dir alles.«

In der nächsten Viertelstunde bekam ich eine ausgiebige Führung geboten, die mich tief beeindruckte. Mit einem versonnenen Lächeln blieb ich am Ende des Rundgangs im rückwärtigen Teil des Areals stehen, in dem sich der Poolbereich befand. Er gewährte eine unglaubliche Aussicht auf die Umgebung. Das Anwesen war auf einer Anhöhe angesiedelt, und der Blick öffnete sich auf einen breiten, in die Insel hineinragenden Meeresarm, dessen Wellen sanft am darunterliegenden Strand aufschlugen. Es musste ein Traum sein, hier leben zu dürfen. Von Laura wusste ich, dass Marks Vater Sven ein international erfolgreicher Fantasy-Autor war. Seine Mutter betätigte sich als spirituelle Lehrerin, die neben persönlichkeitsbildenden und entschleunigenden Kursen auch künstlerische Angebote im Programm hatte.

Angeregt durch meine Gedanken wandte ich mich an Mark. »Sind deine Eltern da? Ich bin extrem gespannt darauf, sie kennenzulernen.«

»Das kann ich mir denken«, lachte er. »Ich traue mich gar nicht, mir vorzustellen, was dir Laura alles von ihnen erzählt hat.«

»Nur Nettes«, betonte ich mit einem Schmunzeln. Von Laura wusste ich, dass Mark manchmal mit der direkten, ungeliebte Wahrheiten aussprechenden Art seiner Mutter haderte. Seinen Vater hatte sie mir als weltentrückt geschildert. Eine spannende Mischung, die ich mir unbedingt aus der Nähe anschauen wollte!

»Meine Eltern sind unterwegs, ein paar Besorgungen erledigen. Sie müssten innerhalb der nächsten halben Stunde wieder hier eintrudeln.«

»Schön. Ich freue mich auf sie. Hättet ihr was dagegen, wenn ich solange ein bisschen auf eigene Faust die Umgebung um das Anwesen herum erkunde? Ich würde gerne runter zum Wasser.«

»Tu das!«, entgegnete Laura. »Wir haben ohnehin noch einiges zu bewerkstelligen. Da hinten führt ein Trampelpfad zum Meer. Schon auf dem Weg hast du fantastische Ausblicke. Der Strand ist zwar klein und schmal, aber dafür ist es ein zauberhafter, stiller Ort, um Ruhe zu finden und nachzudenken.«

Zufrieden nickte ich. Laura hatte eins zu eins verstanden, was ich brauchte. Manchmal war sie mir unheimlich. Ihre Intuition kam vielleicht nicht so hellseherisch daher wie die von Klaus, doch in manchen Momenten machte sie ihm auf jeden Fall Konkurrenz.

Langsam stapfte ich den engen Weg bergabwärts. Das Gelände war übersäht mit Wurzeln der wild wuchernden Macchia-Vegetation. Ein bunter Mix der unterschiedlichsten Düfte stieg mir in die Nase. Es roch nach Salzwasser, undefinierbaren Kräutern und Blüten, deren Namen ich nicht kannte. Die ganze Umgebung strahlte Frieden aus. Ich war allein, keine Menschenseele in Sicht. Als ich den Strand erreicht hatte, wanderte ich ihn gemächlich ein Stück entlang. Am äußeren Ende, dort, wo sich ein paar leise Wellen kräuselten, hatte sich eine feine Salzkruste gebildet, die im Sonnenlicht glitzerte. Ich atmete tief durch und merkte, wie mit jedem Luftschwall, der die Urgewalt des Meeres zu beinhalten schien, mehr Energie zu mir zurückkehrte. Der Endlosschleifen-Film erschien mir weit, weit entfernt.

Die kleine Strandbucht endete an einer flachen Felsformation, die zum Sitzen einlud. Ich kletterte mit wenigen Schritten hinauf und ließ mich nieder. Von hier aus konnte ich in der Ferne das offene Meer entdecken und dem Verlauf des Meeresarms in beiden Richtungen mit den Blicken folgen. Meine Gedanken wanderten zurück in die Vergangenheit, bis zum letzten Familienurlaub, den wir gemeinsam gemacht hatten. Unsere Eltern waren mit uns nach Italien gefahren. Ich erinnerte mich, wie Leo protestiert hatte. Mit siebzehn noch mit Mutter, Vater und der jüngeren Schwester verreisen zu müssen, war ihm wie eine Zumutung erschienen. Aber als wir dort waren, hatte er es genossen, auch wenn er es nie zugegeben hätte. Stundenlang hatten wir nebeneinander im Sand gesessen, auf die Adria geschaut und zusammen geschwiegen oder uns unterhalten.

Leo liebte das Meer. Er war ein begeisterter Schwimmer und schwamm oft mit mir weit hinaus, bis uns ein besorgtes Winken unserer Eltern erreichte. »Meer ist Leben pur«, hatte er immer gesagt und sich laut lachend und johlend in die Wellen geworfen.

Nachdenklich wandte ich den Blick vom Wasser ab und betrachtete meine Schuhe. Welcher Anteil davon gehörte mir und welcher Anteil Leo und Oliver? Manchmal hatte ich das Gefühl, es würden Bleigewichte daran kleben. Und ich wusste nicht, ob es irgendwann einen Tag geben würde, an dem ich leichtfüßig in Schuhen, die ausschließlich die meinen waren, durch die Gegend springen könnte. Ein sarkastisches, falsches Auflachen zog über mein Gesicht. Die Wahrscheinlichkeit, sich mit bald siebenundvierzig Jahren Leichtfüßigkeit zurückzuerobern, ging vermutlich gegen null. Ich schüttelte mich, in der Hoffnung, dadurch einen Teil der Gewichte loswerden zu können.

Als ich den Blick zurück in die Bucht schweifen ließ, aus der ich gekommen war, bemerkte ich eine Frau, die sich mir langsam näherte. Ich hatte sie noch nie gesehen, und doch wusste ich auf der Stelle, dass das nur Lotte, Marks Mutter, sein konnte. Laura hatte mir von ihrer besonderen Ausstrahlung und dem Leuchten, das sie aussendete, berichtet. Ich hatte Laura damals ein wenig verwirrt angesehen, doch jetzt, in diesem Moment, verstand ich, was sie gemeint hatte.

Ein Lächeln schlich sich über mein Gesicht, als ich mich bei dem Gedanken ertappte, dass ich mir Feodora genau so vorstellte – im Gegensatz zu Lotte allerdings wichtelig klein. Je näher sie kam, desto besser konnte ich die Liebe erkennen, die in ihrem Blick und in ihrem ganzen Wesen lag.

Nachdem sie mich erreicht hatte, setzte sie sich neben mich und streckte mir die Hand entgegen. »Hallo, du musst Eva sein. Ich bin Lotte, Marks Mutter.«

Schmunzelnd antwortete ich: »Ja, das war mir gleich klar. Du bist mir zutreffend beschrieben worden.«

Sie ließ ein perlendes Lachen erklingen, das meine Seele in wohlige Vibrationen versetzte. »Von wem? Von Mark oder von Laura?«

»Von Laura.«

»Ah, sehr gut. Dann sind die Chancen groß, dass ich dir vorteilhaft beschrieben wurde.« Amüsiert lächelte sie mich an.

Ich grinste unverhohlen zurück. Was für eine Wohltat, einem Menschen das erste Mal zu begegnen und bereits nach Sekunden das Gefühl zu haben, ihn schon ewig zu kennen. *Wie bei Klaus*, dachte ich und das Murmeltier hatte mich wieder.

Lotte schien die Veränderung in meinem Mienenspiel nicht entgangen zu sein. Sie legte ihre Hand auf meine Schulter, und es kam mir vor, als fließe flüssige Energie durch mich hindurch. Schweigend sahen wir über das Wasser, das jetzt um die Mittagszeit türkisfarben schillerte. Von Minute zu Minute wurde ich stärker von Sicherheit und Geborgenheit erfüllt.

»Wenn ich aufs Meer schaue, fühle ich mich den Menschen ganz nah, die mir etwas bedeuten«, flüsterte sie nach einer scheinbar endlosen Zeit. »Es ist, als hätte ich sie alle um mich. Besonders die, die schon gegangen sind. Es kommt mir vor, als zwinkerten sie mir aus den Wellen heraus zu, um mir zu sagen, dass es ihnen gutgeht, dass ich mich nicht um sie sorgen muss. Und sie flüstern, dass sie sich von mir wünschen, dass ich mein Leben genieße, jeden einzelnen kostbaren Tag. Für mich und für sie. Mit Freude und Leichtigkeit, frei von Trauer und frei von Schuld.«

Reglos starrte ich auf das Wasser, das ruhig und glatt unter mir lag im Vergleich zu dem heftigen Wellengang, der in mir tobte. Die einzige von außen sichtbare Bewegung, die sich bei mir vollzog, wurde von den stillen Tränen verursacht, die ihren Weg über die Wangen fanden. Lottes Hand ruhte auf meiner Schulter und streichelte mich sanft.

»Du bist Psychologin, habe ich von Laura gehört«, murmelte sie leise.

Ich nickte stumm und sah ihr direkt in die Augen, die mir tief in die Seele zu schauen schienen. Und so wie der Blick von Klaus vor vier Monaten, hatte auch ihrer eine Botschaft für mich. Dieses Mal lautete sie nicht: *Anderen kannst du helfen, nur dir selbst nicht,* sondern stattdessen: *Anderen kannst du helfen, warum solltest du dir nicht ebenfalls helfen oder helfen lassen können?*

Lag es daran, dass mir Lottes Augen wirklich eine andere Nachricht überbrachten als die von Klaus? Oder daran, dass in diesen vier Monaten so viel in mir und mit mir geschehen war, dass ich nun andere Signale empfing? Vielleicht lag es auch einfach an Lottes Ausstrahlung, die sich anfühlte, als würde mir jemand hochwirksame Psychopharmaka verabreichen – jedoch komplett ohne chemische Keule. Ihre wenigen Sätze, die mich in tiefster Seele berührt hatten, ließen in mir etwas zart anklingen, was bislang keinen Schallkörper gefunden hatte.

Ein weiteres Schweigen breitete sich zwischen uns aus, bis sie sich nach einer langen Pause erhob und leise fragte: »Wollen wir zum Haus zurück? Mittagessen?«

Mit einem dankbaren Lächeln sprang ich auf und folgte ihr über den Strand und den Trampelpfad zur Finca. Ein Teil der Ruhe, nach der ich mich gesehnt hatte, war eingekehrt. Ein vielversprechender Anfang!

Heimliche und öffentliche Versprechen

Der Nachmittag verging wie im Flug. Eine fröhliche Gesellschaft hatte sich im Garten der Finca versammelt. Neben Laura und Mark, Lotte und Sven (der tatsächlich auf eine charmante Art in anderen Sphären schwebte) sowie Tammy und Jonas waren auch die Kinder des Hochzeitspaares bereits angereist. Louisa, Lauras Tochter, und Niklas, Marks Sohn, hatten sich bei einer Feier in Marks Unternehmen kennengelernt und sich sofort ineinander verliebt. Damit waren sie schon länger ein Paar als ihre Eltern. Behaupte einer, das Leben schriebe nicht die unglaublichsten Geschichten!

Am frühen Abend löste sich die Runde auf, um vor einer ausgiebigen Abendmahlzeit den unterschiedlichsten Aktivitäten nachzugehen. Lotte warf mir einen intensiven Blick zu und wandte sich direkt an mich. »Eva, was hältst du von einer kleinen Yoga-Einheit?«

Ein spontanes Lachen entfuhr mir. »Ist das dein Ernst? Weißt du, wie lange meine letzte Yoga-Stunde her ist? Wenn du mit mir Yoga machen willst, brauchst du hinterher einen Chirurgen oder zumindest einen verdammt guten Chiropraktiker, um mich wieder zu entknoten!«

»Iwo, wir machen Yoga light, und notfalls entwirre ich dich am Ende«, gab sie schmunzelnd zurück.

»Na dann, meinetwegen«, entgegnete ich amüsiert. »Aber es könnte sein, dass ich dich beim Wort nehme!«

Lotte lächelte mir verschmitzt zu und bedeutete mir mit einem Kopfnicken, ihr zu folgen. Überrascht realisierte ich, dass wir auf das Gartenhaus zuliefen, das ich für einen Geräteschuppen gehalten hatte. Bei näherem Besehen erwies sich das Gebäude als wesentlich größer als vermutet. Es verfügte über eine vom Parkplatz aus nicht erkennbare Tiefe. Lotte öffnete das Eingangsportal und ich fand mich in einem Saal wieder, der unverkennbar als Yoga- und Seminarraum diente. Durch die unverschlossene Tür eines kleinen Nebenraums sah ich ein Lager mit Tischen, Stühlen und Veranstaltungsequipment.

Verwundert fragte ich: »Hältst du hier deine Kurse ab?«

»Genau, sowohl meine Yoga-Kurse, als auch Trainings für Entschleunigung, Achtsamkeit, innere Heilung und Persönlichkeitsentwicklung. Ich veranstalte sogar mehrtägige Retreats, um Strategien zum Ausstieg aus dem Hamsterrad zu lehren, sowie Workshops für Menschen, die quälende Punkte in ihrer Biografie mit Hilfe der Gruppe auflösen wollen.«

»Dann kommen Leute extra aus Deutschland zu dir, um sich helfen zu lassen?«, hakte ich überrascht nach.

»Ja, wenn du das so formulieren magst. Mir gefällt in dem Zusammenhang das Wort ›helfen‹ nicht besonders.

Ich würde eher behaupten, dass ich sie dabei unterstütze, sich selbst helfen zu können.«

»Also bist du sozusagen eine Kollegin von mir?«

Lotte lachte herzhaft. »Auf eine entfernte Art vielleicht. Ich habe nie Psychologie studiert, sondern war auf der Kunstakademie. Auch heute baue ich noch Dinge wie intuitives Malen in die Kurse ein. Ich habe früh gemerkt, dass mich spirituelle Themen interessieren und mir meine Intuition meistens das Richtige im Hinblick auf die Geschichten von Menschen verrät. Daraus ist eine Berufung entstanden. Was die Intuition anbelangt, gibt es ein wundervolles Zitat von Albert Einstein, das ich sehr liebe. *Der intuitive Geist ist ein heiliges Geschenk ...*«

»*... und der rationale Geist sein treuer Diener. Wir haben eine Gesellschaft geschaffen, die den Diener verehrt, aber das Geschenk vergessen hat*«, fiel ich ihr kopfnickend ins Wort und lächelte versonnen. »Das Zitat kenne ich seit dem Studium und ich habe bereits unzählige Male darüber nachgedacht, ob ich in meinem Leben eher das Geschenk oder den Diener ehre.«

»Und, zu welchem Ergebnis bist du gekommen?«

»Hm, schwierig. Ich würde sagen, dass ich in der Arbeit mit Menschen beides gut miteinander verknüpfen kann. Auf der einen Seite bringe ich eine Menge Wissen und Methodik mit, auf der anderen Seite folge ich bei der Auswahl der Interventionen meiner Intuition. Allerdings verehre ich, wenn es um mich geht, eher den Diener als das Geschenk.«

»Vielleicht solltest du das ändern?«

Nachdenklich starrte ich vor mich hin. »Ja, vielleicht sollte ich das. Da ist nur die große Frage nach dem Wie?«

Ein schallendes Lachen entwich Lotte. »Das war köstlich, Eva!«

Mit einiger Verwirrung schreckte ich auf und sah sie an. Ich war Lichtjahre davon entfernt, den Grund ihrer Belustigung zu erkennen, und betrachtete sie mit einem verständnislosen Achselzucken. »Wieso?«

»Ganz einfach! Du hast gerade selbst, ohne es überhaupt zu merken, deine Hypothese, eher den Diener zu verehren, bewiesen.« Immer noch schmunzelnd musterte sie mich. »Du stellst dir mit dem Verstand die Frage, wie du deine Intuition stärken kannst. Wie um alles in der Welt soll das funktionieren? Du kannst deine Intuition allenfalls dadurch wecken, dass du dich ins Fühlen fallen lässt und den Kopf ausschaltest. Ein kopfgesteuertes Wie bringt dich nicht weiter. Intuition erfordert Vertrauen und Spüren, dich mit deinem Inneren zu verbinden, ganz du zu sein, ohne die Bewertungen und Einschätzungen des rationalen Denkvermögens im Online-Modus zu haben.«

Langsam begriff ich, was sie mir sagen wollte, und musste wohl oder übel eingestehen, dass sie recht hatte.

»Komm, lass uns eine Runde Yoga machen! Das ist ein erster Schritt, um andere Ebenen zu aktivieren als den Verstand.«

Aufmunternd nickte sie mir zu und verschwand in dem Kabuff, um gleich wieder mit zwei Yoga-Matten aufzutauchen. Wir breiteten sie auf dem Boden aus und absolvierten ein sanftes Programm. Ich merkte, wie gut mir das tat und was es für eine Entlastung darstellte, mich mal nicht auf die endlosen Filme zu konzentrieren, die sonst in meinem Kopf abliefen. Die Übungen waren dafür perfekt geeignet und ich bewunderte Lotte für die Auswahl, die sie sich überlegt hatte. Kurz in mich hineinlachend stellte ich fest, dass sie sich vermutlich gar nichts *überlegt* hatte, sondern stattdessen ihrer Intuition freien Lauf gelassen hatte.

Nach einer letzten Körperübung, die den Brustbereich wohltuend weitete, nahm sie auf der Matte Platz und betrachtete mich eingehend.

»Magst du eine Abschluss-Meditation machen mit einer Aufgabe, die ich dir stelle?«

»Gerne.« Ich wusste um die Kraft von Meditationen. Allerdings fragte ich mich ängstlich, was nun kommen würde. Ich arbeitete selbst auf diese Weise mit meinen Patienten, die nach einer solchen Ankündigung häufig nervös auf ihren Stühlen hin und her rutschten. Schlagartig konnte ich nachempfinden, wie sie sich in diesen Momenten fühlten.

»Eva, ich bin mir sicher, dein großes Lebensthema zu spüren. Trotzdem möchte ich mir dein Ja abholen, bevor ich dir eine Aufgabe stelle. Bist du bereit?«

»Ja«, flüsterte ich, während alles in mir »Nein!« schrie.

»Stimmt es, dass dein Thema ›Schuld‹ ist?«

»Ja.« Die Stimme schien mir zu brechen, und ich merkte, wie Tränen in mir aufstiegen.

»Setz dich in deine persönliche Meditationshaltung, sodass du mit der Erde und allem um dich herum verbunden bist.«

Ich wischte mir die Feuchtigkeit mit dem Handrücken aus den Augen, atmete tief durch und brachte mich in Position.

»Schuld ist ein vom Verstand gespeistes Gefühl. Wir reden uns ein, es müsse immer einer schuldig sein. Bei allem, was passiert, brauchen wir jemanden, der zur Verantwortung gezogen werden kann, dem wir schlimme Ereignisse in die Schuhe schieben können.« Bei dieser Formulierung zuckte ich zusammen und kämpfte gegen ein Schluchzen an. *I still walk in your shoes*, schoss es mir durch den Kopf.

»Wenn wir diesen Schuldigen identifiziert haben, können wir ihn bestrafen. Wir bilden uns ein, das würde den Schmerz mildern. Und wenn wir im Außen keinen Schuldigen finden, greifen wir auf uns selbst zurück und bestrafen uns, im Extremfall lebenslang.« Ich spürte einen wütenden Aufschrei in mir, der jedoch in dieser entspannten Meditationshaltung nicht zu einem hörbaren Geräusch anschwoll.

»Deine Aufgabe für diese Meditation ist es, zu spüren, was sich diejenigen wünschen, wegen derer du dich schuldig fühlst. Was erwarten sie von dir? Was flüstern sie dir zu? Was empfinden sie, wenn sie dich in deinem derzeitigen Leben beobachten? Welche Mission würden sie dir gerne geben?«

Ich atmete tief durch. Lottes Stimme fühlte sich unglaublich beruhigend an und erreichte mich direkt in den verborgensten Winkeln meiner Seele. Dort, wo der Verstand trotz größter Anstrengungen nicht hinkam. Ich hatte nicht den Hauch einer Ahnung, wie sie das hinbekam. Wie sie derart treffsicher meinen innersten Kern berühren und mit einer Mischung aus brachialer Gewalt und liebevoller Sanftheit Themen ins Licht rücken konnte, die ich lieber in der schwelenden Dunkelheit belassen hätte. Ein weiterer intensiver Atemzug flutete meine Lungen und ich begann, mich meinen heftigsten Schmerzen zu stellen. Hunderte von Bildern erschienen in mir und ich stellte erstaunt fest, dass es allesamt heitere Momente waren, die sich mir zeigten.

Sogar in den Szenen, in denen Leo und ich stritten oder ich wegen irgendeiner unbedeutenden Kleinigkeit sauer auf Oliver war, blieb der Grundton fröhlich. Ich spürte, wie innig wir miteinander verbunden waren und dass uns banale Widrigkeiten des Alltags nichts anhaben konnten. Die beiden standen direkt vor mir. Während ich sonst glaubte, sie würden mir den Weg in mein eigenes erfülltes Leben versperren, sah ich in der Meditation, wie sie mich anlächelten. Aufmunternd und liebevoll traten sie beiseite, um mit mir und neben mir in die Zukunft zu wandern. Als Unterstützer, Begleiter, Kameraden und nicht als gnadenlose Zöllner, die mir den Zutritt ins Land »Leben« verweigerten. Sie reichten mir die Hand und luden mich ein, weiterzugehen. Mich überkam ein tiefer Friede und ich brauchte lang, um zu realisieren, dass ganze Autobahnen an stillen Tränen über meine Wangen führten.

In diesem Moment fasste ich einen Entschluss: Ich würde mich der Reise stellen und versuchen, die Rucksäcke, die ich bei mir trug, mit jedem Meter leichter werden zu lassen. Und: Ich würde meinen Lieblingsmenschen Vertrauen schenken – *wirklich* Vertrauen schenken. Stück für Stück, in vielen kleinen Schritten. Der 30. Juni, der Tag, vor dem es mir alljährlich von Neuem graute, würde der Starttermin sein. Dieses Mal würde ich ihn anders begehen, versprach ich mir voller Inbrunst. Bis dahin blieb noch ausreichend Zeit, um Kraft und Mut zu sammeln.

Für einen Augenblick streifte eine Szene aus Harry Potter mein Herz. Auch wenn ich keinen Stein der Auferstehung besaß, würde ich Leo und Oliver an meiner Seite spüren. Und obwohl auf mich nicht Lord Voldemort wartete, kam das schlangenartige Gesicht der empfundenen Schuld seinem Aussehen verdammt nahe. *Ich bin nicht allein!* Mit diesem Gedanken schüttelte ich mich und kehrte in die um mich herum herrschende lautlose Realität zurück.

Lotte saß im rechten Winkel zu mir mit geschlossenen Augen im Yoga-Sitz. Als fühle sie die Veränderung der Atmosphäre, schlug sie sie auf und betrachtete mich mit einem tiefen Blick. In der Gewissheit, dass wir keine großen Worte brauchten, flüsterte ich ein leises

»Danke!«. An ihrer Reaktion erkannte ich, dass sie um die Bedeutung dessen, was ich gerade erlebt hatte, wusste. Stumm erhoben wir uns und gingen gemächlich zu den anderen, die sich inzwischen wieder auf der Terrasse versammelt hatten.

Der nächste Tag stand im Zeichen der am Spätnachmittag stattfindenden Hochzeitszeremonie. Um die Mittagszeit traf die Gästeschar ein und das Brautpaar kam gar nicht mehr aus dem Strahlen heraus. Ich freute mich, mit dem Eintreffen von Lauras langjähriger Freundin Simone ein weiteres bekanntes Gesicht auszumachen. Die restlichen Gäste waren Arbeitskollegen, die ich noch nie gesehen hatte. Ein junges Paar himmelte sich verliebt an, und ich dachte mit einem Schmunzeln, dass sie sicher am liebsten die Rollen mit den Hauptpersonen tauschen würden. Ich konnte mich gut daran erinnern, wie mir Laura zu Beginn ihrer Tätigkeit in Marks Unternehmen von ihren kupplerischen Aktivitäten bei ihren beiden engsten Kollegen berichtet hatte. Wir hatten uns dabei königlich amüsiert. Und als bei der Begrüßung die Namen Tina und Ben fielen, nickte ich wissend.

Ein weiterer Geschäftskollege, der sich als Simon vorstellte (auch dieser Name war mir vertraut), sah auf den ersten Blick aus wie das Mitglied einer Motorradgang. Doch sein freundlicher Gesichtsausdruck ließ ihm direkt meine Sympathie zufliegen. Ergänzt wurde die Runde durch eine kleine, temperamentvolle Frau, die wie ein Engel durch die Gegend schwebte und bei deren

Anblick ich spontan auflachte. Das konnte nur Blümchen, die Assistentin der Geschäftsleitung, sein, von der mir Laura schon so viel Positives berichtet hatte. Eigentlich hieß sie Gerda Blume, aber kaum jemand nannte sie bei ihrem richtigen Namen.

Der Biker und der schwebende Engel waren in Begleitung ihrer Partner erschienen – genauso wie Simone. Von Marks Bruder und Hotel-Chefin Maria abgesehen war ich als Einzige solo unterwegs.

Die vorherrschende Nuance des Nachmittags bestand in turbulentem Treiben, bis mit dem Eintreffen der freien Traurednerin eine festliche Atmosphäre Einzug hielt. Die Hochzeitsgäste marschierten erwartungsfroh hinunter zum Strand, an dem ein Pavillon mit Sesseln für das Brautpaar aufgebaut war. Auf einem blumendekorierten Tisch warteten die Eheringe auf ihren großen Moment. Ein kleines Catering-Team machte sich im Hintergrund für den Einsatz bereit.

Ich ließ den Blick über die Stuhlreihen schweifen. In vier, in der Mitte durch einen roten Teppich unterbrochenen Viererreihen waren die Plätze angeordnet, sodass die Gäste paarweise zusammensitzen konnten. Lediglich in der ersten Reihe standen auf einer Seite drei Stühle. *Für das fünfte Rad am Wagen*, realisierte ich mit einem sarkastischen Aufschnaufen, das sich nicht gegen meine Freunde, sondern gegen mich selbst richtete.

Schlagartig vermisste ich meinen »Freund plus«. Ich stellte mir vor, wie es wäre, ihn bei mir zu haben. Und als würde mir der leise Wind, der vom Meer hinüberwehte, seinen Geruch zutragen, hatte ich plötzlich eine überwältigende Dosis Klaus in meiner Nase. Beinahe körperlich konnte ich seine Nähe spüren, obwohl er rund zweitausend Kilometer entfernt war. Mit einem heftigen Schlucken zwang ich die aufsteigenden Tränen nieder.

Tammy, die vor mir den Hügel hinabgelaufen war, drehte sich um und griff nach meiner Hand. »Komm, Eva, die erste Reihe ist für die Eltern des Bräutigams und die Trauzeugen reserviert.«

Entschlossen zog sie mich hinter sich her und bugsierte mich zum Stuhl in der Mitte des Dreier-Blocks. Sie selbst platzierte sich an meiner rechten Seite und nahm wie selbstverständlich in Kauf, nicht bei ihrem Mann zu sitzen, mit dem sie sonst so gerne Händchen hielt. Mein eben noch wehmütiges Herz öffnete sich weit. Wie konnte ich überhaupt bedrückt sein angesichts solcher Freunde?

Jonas besetzte augenzwinkernd den Platz auf meiner anderen Seite und rieb sich die Hände. »Dann walten wir wohl ein zweites Mal unseres Amtes!« Ich nickte ihm amüsiert zu und spürte, wie ich von Dankbarkeit geflutet wurde. Zwanzig Jahre kannte ich inzwischen das Paar, das mich in seine Mitte genommen hatte, und ich wusste, dass ich mich blind auf sie verlassen konnte. Die schlagartig und heftig aufgewallte Traurigkeit verflog so schnell, wie sie gekommen war.

Mit der Zeit fanden alle Gäste ihre Stühle. Und als nach einem Handzeichen der Traurednerin plötzlich Musik ertönte, entdeckte ich einen DJ, der abseits des Catering-Teams Position bezogen hatte. Die Stimme von Ed Sheeran schallte über den Strand und zauberte eine wohlige Gänsehaut auf meine Haut. Musik, Gesang, eine warme Stimme, die mich berührte, und erneut landete ich bei Klaus ... Beim ersten »Perfect« kündigten sich Tränen in meinen Augen an. Was war eigentlich los mit mir? Ich hatte mich nie als sonderlich nah am Wasser gebaut oder sentimental erlebt, und doch befand ich mich derzeit in einem Zustand, in dem ich mehrmals täglich von Emotionen durchgeschüttelt wurde. Waren das die Wechseljahre oder lag es an dem Frosch, der durch mein Leben hüpfte?

Um Ablenkung bemüht, stand ich auf und wandte mich um, damit ich, wie alle anderen Gäste, den Einzug des Brautpaares erleben konnte. Am Ende des Strandes schritten Laura und Mark auf uns zu. Mit leuchtenden Gesichtern näherten sie sich im Takt der Musik. Beide wirkten, als könnten sie jederzeit vor Glück platzen.

Auch in Lauras Augenwinkeln schillerten Tränen. Es kam mir vor, als könne sie nach all den harten Schicksalsschlägen, die sie gebeutelt hatten, kaum glauben, an diesem Punkt angekommen zu sein. Das eine oder andere Tränchen galt bestimmt ihrer Mutter. Zwar hatte sie nie ein inniges Verhältnis zu ihr gepflegt, doch ihr Tod vor ein paar Monaten hatte sie dennoch erschüttert.

In ihrem eng geschnittenen meerblauen Kleid und der eleganten Hochsteckfrisur sah sie zauberhaft aus. Die Farbe des Stoffes wiederholte sich in Marks Augen, der mit einer blauen Leinenhose und einem weißen Leinenhemd einen attraktiven Bräutigam abgab.

Mühsam schluckte ich den Kloß in meinem Hals hinunter. Ich fühlte mich, als hinge ich in der Mitte eines riesigen Taus, an dem zu beiden Seiten Bataillone von Popeyes zogen, sodass ich nicht wusste, wo ich am Ende landen würde. Auf der einen Seite wartete unbändige Freude auf mich, dass zwei Menschen, die ich so sehr mochte und denen ich es von Herzen gönnte, ihr Glück gefunden hatten. Auf der anderen Seite lauerte eine hässliche, schwarze Fratze, die mir zurief: »Versagerin, warum hast du das nicht hinbekommen?«

Laura kam auf meiner Höhe an und warf mir einen Blick voller Dankbarkeit zu. In diesem Augenblick gewannen die Popeyes der hellen Seite, und ich seufzte erleichtert.

Das Brautpaar nahm Platz und die Traurednerin begann mit einer einzigartigen Rede. Sie erzählte die persönliche Geschichte des Hochzeitspaares und band dabei heitere Anekdoten ein, in denen jeder Gast Erwähnung fand. Reihum waren Lacher zu hören, wenn sich die Anwesenden erheiternden Erinnerungen gegenübersahen. Auch ich amüsierte mich königlich, als meine Episode an die Reihe kam. Die Rednerin berichtete mit einem Schmunzeln in der Stimme, wie bei Laura und mir der Groschen gefallen war, dass ich ihren Mark, bereits kannte. Zuvor hatten wir schon wochenlang über sein ablehnendes Verhalten gerätselt. Währenddessen hatte ich nicht begriffen, dass es sich bei ihm um den mir wohlbekannten Nachbarn von Tammy und Jonas handelte.

Im nächsten Part der Zeremonie trugen Laura und Mark ihre selbst geschriebenen Eheversprechen vor und steckten sich die Ringe an. Um meine Fassung war es damit endgültig geschehen. Ich heulte wie ein Schlosshund. Trotz zuckender Schultern und vehement nach außen drängender Schluchzer gab ich mir die größte Mühe, den erhabenen Moment nicht mit der Geräuschkulisse einer Beerdigungsfeier zu zerstören. Außerdem wurde ich im Anschluss noch gebraucht. Jonas und ich hatten eine kleine, humorige Rede einstudiert, in der wir dem Brautpaar unsere Wünsche für die Zukunft mitgaben und versprachen, immer für sie da zu sein.

Am Ende dieser Ansprache eilte auch Tammy herbei, und unser fünfrädriger Wagen fuhr in einer engen Umarmung eine Runde mit kollektivem Geschluchze.

Zum Glück hatte sich das Hochzeitspaar ein ausgesprochen fröhliches Lied für den Ausklang ihrer Trauzeremonie ausgesucht. Die ersten Klänge von Marks Namensvetter aus der Berliner Forsterstraße erklangen und die Braut fing an, wie wild herumzuhüpfen. Mir schlich sich ein fettes Grinsen aufs Gesicht. War ja klar! Laura war vermutlich der – zumindest in unserer Generation – größte Mark-Forster-Fan auf dem Planeten und sein Song »Für immer« passte wie die Faust aufs Auge zu diesem Moment. Zumindest, wenn man davon absah, dass das mit dem »Kinder machen« altersbedingt eher keine Option mehr darstellte.

Tanzend und die Arme ausgelassen hin und her schwenkend, sprangen Laura und Mark über den roten Teppich und beendeten damit den offiziellen Teil. Die Hochzeitsgesellschaft traf sich im Bereich des Catering-Teams zu einem fröhlichen Umtrunk, bei dem sich lockere Grüppchen versammelten und auf das Brautpaar anstießen.

Am Abend, während die Band zum Tanz aufspielte, landete ich neben Blümchen. Sie musterte mich interessiert.

»Sie sind also Eva. Laura hat mir viel von Ihnen erzählt.«

»Was hat sie denn erzählt?«

»Dass Sie die beste Psychotherapeutin des ganzen Tübinger Umlands sind und darüber hinaus eine enge Freundin.«

»Da hat sie etwas übertrieben, zumindest im Hinblick auf die beste Psychotherapeutin«, entgegnete ich amüsiert. »Dass wir eng befreundet sind, stimmt natürlich. Übrigens hat sie auch viel von Ihnen erzählt!«

»Soso. Gegenfrage: Was wäre das genau?«

»Dass Sie ihr Fels in der Brandung waren, als Mark noch nicht *ihr* Mark war, und dass Sie die Mutter des Unternehmens sind.«

Blümchen ließ ein glucksendes Lachen erklingen. »Die Mutter des Unternehmens, aha. Na ja, irgendwie trifft es das. Und da ich zuhause ebenfalls Mutter und Großmutter bin, ist das wohl eine Rolle, die ich bei der Arbeit nicht ablegen kann.«

»Wie viele Kinder und Enkelkinder haben Sie?«

»Drei Kinder und fünf Enkelkinder«, erwiderte sie mit sichtlichem Stolz.

»Ui, da wird es nicht langweilig.«

»Nein, tatsächlich nicht. Meine Enkel sind zwischen drei und zwölf. Da ist einiges geboten. Sie kommen oft zu uns, auch über Nacht. Da sind mein Mann und ich als Spielkameraden oder Märchenonkel schwer gefragt.«

»Lesen Sie Ihren Enkeln gerne vor?«, fragte ich und dachte an Klaus.

»Oh ja, sehr gern und häufig.«

Keine Ahnung, welcher Teufel mich ritt. Der Wunsch, Klaus' Nähe zu spüren, und sei es nur über die Erwähnung seiner Bücher, wurde übermächtig. »Haben Sie schon mal ›Wichtige Wichteleien‹ vorgelesen?«, erkundigte ich mich gespannt.

»Und ob!«, rief sie aus. »Das sind zauberhafte Geschichten. Woher kennen Sie sie?« Vorsichtig, als wolle sie in kein Fettnäpfchen treten, schob sie hinterher: »Laura meinte, dass Sie vollkommen in Ihrer Arbeit aufgehen und keine Kinder haben.«

Belustigung breitete sich in mir aus. Das hatte sie hübsch formuliert. »Ja, das stimmt. Kinder haben sich bei mir nicht ergeben. Aber ich kenne den Autor.«

»Was?«, stieß sie hervor. »Sie kennen Klaus Frosch?«

»Ja, er ist ein enger Freund von mir.«

Ein enger Freund von mir ... Die unbändige Versuchung, stattdessen »mein Freund« zu sagen, hatte mich unvermittelt überfallen. Schockiert und in Windeseile drückte ich den Impuls beiseite und starrte dumpf vor mich hin.

Was ist los mit mir? Immer und immer wieder dieselbe Frage. Täglich grüßte das Murmeltier und fragte mich: *Was ist los mit mir?* War Klaus nicht bei mir, wünschte ich ihn herbei. War er bei mir, wünschte ich mir, er wäre nie in mein Leben getreten, und genoss zugleich jede Sekunde in seiner Gesellschaft. Ich nahm ein paar tiefe Atemzüge, bevor ich Blümchen direkt ansah.

Ein skeptischer Blick empfing mich. Als hätte sie Argusaugen schien sie zu überprüfen: *Ein Freund oder Ihr Freund?* Sie sortierte sich kurz und rief aus: »Oh, da bin ich neidisch auf sie. Einen Mann, der derart wundervolle Geschichten erzählt, würde ich zu gerne persönlich kennenlernen. Wie ist er denn so?«

»Hm, er ist vieles. Charmant, herzlich, tiefgründig, ehrlich, unkonventionell. Nicht nur ein brillanter Kinderbuchautor, sondern auch ein fantastischer Musiker mit einer berührenden Stimme. Unterhaltsam, humorvoll, intelligent – auf der intellektuellen und emotionalen Ebene. Geheimnisvoll. Er kann Menschen in die Seele schauen.« *Sinnlich, zärtlich, explosiv,* setzte ich die Liste für mich fort. *Mit einem unglaublichen Plus.*

Jeden *bislang* hatte ich auf Abstand gehalten. Zu keinem *bislang* wären mir diese Vokabeln eingefallen.

Meine Hände verkrampften sich, während ich hilfesuchend in die Ferne starrte, als könne ich dort eine Lösung finden. Doch da gab es nichts, was meine unausgesprochenen Fragen mit Antworten versehen könnte.

Blümchen räusperte sich und flüsterte leise: »Das klingt fast nach einer Liebeserklärung.«

Ich zuckte zusammen. Dieses Wort! Bitte nicht dieses Wort! Keine fünf Buchstaben hatten mir je eine derartige Angst eingejagt. Schon der Klang brachte mein Herz zum Rasen. L, i, e, b, e – nein, auf keinen Fall!

»Uns verbindet eine enge Freundschaft«, antwortete ich – mehr mir als ihr.

»Schön«, hauchte Blümchen, griff nach meiner Hand und drückte sie. Ich hatte das Gefühl, dass sie spürte, welche emotionalen Turbulenzen sie in mir ausgelöst hatte. Als ihr Mann sie zum Tanzen aufforderte, entschwebte sie mit einem sanften Lächeln auf den Lippen. Und ich war allein. Allein mit dem ganzen Chaos in mir.

Gewissenskonflikte und Angebereien

Auf dem Rückflug empfing mich zuallererst ein Déjà-vu: Als ich meinen Platz im Flugzeug ergattert hatte, das mich in knapp zwei Stunden zurück nach Deutschland bringen würde, ließ ich mich abermals mit einem erleichterten Aufseufzen gegen die Rückenlehne sinken.

Die vergangenen Tage waren erlebnisreich gewesen – im wörtlichen Sinne – und zudem emotional und aufwühlend. Ermattet schloss ich die Augen. Eigentlich war ich mit dem Vorsatz nach Menorca gereist, innerlich ruhiger zu werden. Stattdessen kam es mir vor, als hätte ich das Erregungslevel einer wildgewordenen Bulldogge erreicht. Von außen sah man mir das nicht an. Ich hatte meine Fassade wie immer gut im Griff. Okay, wie immer? Wenn ich daran dachte, dass ich bei der Trauung wie ein Schlosshund geheult hatte, dann stand das im Widerspruch zu einer gewahrten Fassade und entsprach auch nicht gerade dem Bild einer wildgewordenen Bulldogge!

Meine Gedanken wanderten zu den Erinnerungen an die letzten Tage. Im Anschluss an die Hochzeit war die Gesellschaft noch zusammen geblieben, bis sich Laura und Mark auf die Reise nach Palma de Mallorca begeben hatten, von wo aus sie auf eine zehntägige Luxuskreuzfahrt durchs Mittelmeer verschwanden. Winkend und ein paar Tränchen verdrückend hatten wir sie verabschiedet. Danach begann der allgemeine Aufbruch.

Da jeder für sich Flüge gebucht hatte, starteten nur Tammy, Jonas und ich gleichzeitig die Heimreise. Nun saßen wir weit voneinander entfernt auf unseren Plätzen und freuten uns auf die Ankunft zuhause. So sehr ich meine Freunde liebte, war ich froh um die stillen Flugstunden.

Kaum war meine Aufmerksamkeit nicht mehr von anderen Dingen gefordert, kehrten alle offenen Fragen zurück und bauten sich vor mir auf wie ein riesiger Wall. Ich wusste nicht, ob ich ihn überqueren oder mich hindurch buddeln sollte. Klaus hatte ich versprochen, mich zu melden. Wollte ich das überhaupt, und wenn ja, wann wollte ich es?

Ich wünschte, ich besäße einen Teil seiner Lässigkeit. Seit Blümchen das verbotene Wort ausgesprochen und mich mit der Nase auf eine Möglichkeit gestupft hatte, die ich am liebsten auf einen fernen Planeten verbannt hätte, kam mir der Murmeltier-Film noch bedrohlicher vor. Eine unsichtbare Hand schien nach meiner Lunge zu greifen und mir die Luft abzuquetschen.

Jede meiner Beziehungen hatte ich beendet, wenn der kritische Punkt erreicht war, wenn das hässliche Wort mit den fünf Buchstaben von meinem Partner in den Mund genommen worden war. Zum allerersten Mal wurde es mit mir und meinem Gefühlsleben in Verbindung gebracht. Zwar von einer Person, die mich nicht kannte, und dennoch! Allein die Tatsache, dass das jemand für vorstellbar hielt, erschütterte mich und bedrohte mich an den tiefsten Wurzeln meiner Balance.

Sollte ich das Ganze beenden? Diesmal nicht, weil mein Partner mich zu lieben drohte, sondern weil ich selbst in höchster Gefahr schwebte. Bloß, was bliebe mir dann noch an Möglichkeiten? Beziehungen gescheitert, Freundschaft plus gescheitert, One-Night-Stands wenig verlockend. Da verblieb höchstens die Option, den Männern im Allgemeinen abzuschwören – ebenfalls wenig verlockend.

Was ich am Abend unseres Kennenlernens empfunden hatte, galt immer noch, galt sogar noch viel mehr: In Klaus' Nähe fühlte ich mich wie in Abrahams Schoss, als würden sich alle Nervenenden entspannen, die Lasten der Vergangenheit abfallen und meine Schuhe für kurze Zeit allein mir gehören.

Verdammt, ich war Psychotherapeutin, und zwar eine richtig gute! Lösungsorientierung lag mir im Blut. Doch für mich fand ich keine Lösung. Lottes Worte hallten in mir wider in Verbindung mit dem wunderbaren Einstein-Zitat, an das sie mich erinnert hatte. Das Thema mit Klaus würde ich nicht auf meiner geliebten Verstandesebene lösen können. Wie sie gesagt hatte, waren stattdessen Intuition und Spüren gefragt. Aber erst, wenn die Zeit dafür reif war! Dass das im Moment nicht der Fall war, wurde mir schlagartig bewusst, während ich aus dem kleinen Fensterchen auf die tief unter mir aufblitzenden Wellen des Meeres starrte. Die zwei, die mir bis hier oben hörbar zuflüsterten, ich solle meinen

Weg gehen, waren es, denen ich zuerst meine Aufmerksamkeit widmen musste. Genau! So würde ich es angehen: Der 30. Juni war mein Termin, und bis dahin würde ich die Sache mit Klaus weiterlaufen lassen. Danach konnte ich immer noch entscheiden!

Nachdem mich Tammy und Jonas bei mir zu Hause abgesetzt hatten, verbrachte ich einen gemütlichen Nachmittag. In aller Ruhe packte ich aus, schmiss die Waschmaschine an und räumte auf. Am Spätnachmittag setzte ich mich auf meine idyllische Dachterrasse und ließ den Blick in die Gegend schweifen. Ich liebte diesen Ort und merkte jedes Mal, wie ich mich entspannte, sowie ich mich in die luxuriöse Schaukel-Relaxliege gekuschelt hatte.

Meine Wohnung lag auf einer Anhöhe am äußersten Rand des Tübinger Stadtgebiets in einem kleinen Mehrfamilienhaus mit drei Parteien. Der oberste Stock mitsamt dem ausgebauten Dachstudio gehörte mir. Auch wenn ich keinen Hang zum Luxusweibchen hatte, war diese Wohnung nichts anderes – schierer Luxus.

Ich hatte mein Leben lang gearbeitet und außer für Reisen und Alltagsdinge nie größere Summen ausgegeben. Vor ein paar Jahren war mir dann auf einer Geburtstagsfeier ein Bauunternehmer begegnet. Während er mir von seinem neuesten Prestigeprojekt berichtet und von der Maisonette-Wohnung mit dem fantastischen Ausblick vorgeschwärmt hatte, hob mein Herz zu einem ekstatischen Klopfen an und flüsterte mir zu: »Schau dir das an!« So sehr ich dieses fürchterliche Wort sonst verabscheute, nahm es im Moment, als ich die Rohbau-Wohnung betrat einen bezaubernden, warmen Klang an: Liebe auf den ersten Blick!

Obwohl mich der Kaufpreis zu einem heftigen Schlucken gebracht hatte, beschloss ich, einmal komplett unvernünftig zu handeln. Mithilfe eines atemberaubenden Kredits erschuf ich mir mein persönliches Paradies, meinen Rückzugsort, an dem die Welt in Ordnung zu sein schien. Beinahe ...

Das Zutrittsrecht in meinen Kokon reglementierte ich scharf. Nur den engsten Freunden, absoluten Lieblingsmenschen, gewährte ich Einlass. Da hielt ich es mit den Briten: *My home is my castle*.

Als sich Klaus in mein Leben gemogelt hatte, trafen wir uns anfangs ausschließlich bei ihm. Irgendwann begann er mich aufzuziehen: »gib es zu, du hast gar keine Wohnung«, »wahrscheinlich schläfst du in der Praxis, weil du sowieso immer arbeitest« oder »in Wahrheit hast du deshalb einen Deal mit mir geschlossen, weil du obdachlos bist« waren augenzwinkernd vorgetragene Sprüche, die ich mir in den ersten Wochen anhören musste. Schließlich hatte ich mir ein Herz gefasst und ihn mit unsicherer Stimme zum Essen bei mir zu Hause eingeladen. Als er mein Reich betrat, blieb er mit offenem Mund stehen und schüttelte den Kopf. Ironisch brachte er hervor: »Und ich hatte den Verdacht, du würdest in einer Bruchbude hausen.«

Auf eine Erklärung verzichtete ich. Ich wollte ihm nicht zeigen, wie groß der Schritt für mich war, mein Schloss für ihn zu öffnen.

Genüsslich schaukelte ich auf der Liege hin und her. Durch das Glasgeländer konnte ich auf der linken Seite die ganze Stadt überblicken und mich rechts am satten Grün der umgebenden Wälder erfreuen. Die zahlreichen Blumenkübel, die über die Dachterrasse verteilt standen, schenkten mir nicht nur eine überwältigende Farbenpracht, sondern verströmten zudem einen betörenden Duft. Der Geruch des Sommers lag in der Luft, und die Sonnenstrahlen, die meine Haut sanft küssten, vervollkommneten den Moment, sodass ich mich rundherum wohlfühlen konnte. Für ein paar Minuten gab es lediglich das Hier und Jetzt – keine Vergangenheit, die an mir zerrte, und keine Zukunft, die mich ängstigte. Ein zufriedenes Seufzen entfuhr mir, bis ich abrupt von einem Piepslaut meines Handys aus der genussvollen Beschaulichkeit gerissen wurde.

Eine Nachricht von Klaus!

Na, bist du gut gelandet?

Was steckte hinter diesem kurzen Satz? War es das, was es zu sein vorgab – eine Frage nach meiner gesunden Rückkehr – oder war es in Wirklichkeit eine Bitte um ein Wiedersehen?

Kein Klammern, keine Verpflichtung. Das waren Bestandteile des Deals gewesen. Folglich hatte ich jedes Recht der Welt, mich nicht genötigt zu fühlen, ihn sofort nach dem Kurzurlaub zu treffen. So weit, so schön, aber: Was *wollte* ich? Wollte ich ihm begegnen, und wenn ja, wie schnell?

Laura hätte ihre helle Freude an mir gehabt, wenn sie wüsste, dass ich ihren Lieblingssänger ununterbrochen in meinem Kopf singen hörte: *Bauch sagt zu Kopf ja, doch Kopf sagt zu Bauch nein.*

Plötzlich trat der Gesang in den Hintergrund und Lotte drängte sich nach vorne: *Intuition erfordert Spüren.* Okay, Selbstversuch! Mit einem entschlossenen Durchatmen ließ ich die Augenlider zuklappen.

Variante 1: Kein Treffen mit Klaus bis zum Wochenende. Ich sah mich spazieren gehen, fernsehend oder lesend auf dem Sofa sitzen und gemütlich essen kochen, während ich Selbstgespräche führte. Ich liebte Selbstgespräche. Sprechende und Zuhörende zugleich zu sein, fand ich außerordentlich entspannend. Außerdem kamen mir dabei oft die besten Ideen und Einsichten. Doch, wenn ich ehrlich war, würden diese Gespräche um Klaus kreisen, und ich war mir nicht sicher, ob mir gefallen würde, was ich zu diesem Thema von mir gab.

Variante 2: Klaus treffen. Heute noch oder morgen! Unwillkürlich entglitt mir ein Stöhnen. Eintauchen in seine grüngrauen Augen, die meine Seele küssten. Seine wohlig-warme Stimme, die diese wunderbar ruhige Sprechweise hatte und so mitreißend lachen konnte. Seine Hände fühlen, die eine kribbelig-brennende Spur auf meiner Haut hinterließen, als träten heiße Strahlen daraus hervor. *Bauch sagt zu Kopf ja. Und Kopf, du hältst gefälligst die Klappe!*

Ohne meinem Verstand den Hauch einer Chance zu geben, Protest zu formieren, griff ich nach dem Handy und tippte:

Ja, gut gelandet. War schön! Und bei Dir? Hast Du heute Abend schon was vor oder hast Du Lust auf ein Treffen mit Deiner Kobold-Freundin mit oder ohne Plus?

In Windeseile drückte ich auf Senden, damit mein Kopf gar nicht erst weiteres Für und Wider abwägen konnte.

Die Antwort erschien umgehend.

Immer. Um sieben beim Thailänder? Ich reserviere einen Tisch. Freu mich!

Ohne Worte schickte ich ihm einen hochgestreckten Daumen und wunderte mich über das breite Grinsen, das mein Gesicht erobert hatte. Entspannt kuschelte ich mich gegen die Lehne und ließ mich wieder von der Sonne verwöhnen.

Am Abend wurde ich in meinen Film zurückgebeamt. Mit all dem, was er im Standardrepertoire hatte: traumhafte Stunden mit seelenstreichelnden Gesprächen, hingebungsvoller Sex mit anschließendem verzweifelten Auf-die-Zimmerdecke-Starren und ein abrupter Abgang von Klaus aus meinem Schlafzimmer.

*

»Best of Frogs« spielten am Freitag einen größeren Gig in Tübingen, und Klaus hatte mir bereits im Restaurant eine Eintrittskarte dafür in die Hand gedrückt.

Lange vor Konzertbeginn stapfte ich voller Vorfreude die Stufen zur Veranstaltungslocation empor. Das Konzert fand in einem Biergarten mitten im Wald statt. Auf der geschotterten Freifläche vor der Bühne befanden sich zahlreiche kleine Holztische mit Stühlen. Noch war ich die einzige Besucherin.

Ich liebte es, die vier Männer dabei zu beobachten, wie sie sich einspielten. Klaus und sein Bruder hatten sich einander zugewandt und stimmten die Keyboard- und Gitarren-Klänge aufeinander ab. Roland, der Drummer, der mit seinen wallenden Haaren und der Jeans-Kluft wie ein Rockstar aus den Siebzigern aussah, und Heiner, der eher unauffällige Bassist, hatten sich lässig zurückgelehnt und hielten einen Schwatz ab. Als ich mich langsam an den Tischreihen vorbeischlängelte, erspähten sie mich und winkten mir fröhlich zu. Auch Klaus hatte meine Anwesenheit bemerkt, sprang von der Bühne und hauchte mir einen Kuss auf die Wange.

»Hey, Eva! Schön, dass du da bist. Komm, setz dich. Bei uns sitzt du in der ersten Reihe.« Mit einem schelmischen Grinsen strahlte er mich an und in mir breitete sich ein tiefes Wohlgefühl aus. Egal, wie vergänglich es sein mochte, in Momenten wie diesen fühlte ich mich frei und lebendig.

Lächelnd setzte ich mich und beobachtete die Aktivitäten der Band. Als sie die ersten Songs für ein paar

Takte anstimmten, schloss ich die Augen und gab mich den Klängen hin. Bereits als Kind hatte ich Musik geliebt und ihre emotionale Kraft gespürt. Seitdem waren mir immer wieder im Radio oder in Plattenläden Bands und Sänger begegnet, die mir besonders unter die Haut gingen. Nico Santos war einer davon, und das Konzert von ihm, das ich gemeinsam mit Laura besucht hatte, war eines der Highlights meines Lebens. Auch »Best of Frogs« gehörten zu den Musikern, die mich tief in meiner Seele erreichten, vielleicht sogar am tiefsten, weil mir Klaus so vertraut war. Jetzt, wo erstmals an diesem Abend seine Stimme zu mir herüberwehte, breitete sich eine Gänsehaut auf meinen Armen aus.

Dieser hingebungsvolle Moment wurde jäh unterbrochen, als sich ein übergewichtiger Mann an meinen Tisch plotzen ließ.

»Hallo«, tönte es mir laut entgegen. Verdammt, hier war ja wirklich genug Platz, warum musste sich der Typ ausgerechnet zu mir setzen?

Unwillig erwiderte ich sein »Hallo«.

Er musterte mich eingehend, wanderte mit seinen gierigen Blicken von oben bis unten über meinen Körper und wieder zurück. Den Scan schien ich bestanden zu haben, denn er schmiss sich in Position, um unsere Unterhaltung zu vertiefen. »Ich bin Anton«, erklärte er.

»Eva«, antwortete ich und bemühte mich, ihn so desinteressiert wie möglich zu betrachten, was nicht gerade eine große Herausforderung darstellte. Aus einem fahlen Gesicht mit einer schwammigen Kinnpartie sahen mir kleine, stechende Augen entgegen. Das nicht mehr sonderlich üppige Haar klebte ihm mit gefühlten Tonnen von Haargel an der Kopfhaut und seine fliehende Stirn verlieh ihm ein einfältiges Aussehen. Im Gegensatz dazu hatten seine Gesten etwas von der Selbstsicherheit eines griechischen Gottes. Obwohl die Frau in mir sich in keiner Weise zu ihm hingezogen fühlte, machte das die Psychotherapeutin neugierig. Ich war mir sicher, dass er einer der Menschen war, die sich für den Mittelpunkt des Universums hielten, und beschloss, aus der Begegnung eine Challenge zu machen. Los wurde ich den Kerl sowieso nicht, also: warum nicht ein paar Studien treiben?

Aufgabe des Abends: Ich wollte es schaffen, das komplette Konzert über in seiner Gesellschaft zu verbringen, ohne dass er am Ende mehr von mir wusste als meinen Namen, während ich einen Großteil seines Lebens kannte. Unmerklich schmunzelte ich. Das würde spannend werden, wenn auch nicht auf die Art, die er sich vermutlich erhoffte.

»Freut mich, Eva. Ich bin extra früh losgefahren, damit ich einen guten Platz finde«, ließ er mich wissen. »Außerdem sitzen vorne immer die schönsten Frauen«, erklärte er, sichtlich stolz auf seine Charmeoffensive.

Ich verzog das Gesicht zu einem winzigen Lächeln. Mehr war nicht drin und mehr brauchte er nicht, um seinen Eroberungsfeldzug fortzusetzen.

»Ich komme aus Böblingen. Stadtrandlage. Ich bin froh, heute Abend abschalten zu können. Meine Villa wird gerade renoviert. Den ganzen Tag von lauten Handwerkern umgeben zu sein, ist echt anstrengend.« Ein schepperndes Lachen, das er mit einer Miene unterstrich, die er vermutlich für sexy hielt, erklang.

»Aha.«

»Erst habe ich mir überlegt, ob ich am Wochenende an den Bodensee abhauen soll. Der Porsche gehört mal richtig ausgefahren und auf meiner Yacht sollte ich auch nach dem Rechten sehen.« Selbstzufrieden sah er mich an, und ich fühlte mich in den Werbespot »mein Haus, mein Auto, mein Boot« gebeamt. Außerdem schallte mir »Ich bin so schön, ich bin so doll« durch den Kopf. Fehlte nur noch, dass er verkündete, ursprünglich aus Tirol zu stammen.

»Klar.«

»Gehst du oft auf Konzerte?« Mit einer leicht abfälligen Miene erklärte er: »Die Jungs hier sollen ja ganz gut sein.«

»Stimmt.«

»Okay, allzu viel kann man von einer Provinz-Band nicht erwarten. Dafür ist der Eintritt niedrig.« Ich musste ein neuerliches schepperndes Lachen über mich ergehen lassen.

Mittlerweile füllten sich die Reihen. Immer mehr Menschen strömten auf das Gelände und sicherten sich ihre Plätze. Anton ließ seine Blicke über die Menge schweifen, als wolle er ergründen, ob er vielleicht eine noch vielversprechendere Beute entdecken könnte.

Das schien nicht der Fall zu sein, denn er wandte sich wieder mir zu. »Ich bin selbst ein exzellenter Gitarrist. Schon als Kind habe ich gespielt und es seitdem perfektioniert.«

»Ach, und wie heißt deine Band?« Diese kleine Gemeinheit konnte ich mir nicht verkneifen. Insgeheim war ich felsenfest davon überzeugt, dass er – wenn überhaupt – allenfalls ein wenig zum Hausgebrauch zupfen konnte.

Prompt zuckte er zusammen. »Äh, also, ich habe keine Band. Ich spiele für mich daheim. Weißt du, mit meinem Level muss erst mal jemand mithalten können. Das ist nicht so einfach.« Mit einem Zwinkern, das gerne verführerisch sein wollte, wenn es mal erwachsen war, berichtete er: »Am liebsten spiele ich für eine schöne Frau.«

»Soso.«

Erleichtert realisierte ich, dass mittlerweile die Musiker die Bühne wieder betreten hatten, nachdem sie vor dem Eintreffen des Publikums backstage verschwunden waren. Johlen, Klatschen und begeisterte Pfiffe brandeten auf. Beim Anblick von Klaus klopfte mein Herz schneller. Als er, das Mikrofon dicht an den Lippen, mit seiner sonoren Stimme die Anwesenden begrüßte, kribbelte es überall in meinem Körper. Diese Stimme! Ich war sechsundvierzig Jahre alt, doch noch nie hatte mich allein der Klang eines Mannes derart auf Wolke sieben katapultiert. Und auf Wolke sieben schwebte ich, nichts mehr von der Umgebung wahrnehmend. Die Musik ertönte und das Wohlgefühl setzte sich fort. Mit geschlossenen Augen saß ich da und nahm sie in mich auf wie flüssiges Gold. Dort, wo mich sonst nichts erreichen konnte, in den finsteren Winkeln meiner Seele, wurde alles hell und lichtdurchströmt. Kein Therapeut dieser Welt hätte, mit welcher Methode auch immer, diese Wirkung bei mir erzielen können. Wieder schlich sich Lotte in mein Herz. Ja, das hier war Spüren. Spüren pur!

Eine ganze Stunde verbrachte ich auf diese Art, bis mich Klaus mit der Ankündigung einer Pause in die Außenwelt zurückbrachte. Anton sah mich erwartungsvoll an. »Kann ich dir einen Drink spendieren?«

»Nein, danke. Ich zahle selbst.«

Kurz zuckte er zusammen, bevor er mit zurückgekehrter Selbstzufriedenheit verlauten ließ: »Alles klar, eine emanzipierte Frau.« Gönnerhaft lächelte er mich an. »Macht ja nichts. Aber du willst doch bestimmt deinen Drink gerne mit mir einnehmen, wenn du schon in den Genuss einer tollen männlichen Gesellschaft kommst?«

Ich schwankte zwischen innerlichem Augenrollen über seine Unterstellung von Bedürftigkeit und Amüsiertheit hin und her. Was für ein Ego! Und das unter Umständen, unter denen sich manch anderer im kleinsten Kaninchenloch verkrochen hätte. Beinahe bewundernswert!

Laut murmelte ich: »Meinetwegen.«

Siegessicher marschierte Anton vor mir her und bahnte einen Weg. Als wir an der Bar Getränke erobert hatten, stellten wir uns an einen der freien Stehtische.

»Woher bist du?«

Ich lächelte geheimnisvoll, ohne zu antworten. Die Challenge lief und jetzt wurde sie das erste Mal wirklich herausfordernd. Eine Frage, die im Raum stand, und die ich nicht zu beantworten gedachte. Ich blieb stur bei meinem Lächeln und sah ihn erwartungsvoll an.

Nach einem winzigen Moment irritierten Stirnrunzelns setzte er seinen Monolog fort. »Hast du schon einen Urlaub geplant? Also ich reise im Herbst auf die Malediven. Vierzehn Tage in einem Luxusresort in einem Wasserbungalow. Na ja, eigentlich ist es eher eine Wasservilla.« Sein bereits bekanntes Schepper-Lachen ergoss sich über mich, bei dessen Sound ich unwillkürlich an über den Boden holpernde Konservendosen dachte. »Ich habe für zwei gebucht, für mich und eine Reisegefährtin. Der Auswahlprozess ist in vollem Gange. Du hättest gute Chancen.« Der Gönner mit dem gönnerhaften Lächeln musterte mich herablassend.

»Interessant.«

»Du kannst es dir ja überlegen. Hier ist meine Karte.«

Als wäre es eine erlesene, zerbrechliche Kostbarkeit überreichte er mir mit beiden Händen das Stück Papier, das seine Geltung unterstreichen sollte. Dafür fühlte es sich jedoch erstaunlich dünn an und wirkte irgendwie selbst gebastelt. Neugierig nahm ich die Visitenkarte in

Augenschein. »Anton Geber« stand dort und darunter: »Geschäftsführender Gesellschafter«.

Weiter kam ich zunächst nicht, weil ich meine ganze Konzentration brauchte, um nicht laut loszulachen. Ein Schwall an Assoziationen ergoss sich über mich. Wenn man mal den guten Ton wegließ, blieb das übrig, was er zu sein schien – ein Angeber. Und wenn man die Silben des Vornamens tauschte, erschien der Tonangeber, was angesichts seiner bedeutsamen Reden auch irgendwie stimmte. Wie war es nur möglich, dass die kleine Buchstabenfolge eines Namens dessen Träger so perfekt gerecht werden konnte?

Unter Aufbietung äußerster Selbstbeherrschung las ich weiter. Oben rechts thronte ein simpel gestricktes Firmenlogo: Geber GmbH, Handelsunternehmen. Na, wenn das kein Gesprächsthema bot! Auf jeden Fall war ich für den Rest der Pause vor Gegenfragen sicher. Ich musste ihm lediglich eine Präsentationsfläche bieten. »Wie groß ist denn dein Unternehmen?«

»Knapp hundert Mann sind wir inzwischen«, verkündete er mit stolzgeschwellter Brust. »Na ja, ein paar Frauen sind auch dabei.« Beim nächsten Lachen verwandelten sich die Konservendosen ins Meckern einer Ziege.

»Klar«, antwortete ich und zwang ein müdes Lächeln auf meine Lippen.

»Wir wachsen kontinuierlich. Am Ende des Jahres eröffnen wir eine Niederlassung in China. Und dann möchte ich weltweit expandieren. Heutzutage geht es nicht anders. Wer nicht global aufgestellt ist, verschwindet irgendwann vom Markt.«

Meine Prognose erwies sich als richtig. Den Rest der Pause schwafelte Anton über seine großartige Firma und seine noch großartigeren Pläne. Mit einem Schmunzeln dachte ich an Mark. Er besaß selbst ein erfolgreiches Unternehmen, das er mit Augenmaß und Bescheidenheit führte, und er hätte bestimmt seine helle Freude an Antons Ausführungen gehabt.

Ein paar vereinzelte Akkorde, die das Publikum zur Rückkehr an ihre Plätze animieren sollten, durchschnitten das Stimmengewirr. Erleichtert, mich zurück auf meinen Stuhl flüchten zu können, stürmte ich davon. Anton folgte mir entschlossen.

Die Musiker eröffneten die zweite Runde mit »Angels« von Robbie Williams. Klaus' eindringliche Stimme hallte über die Köpfe der Zuschauer hinweg, und es fühlte sich an, als würde er bis in den Wald hinein alles mit Leben, Liebe und Licht erfüllen. Ich war mir sicher, dass jeder ergriffen lauschte, und meine Seele wurde von dem Gefühl geflutet, er sänge nur für mich. Während Klaus mit dem Song Engel beschwor, schienen Leo und Oliver Flügel zu wachsen. Sie winkten mir zu und boten mir Schutz an. Ohne es zu merken, rannen mir Tränen über das Gesicht.

Die letzten Töne verklangen und ich schloss mich tief bewegt dem Applaus an. Als ich die Augen in Richtung Bühne wandern ließ, fing Klaus meinen Blick ein und hielt ihn umklammert – wie wenn die Welt für einen Sekundenbruchteil still stünde, bevor sie ihre Rotation fortsetzte.

Der Rest des Konzerts strömte an mir vorbei, ohne dass ich viel davon mitbekam. Mechanisch applaudierte ich, reagierte auf Antons kurze Äußerungen und schaute zum Podium, ohne irgendwas wahrzunehmen. Stattdessen wummerte mein Herz in einem atemberaubenden Beat und mein Verstand drehte Pirouetten. Die Welt stand kopf und ich wusste nicht, warum sie das tat.

Als die letzte Zugabe verklungen war und das Publikum den allgemeinen Aufbruch startete, baute sich Anton mit einem selbstgefälligen Lächeln vor mir auf. »Du kommst doch sicher mit in eine Bar in der Stadtmitte?«, verkündete er mehr, als dass er fragte.

»Nein, das geht nicht. Ich bin verabredet.«

Anton wirkte enttäuscht und über seinem Gesicht ging ein Kronleuchter auf, der eine Ahnung aufblitzen ließ, dass er aufs falsche Pferd gesetzt hatte. Ganz hatte er allerdings noch nicht aufgegeben. »Okay, dann gehen wir zusammen zum Ausgang.«

»Ich bin hier verabredet.«

Diese Aussage verwirrte ihn zwar, was an den grüblerisch zusammengekniffenen Augenbrauen unschwer zu erkennen war, brachte jedoch seinen Jagdinstinkt nicht zum Erliegen. »Ich leiste dir gern Gesellschaft, bis deine Verabredung kommt. Ich kann ja eine schöne Frau nicht einfach allein hier stehenlassen.«

Interessant! Trieb ihn die Neugier an, wer meine Verabredung war, die Hoffnung, dass es sich um eine ihm gegenüber aufgeschlossenere Frau handeln könnte oder der unbedingte Wille, mich doch noch für seinen Malediven-Trip zu gewinnen?

Nach einer halben Stunde, die mir wie eine Ewigkeit erschienen war, sprang Klaus von der Bühne, drückte mir einen zarten Kuss auf die Stirn und legte seinen Arm um mich. Wüsste ich es nicht besser, hätte ich darin eine besitzergreifende Geste gesehen.

»Hallo, Anton, wie geht's?«, fragte er mein Gegenüber, was mich erstaunt zusammenzucken ließ.

Doch mein Erstaunen war nichts im Vergleich zu Antons Überraschung. Seine Kinnlade war heruntergefallen und die Augen wirkten unnatürlich geweitet. Im Halbdunkeln schillerte seine Gesichtsfarbe wie eine rotgefärbte Glühbirne. »Äh, äh, gut«, stammelte er. »Und wie geht's dir?«

»Alles bestens«, gab Klaus tiefenentspannt zurück.

»Ihr kennt euch?«, wollte ich, weiter mit meiner Verwirrung kämpfend, wissen.

»Allerdings«, antwortete Klaus. »Anton ist seit vielen Jahren ein Mieter in dem Mehrfamilienhaus in Böblingen, das ich gerade renovieren lasse. Geht es voran mit den Arbeiten?«

»Äh, ja.« Antons Birne leuchtete nun mit einer nie da gewesenen Strahlkraft.

»Schön. Und was macht dein Job? Läuft's inzwischen besser mit deinem Chef in der Postfiliale?«

»Äh, ja.« Gegenüber der zuvor herrschenden Wortgewalt schrumpfte seine Kommunikation deutlich zusammen.

»Das freut mich für dich. Okay, dann wollen wir mal. Mach's gut!« Mit einem letzten Kopfnicken in Antons Richtung griff Klaus nach meiner Hand und marschierte energiegeladen zum Ausgang.

Anton blieb wie angewurzelt stehen, als sei er mit dem umgebenden Wald verschmolzen, und erinnerte mich damit an die Baumwesen aus »Kollaps«, einem Endzeitroman, den ich vor ein paar Monaten gelesen hatte.

Diesen Abend würde er nicht so schnell vergessen, da war ich mir sicher, und ich – offen gestanden – ebenfalls nicht!

Auf neuen Wegen

– 30. Juni –

Jedes Jahr dasselbe Spiel: Spätestens am ersten Juli begann das Grauen, dass der nächste 30. Juni bereits vor der Tür stand. Wie ein vielarmiges Monster schlich es um mich herum, kreiste mich ein und nahm mir die Luft zum Atmen. Der Abend meines Angsttages gönnte mir alljährlich eine kurze Verschnaufpause, in der ich durchatmete, dass ich ihn überstanden hatte, bevor am kommenden Morgen das Monster wieder auferstand. Und nun war es genau dreißig Jahre her, dass der 30. Juni aufgehört hatte, ein ganz normaler Tag zu sein.

Dieses Mal würde ich dafür sorgen, dass er anders verliefe als die neunundzwanzig davor. Ich würde mich dem Monster stellen, es mich nicht mehr von hinten umschlingen lassen, sondern ihm direkt in die Augen sehen – schonungslos, gnadenlos und mit all dem Mut, den ich in den vergangenen Wochen gesammelt hatte.

Lange hatte ich mir überlegt, wer mir neben meinen beiden innerlichen Begleitern dabei beistehen sollte. Klaus, Tammy oder Laura?

Klaus war rasch ausgeschieden. Zu groß war das Risiko, dass das unserem Verhältnis eine weitere gefährlich intensive Zutat hinzufügte. Seit dem Waldkonzert benötigte ich ohnehin meine komplette Achtsamkeit, um das Anwachsen von unerwünschten Empfindungen in mir zu unterbinden. Allein schon die Sehnsucht, die seine Musik in mir auslöste, hätte locker gereicht, um mich vor gewaltige Herausforderungen zu stellen. Und die Begegnung mit Anton hatte dem Gesamtbild einen noch schärferen Kontrast verliehen. Durch dessen Schattenseiten erhellten sich Klaus und unsere Beziehung zueinander über das bisherige Maß hinaus.

Während Anton aus wenig Substanz unnatürlich schillernde Seifenblasen geformt hatte, die vor meinen Augen eindrucksvoll zerplatzt waren, präsentierte sich Klaus als Meister des Understatements. Es hatte eine Zeit lang gedauert, bis ich begriffen hatte, welche gigantischen Erfolge er mit seinen Kinderbüchern feierte. Und erst nach und nach enthüllte er mir Namen von Musikern internationalen Formats, mit denen er in jungen Jahren aufgetreten war. Seine Entscheidung, aus dem großen Musikbusiness auszusteigen und mit einer lokalen Band wie »Best of Frogs« auf kleinen Bühnen für wenige Menschen zu spielen, hatte er bewusst getroffen. Er wollte sich auf seine Wurzeln besinnen und Zeit für andere Formen der Kreativität gewinnen. Status-Symbole bedeuteten ihm nichts. Dass er über ein beeindruckendes Vermögen verfügte, war mir nur langsam aufgegangen. Anton hingegen steckte in einem bescheidenen Leben, das er mittels Lügenmärchen aufzubauschen versuchte.

Mich schauderte beim Gedanken daran. In was für einer Gesellschaft lebten wir, dass sich so viele nicht gut genug waren, wie sie waren, und sie erst durch die

Kreierung eines trügerischen Scheins den Glanz ihres geschenkten Daseins spüren konnten? Warum gelang es ihnen nicht, in sich selbst und in ihren Fähigkeiten den Sinn oder die Mission ihres einzigartigen Lebens zu erkennen und ihrem persönlichen Weg zu folgen – unabhängig von Geld, Macht und Prestige? Dass Klaus sich all dem mit einem hohen Maß an Nonchalance widersetzte, war eine der zahlreichen Eigenschaften, die ich an ihm schätzte und die mich in Gefahr brachten, mehr in ihm zu sehen als ich wollte.

Nachdem ich die bewusste Entscheidung getroffen hatte, mich nicht noch tiefer in seinen Bann ziehen zu lassen, blieben Tammy und Laura als Rettungsanker für den 30. Juni. Letzten Endes wünschte sich meine Intuition Laura herbei. Zwar hatten beide Freundinnen ein mitfühlendes, verständnisvolles Wesen, doch bei Laura entfaltete sich das auf eine ruhigere und gelassenere Art. Sie war unaufgeregt empathisch, und das schien mir für die schwierige Mission das Richtige zu sein. Meine Bitte um ihre Gesellschaft bei einer wichtigen Angelegenheit hatte sie sichtlich verwundert. Dennoch stimmte sie, ohne nachzufragen, zu.

Erst als ich sie abholte, erkundigte sie sich: »Verrätst du mir, was du vorhast?«

Mit angespannter Miene schüttelte ich den Kopf. »Nein, noch nicht. Aber zieh dir bequeme Schuhe an! Ich würde gerne nachher einen ausgiebigen Spaziergang machen.«

Wortlos nickte sie. Ich liebte sie dafür. Sie hatte ein feines Gespür, wann Reden und wann Schweigen angesagt war. Obwohl ihr mit Sicherheit Hunderte von Fragezeichen durchs Gehirn schwebten, vertraute sie darauf, dass ich wusste, was ich tat. Diesbezüglich toppte ihre Zuversicht die meine um Längen!

Zehn Fahrminuten später hatten wir das Ziel erreicht. Laura warf mir zwar einen irritierten Blick zu, doch dabei beließ sie es. Ich öffnete den Kofferraumdeckel und griff nach dem ersten der beiden großen, schweren Gebinde. »Könntest du mir eines davon abnehmen?«

»Klar«, antwortete sie mit wachsender Verwirrung.

Ich nickte ihr dankbar zu, schloss den Kofferraum und stapfte zielstrebig zu der kleinen Pforte, bei der ich nicht hätte sagen können, wie oft ich sie bereits geöffnet hatte. Ich folgte dem Weg, den ich blind und im Schlaf entlangspazieren könnte, bis wir zu dem Bänkchen gelangten, auf dem ich unzählige Stunden meines Erwachsenenlebens verbracht hatte.

»Bitte setz dich«, quetschte ich zwischen den Zähnen hervor und platzierte das erste Gebinde an seinem Bestimmungsort. Eine Weile blieb ich stumm stehen, bevor ich Laura das zweite abnahm und damit ein paar Schritte weiter dieselbe Prozedur vollzog.

Wortlos sank ich neben ihr auf die Bank und verfiel in ein Schweigen, das sich brüllend laut anfühlte und mich zu zerreißen drohte. Ich atmete tief durch und sackte in den beruhigenden Gedanken, dass ich mir die richtige Begleitung ausgewählt hatte. Laura war einfach da und ließ mich genau das spüren, ohne Forderungen zu stellen und ohne mich mit Fragen oder Blicken zu bombardieren.

Nach einer gefühlten Ewigkeit setzte ich an und deutete auf die beiden Gräber mit dem identischen Todestag. »Daran bin ich schuld! Zumindest kommt es mir seit dreißig Jahren so vor.«

Zaghaft flüsterte sie: »Was ist geschehen?« Erneut dankte ich meiner Intuition. Die meisten in dieser Situation hätten gesagt: »Was auch passiert ist, es ist bestimmt nicht deine Schuld ...« Längst hatte ich aufgehört, zu zählen, wie oft ich mir das anhören musste. Geholfen hatte es mir nicht, im Gegenteil!

Anstelle einer Antwort hing ich den Erinnerungen an diesen Tag nach – seit drei Jahrzehnten erstmals mit allerletzter Konsequenz. Ich beschwor sie herauf, statt sie wegzudrücken, und der Schmerz überfiel mich mit einer Urgewalt, die mir den Atem raubte. Ein heftiges Aufschluchzen entrang sich meiner Kehle, doch es hinderte mich nicht daran, hinzusehen. Laura legte ihren Arm um mich und blieb ansonsten stumm und regungslos sitzen.

Ich erinnerte mich, als wäre es gestern gewesen, an jenes Datum, an dem mein Leben das erste Mal eine dramatische Kehrtwendung genommen hatte. Mein großer Bruder Leo, den ich vergötterte, sein bester Freund Oliver, mit dem mich seit wenigen Wochen eine zarte Romanze verband, und ich lümmelten auf dem Sofa. Wir redeten, scherzten und schmiedeten Urlaubspläne für die Sommerferien. Ich stand kurz vor meinem siebzehnten Geburtstag, die Jungs waren zwei Jahre älter und freuten sich bereits auf die Freiheit, die sie sich mit dem Abitur im folgenden Jahr erobern wollten. Doch diesen Sommer planten sie erst mal, mit einem Interrail-Ticket durch Europa zu gondeln. Gegen Ferienende hatten sie mir eine gemeinsame Fahrradtour zum Bodensee versprochen. Ich war stolz wie ein Schneekönig, meine beiden größten Idole zumindest dabei begleiten zu dürfen.

Unsere Eltern waren an diesem Tag unterwegs und hatten sich bis zum späten Abend abgemeldet. Als sich die Essenszeit näherte, bettelte ich Leo an, eine Pizza aus unserer Lieblingspizzeria zu holen, die ein paar Fahrminuten entfernt lag.

Er protestierte: »Och nö, ist gerade so gemütlich hier und Tiefkühlpizza tut's doch auch!«

»Bitte, bitte, Leo«, ließ ich nicht locker, »bei Giuseppe schmeckt es aber viel besser.«

Eine Weile kabbelten wir uns, bis er sich mit genervter Miene erhob. »Meinetwegen!« In Olivers Richtung fragte er: »Kommst du mit, Kumpel?«

Letzterer nickte und folgte seinem besten Freund. Beleidigt blieb ich sitzen und zog eine Schnute. In meiner idealen Welt hätten Oliver und ich die Zeit genutzt, um ausgiebig zu knutschen. Zugegebenermaßen fand ich nicht nur die Aussicht auf eine Pizza attraktiv, sondern auch die auf ein paar ungestörte Minuten mit meiner großen Liebe.

Missgelaunt versuchte ich, mich auf ein Buch zu konzentrieren, was mir allenfalls leidlich gelang. Eine Stunde später warf ich zunehmend unruhige Blicke auf die Uhr. Bis endlich das erlösende Türklingeln erschallte, waren zwei Stunden dahingeschlichen. Erleichtert riss ich die Tür auf. »Da seid ihr ja, warum hat das ...«

Als ich die Mienen der Polizisten sah, die mir gegenüberstanden, wusste ich von einer Sekunde auf die andere, dass nichts mehr war wie zuvor. Und dass es das nie mehr sein würde.

»Leo Holler, das ist mein großer Bruder«, wandte ich mich an Laura und deutete auf das linke Grab, auf dem inzwischen auch die Namen unserer Eltern standen. »Und Oliver Lange war sein bester Freund, in den ich bis über beide Ohren verliebt war. Wir waren gerade ein paar Wochen zusammen. Wenn ich am 30. Juni vor dreißig Jahren meinen Bruder nicht überredet hätte, Pizza zu holen, dann wären sie wahrscheinlich heute noch unter uns. Ich habe ihnen ihre Leben gestohlen wegen einer dämlichen Pizza.«

Betroffen hakte Laura nach: »Ein Unfall?«

»Ja, ein Lastwagen, der die Vorfahrt missachtet hat.«

»Und der Lastwagenfahrer?«

»Hat Suizid begangen. Also habe ich genaugenommen drei Menschen auf dem Gewissen.«

»Glaubst du das selbst, was du da sagst?«

»Ein Teil von mir, ja. Ein Teil, den ich nicht mundtot bekomme. Ich habe direkt nach dem Unfall eine umfassende Therapie gemacht, ohne dass das etwas daran geändert hätte. Dann habe ich Psychologie studiert – in der Hoffnung, nicht nur anderen, sondern auch mir helfen zu können. Doch nach dreißig vergangenen Jahren habe ich immer noch keinen Weg gefunden, um diesen Teil endgültig zum Schweigen zu bringen. Bei eurer Hochzeit hat Lotte unauffällig und ziemlich wirksam mit mir gearbeitet. Seitdem merke ich, dass langsam etwas in Bewegung kommt.«

Ich legte eine Pause ein. Da gab es diese drängenden Gedanken, die aus ihrem finsteren Kerkerloch ausbrechen wollten. Ich inhalierte mit einem tiefen Atemzug den Duft des Sommers, der nicht einmal vor diesem trostlosen Ort Halt machte. Ehrlichkeit und Vertrauen gegenüber meinen Freunden hatte ich mir geschworen. Es war an der Zeit, unbequeme Wahrheiten auszusprechen. »Und Klaus hat ein Fundament gelegt, durch das ich erst die Offenheit entwickelt habe, mich auf Lottes Aktion einzulassen.«

»Deinen Klaus würde ich gerne kennenlernen«, antwortete sie und betrachtete mich neugierig, doch ich reagierte nicht darauf. »Was Lotte angeht: Keine Ahnung, wie sie das anstellt. Sie hat ein unfassbares, geradezu übersinnliches Gespür für Menschen und wirkt auf eine Weise, die sich dem Einflussbereich des Verstandes entzieht. Jedes Mal, wenn ich damit in Berührung komme, lässt es mich fasziniert zurück.«

Sie schien Zeit zu brauchen, um alles zu verdauen und ihre Gedanken zu sortieren. Mehrere Minuten verstrichen, bis sie zögerlich ihren Überlegungen Worte folgen ließ. »Aber noch mal zu deinem Thema. Du bist die Therapeutin von uns beiden, und ich glaube nicht, dass ich dir irgendetwas mitgeben kann, was du nicht ohnehin schon weißt. Trotzdem piepst da eine Stimme in mir, die sagt: Vielleicht wäre es besser, mit dem Teil, der dir die Schuld an den Ereignissen gibt, in Verhandlungen zu treten, ihn anzuhören, seine Interessen zu verstehen, statt ihn gewaltsam zum Schweigen bringen zu wollen.«

Sie legte eine neuerliche Pause ein. Mir tat die Unterbrechung gut. Ihre bisherigen Äußerungen hatten mich aufgewühlt. Sie klangen verdächtig nach einer laut ausgesprochenen Botschaft, die ich tief in mir zwar fühlte, aber unter keinen Umständen zulassen wollte, weil die Angst davor zu mächtig war. Bislang war ich der Strategie gefolgt, diesen Teil auszulöschen oder zumindest zu verdrängen.

»Als ich wegen meiner gescheiterten ersten Ehe bei dir in Therapie war, hast du mir sehr geholfen durch die Arbeit mit dem inneren Team. Und ich hatte eben den Eindruck, dass du einem Teammitglied das Mitspielen verweigerst. Du hast mir damals gezeigt, wie ich die wilden Gefühle in mir in eine beherrschbare Ordnung bringen kann, indem ich ihnen einen Platz zuweise, an dem sie weniger Schaden anrichten. Wir haben mit einer Figurenaufstellung gearbeitet. Erinnerst du dich?

Das hat viel gelöst und war für mich ein riesiges Geschenk. Nun frage ich mich, ob du dir selbst gegenüber genauso gütig warst ...«

Verwundert starrte ich meine Freundin an und gleichzeitig überkam mich eine gehörige Portion Scham. Laura hatte recht. Ich war die Therapeutin von uns beiden, doch offensichtlich vollkommen vernagelt, wenn es um meine eigenen Themen ging. Was sie gerade gesagt hatte, verfügte über eine brillante Klarheit. Hatte ich zu lange geschwiegen? Hätte ich mich schon längst meinen Freunden anvertrauen sollen?

Einzig der Gedanke, dass ich nicht die erste Psychologin war, der etwas Derartiges geschah, tröstete mich. Ich reihte mich ein in eine Reihe fähiger Persönlichkeiten der therapeutischen Welt, die die faszinierendsten Konstrukte und die ungewöhnlichsten Therapieformen erschaffen und damit unzähligen Menschen beigestanden hatten. Nur an sich selbst waren sie kläglich gescheitert. Auch wenn mein Name keinen Nachhall in der wissenschaftlichen Literatur finden würde, wusste ich, dass ich vielen Geplagten in schweren Zeiten geholfen hatte. Dennoch wollte es mir für mich und mein eigenes Trauma nicht gelingen.

Überrascht nickte ich. »Ich dachte, ich hätte sämtliche Wege beschritten, aber du hast vollkommen recht: Durch diese Brille habe ich noch nicht geschaut. Und meine ganzen Bemühungen gingen in die Richtung, diesen Teil aufzulösen, auszuschalten, unhörbar zu machen und nicht, mich mit ihm zu versöhnen oder ihn gar zu integrieren. Danke, Laura, für deine hilfreichen Worte und dafür, dass du mich Lotte hast kennenlernen lassen. Ihr zwei seid ein tolles Team!«

»Lotte spielt in ihrer eigenen Liga«, entgegnete sie mit einem leisen Schmunzeln. »Ich kam auch schon mehrfach in den Genuss ihrer Unterstützung.«

»Da scheint einiges auf dich abzufärben – vielleicht solltest du beruflich umsatteln«, gab ich lächelnd mit leichter gewordenem Herzen zurück.

»Danke für den Vorschlag. Aber mir gefällt mein derzeitiger Job!« Mit einem frechen Augenzwinkern strahlte sie mich an und betankte dabei meine Seele mit Kraft.

Eine halbe Stunde saßen wir stumm auf der Bank, während ich den Erinnerungen an die beiden geliebten Menschen nachhing, in deren Schuhen ich durchs Leben wanderte. Ich vermisste sie so sehr! Auch nach all der Zeit vereinnahmten sie mein Innenleben, hatten sich darin breitgemacht, sodass kaum Platz für andere blieb. Für ein paar gute Freunde ja, aber auf keinen Fall für einen Mann. Und von dem vielen Raum abgesehen, den sie einnahmen, steckten die Pfeilspitzen der Schuldgefühle in mir. Mein Herz fühlte sich an wie ein Igel mit aufgestellten Stacheln. Wie sollte ich damit umgehen? Mich weiterhin ins scheinbar Unvermeidliche fügen oder endlich der Vergangenheit die Stirn bieten? Hatte ich überhaupt noch eine Wahl oder war ich durch die Murmeltier-Welt mit Klaus' Anwesenheit schon längst unmerklich auf einen unbekannten Weg katapultiert worden? Ich stieß einen tiefen Seufzer aus, was Laura ihre Hand auf meinen Oberschenkel legen ließ. Es tat gut, sie bei mir zu wissen.

Mit neuer Entschlossenheit sprang ich auf. »Würdest du mit mir Richtung Schönbuch kurven? Ich möchte gerne eine Weile durch den Wald spazieren.«

»Selbstverständlich!«

Ein paar Fahrminuten später stiegen wir an einem idyllisch gelegenen Waldparkplatz oberhalb des Klosters Bebenhausen aus. Wir stapften ins grüne Dickicht, das an diesem heißen Sommertag eine willkommene Abkühlung bot. Ein vielstimmiges Vogelkonzert in Verbindung mit dem leisen Rascheln der Blätter und dem Duft nach Moos und Rinde entspannte mein aufgeheiztes Gemüt nach wenigen Schritten.

»Darf ich dich etwas fragen?«, flüsterte Laura, nachdem wir eine Weile schweigend nebeneinander her marschiert waren.

»Natürlich. Du darfst mich alles fragen.«

»Ist das der Grund, warum du ...« Sie stockte, als wisse sie nicht, wie sie den Rest des Satzes formulieren solle.

»... warum ich keinen Mann und keine Kinder habe?«, vollendete ich das, was ich zu hören meinte.

»Genau. Ich will dir nicht zu nahe treten mit dieser Frage.«

»Du trittst mir nicht zu nahe. Im Gegenteil. Ich finde das weitaus angenehmer, als immer gesagt zu bekommen, ich fände schon noch den Richtigen. Nie fragt jemand, ob ich das überhaupt will.« Genervt stieß ich die Luft aus. »Ja, klar ist das der Grund. Und genau genommen nicht nur einer, sondern gleich ein ganzes Paket an Gründen. Der Schmerz, diese beiden Menschen zu verlieren, war derart unerträglich, dass ich das keinesfalls erneut erleben will. Im Übrigen tut es auch heute noch unbeschreiblich weh. Leo und Oliver waren meine größten Herzensmenschen. Meine Sehnsucht nach ihnen ist ungebrochen.« Ich schluckte und kämpfte mühsam um meine Fassung.

»Wenn ich niemanden liebe, muss ich mich nicht der Gefahr der Wiederholung eines schlimmen Verlusts stellen. Ich wüsste nicht, wie ich das ein weiteres Mal aushalten sollte. Selbst wenn der Mut gereicht hätte, mich ernsthaft auf einen Mann einzulassen, wären Kinder undenkbar gewesen. Ich habe viele Jahre das Leid unserer Eltern mitansehen müssen, die nie mehr in ihr früheres Leben zurückgefunden haben. Als Mutter wäre ich eine Zumutung gewesen. Ich hätte mein Kind überbehütet, ständig Bedrohungen gewittert und ihm den Raum zum Atmen geraubt.«

Ich brauchte eine Pause, weil es mir schwerfiel, zu Luft zu kommen. Ein unglaubliches Engegefühl hielt meine Brust umklammert. Erst nach mehreren bewussten Atemzügen war ich in der Lage weiterzusprechen. »Hinzu kommt: Solange ich allein bin, muss ich mir nicht die Frage stellen, was es mit mir macht, wenn Leo und Oliver in den Hintergrund gedrängt würden. Ich fühle mich verpflichtet, ihr Andenken zu bewahren und niemanden an ihren Platz treten zu lassen. Das käme mir wie Verrat vor. Und dann sind da noch die Schuldgefühle, dass das Ganze nur passiert ist, weil ich hartnäckig um eine bescheuerte Pizza gebettelt habe. Wie kann ich das Recht auf ein erfülltes Leben haben, nachdem ich den beiden ihre gestohlen habe? Womit sollte ich meinen Anspruch auf Glück begründen? Zu überleben ist okay, aber rundherum glücklich zu sein nicht. Lediglich ein paar kleine Schritte Richtung Lebensträume habe ich mir gegönnt. Zum Beispiel die Neuseeland-Reise, auf der ich Tammy und Jonas kennengelernt habe, mein Studium mit all der Sehnsucht, doch noch etwas Sinnvolles hervorzubringen, und schließlich meine ›Alles-ist-gut‹-Wohnung.«

Laura schwieg, lange und nachdenklich. »Wie waren sie, die zwei?«, fragte sie nach einer gefühlten Ewigkeit.

»Leo war das personifizierte Leben. Voller Energie, Begeisterungsfähigkeit, Neugier und Freude auf das, was vor ihm lag. Er liebte Sport – Fußball, Tennis, Schwimmen, Laufen. Er war ein Kumpeltyp, beliebt, mit einer extrovertierten und fröhlichen Ausstrahlung. Obendrein gutaussehend, was ihm reichlich weibliche Aufmerksamkeit einbrachte. Er wollte die Welt erkunden, nach dem Abi reisen und irgendwann studieren. Mit seinem Tatendrang konnte er ganze Räume fluten. Seit ich ein Kind war, hat er mich dadurch mitgerissen.«

Ich schluckte heftig gegen die aufsteigenden Tränen an. »Oliver war ein viel ruhigerer Typ, besonnen und nachdenklich. Ich denke, dieser Gegensatz hat ihre Freundschaft ausgemacht. Sie haben sich perfekt ergänzt.« Wehmütig hing ich meinen Erinnerungen nach. Ich würde alles dafür geben, beide noch ein einziges Mal sehen zu können und ihnen zu sagen, wie sehr ich sie geliebt habe, immer noch liebe.

»Ich hatte jahrelang für Oliver geschwärmt. Neben ihm konnte kein anderer bestehen. Erst ein paar Wochen vor diesem Tag waren wir uns endlich auf Leos Geburtstag nähergekommen. Damit ging ein unfassbarer Traum in Erfüllung. Wie sich herausstellte, liebte er mich ebenfalls schon seit langem. Die Freundschaft mit Leo hatte ihn davon abgehalten, etwas mit dessen kleiner Schwester anzufangen. Doch Leo reagierte völlig entspannt und hat sich gefreut. Auch wenn wir beide damals Teenager waren, nahmen wir unsere Liebe ernst. Wir waren sicher, dass wir zusammenbleiben würden. Schließlich kannten wir uns unser halbes Leben und wussten, was wir aneinander hatten.«

Ganze Heerscharen an Klößen schienen durch meine Kehle zu spazieren. Es war Jahre her, dass ich zuletzt in diesen Schmerz hineingespürt hatte. Es jetzt zu tun, hatte etwas Verstörendes und Erlösendes zugleich.

»Wie hast du dann weitergemacht?«

»Das weiß ich selbst nicht. Ich streifte wie ein Zombie durch die Gegend. Ausgesaugt und leer. Eine leblose Hülle, deren Inneres verschwunden war. Ich wollte nicht mehr ich sein. Erst recht wollte ich keine Frau mehr sein. Als die Trauerfeier vorbei war und ich versuchte, irgendwie meinen Alltag wieder aufzunehmen, führte mich der erste Gang zum Friseur. Ich ließ mir meine wallenden, wunderschönen Locken abschneiden und tauschte sie gegen eine knabenhafte Kurzhaarfrisur. Ich dachte, wenn ich nicht wie eine Frau aussähe, würde ich mich auch nicht wie eine verhalten und wäre vor der Liebe sicher. Das Ganze ist zwar inzwischen dreißig Jahre her, aber an dieser Grundhaltung hat sich nichts geändert. Natürlich hatte ich Beziehungen, sogar jede Menge, doch sowie etwas ernst zu werden drohte und Gefühle ins Spiel kamen, brach ich sie ab.«

»Verstehe«, flüsterte Laura. »Und was ist mit Klaus?«

Klaus. Tja, was war mit ihm? Er war der Erste, der keine Liebe von mir wollte. Zugleich war er derjenige, der am dichtesten dran war, sie unaufgefordert zu bekommen. Noch nie hatte ein Mann einen derartigen Einfluss auf mich besessen. Er hatte flüsterleise eine persönliche Entwicklung in mir angestoßen und mich in eine Auseinandersetzung mit meiner Vergangenheit geschubst. Ohne Druck und Zwang, sondern allein durch seine Präsenz, durch seine Art, meine Seele zu berühren.

»Ich weiß es nicht«, murmelte ich verzweifelt.

»Ist er dein Freund oder eine Affäre?«, tastete sie sich weiter vor.

Okay, was sollte es? Ich hatte mich heute Laura gegenüber mehr geöffnet, als ich es in den vergangenen dreißig Jahren je bei einem anderen Menschen getan hatte. Auf das letzte Stückchen Wahrheit kam es jetzt auch nicht mehr an.

»Wir haben einen Deal.«

»Einen Deal? Was für einen Deal denn?«

»Eine Freundschaft plus. Freunde sein, reden, gemeinsam was unternehmen und Sex als Plus. Keine Beziehung, keine Verpflichtung. Dürfen statt Müssen.«

»Oha!«, entfuhr es Laura, während sie scharf die Luft einsog. »Und das funktioniert?«

»Ehrlich gesagt weiß ich das inzwischen nicht mehr. Seit fast fünf Monaten läuft die Sache. Es schien die perfekte Lösung zu sein. Ein guter Freund, Sex und gleichzeitig keine Bindung. Keine Angst haben müssen, wann die drei Worte fallen, die für andere magisch sind und für mich furchterregend. Kein Druck, keine Sorge, irgendwelche Erwartungen nicht erfüllen zu können, sondern einfach leben, genießen, frei sein – wenigstens für ein paar Stunden. Das klang verlockend, doch mittlerweile habe ich das Gefühl, dass es Hintertürchen gibt, die ich übersehen habe. Zum ersten Mal fühle ich mich derart wohl, dass ich mich frage, ob wir nicht schon längst eine Beziehung führen. Das gab es bis dato nicht. Von allen Verlustängsten abgesehen, kommt mir das wie ein Verrat an Oliver vor.«

»Hm, das kann ich nachvollziehen«, murmelte sie stockend und nachdenklich. Dann richtete sie ihren Blick direkt auf mich. »Wenn Oliver dich für kurze Zeit besuchen könnte, um mit dir zu sprechen, was denkst du, würde er dir dazu sagen?«

Tränen rannen mir über das Gesicht. Ich sah Oliver in meinem Inneren so deutlich, als stünde er gerade vor mir. Den jung gebliebenen Oliver, denn einen anderen kannte ich nicht. Seine leuchtenden dunkelbraunen Augen, die von Wärme erfüllt waren, funkelten mich an. Mit einer Hand strich er mir sanft über die Wange und verwischte behutsam die salzige Spur. Ich konnte seine ruhige Stimme in mir wahrnehmen, die dort immer noch denselben Widerhall erfuhr wie vor dreißig Jahren, und sie leise sagen hören: »Lebe, liebe, Eva. Für dich und für mich. Damit ich den Weg für etwas Sinnvolles freigegeben habe.«

Laut schluchzte ich auf. Ich wusste, dass ich sein Okay hatte. Nur, was nützte das, wenn *ich* es mir nicht erteilte? Und selbst wenn ich mir gestatten könnte, Klaus zu lieben, würde auch das nichts ändern. In diesem Fall bliebe es trotzdem bei einer einseitigen Angelegenheit.

Laura zog mich in eine innige Umarmung und strich mir mit liebevollen Bewegungen über den Rücken. »Ich bin da«, flüsterte sie. »Lass es alles raus.«

Nach langen Minuten hatte ich mich wieder einigermaßen beruhigt. Mit einem befreiten Gefühl sah ich meine Freundin an. »Danke, Laura.«

»Nichts zu danken. Ich schäme mich eher, dass ich in den Jahren unserer Freundschaft nicht bemerkt habe, was du mit dir rumschleppst. So oft habe ich deine Zeit beansprucht und dir mit meinen vergleichsweise kleinen Sorgen und Nöten in den Ohren gelegen. Dabei hast du so viel mehr Gepäck dabei. Es tut mir leid, dass ich nicht aufmerksamer für dich da war!«

Entschlossen schüttelte ich den Kopf. »Nein, überhaupt kein Grund für eine Entschuldigung. Dreißig Jahre intensives Training haben mich zur Meisterin im Fassade-Aufrechterhalten gemacht. Und du hattest keine Chance, etwas zu bemerken, weil ich es niemanden sehen lassen wollte. Erst auf Menorca habe ich, angeregt durch Lottes Arbeit mit mir, entschieden, meinen Lieblingsmenschen endlich Vertrauen entgegenzubringen.« Zwischen all den Tränen schmunzelte ich: »Du bist sozusagen mein Versuchskaninchen!«

Laura entgegnete lächelnd: »Na, wenn es einem guten Zweck dient, bin ich gerne Versuchskaninchen!«

Ein Kobold unter Wichteln

Anfang Juli erschien Klaus' neueste »Wichtige Wichtelei«. Entgegen seiner sonstigen Gewohnheit hatte er mir dieses Mal nicht daraus vorgelesen und ein ziemliches Geheimnis aus dem aktuellen Teil der Serie gemacht. Meinen Fragen war er ausgewichen und irgendwann hatte ich es aufgegeben.

Über alle Maßen gespannt betrat ich in der ersten Juli-Woche die Kinderbuch-Abteilung einer namhaften Reutlinger Buchhandlung, in der der Auftakt für eine ganze Reihe von Lesungen vor den Sommerferien stattfinden sollte. Ich war überrascht, welch große Zahl an Menschen sich eingefunden hatte. Es herrschte ein kunterbuntes Durcheinander. Kinder hüpften aufgeregt umher, nur mühsam beruhigt von ihren Eltern oder Großeltern. Stimmengewirr hing in der Luft, und einige hatten schon Platz genommen, um sich die beste Sicht zu erobern. Vorne waren kleine Stühle aufgebaut für die Kinder, die mutig und groß genug waren, sich von ihren Begleitpersonen zu lösen. In den Reihen dahinter befanden sich Sitzgelegenheiten für die Erwachsenen, die teils allein, teils mit einem oder mehreren Kindern auf dem Schoß mit erwartungsfrohen oder auch angestrengten Mienen auf ihren Plätzen saßen. Rundherum verharrten Menschen und lauerten auf den Beginn der Lesung.

Um in dem Menschengetümmel Richtung Podium schauen zu können, fehlten mir etliche Zentimeter Körperlänge. Geduldig wartete ich, lässig an ein Bücherregal gelehnt, bis sich die Meute verteilt hatte und der Blick nach vorne frei wurde. Klaus stand dort mit einem Mann, vermutlich dem zuständigen Mitarbeiter der Buchhandlung, in einer entspannten Unterhaltung. Nur Augenblicke später wandte er sich ab, schritt zu einem Tisch, auf dem alle Exemplare der Buchreihe aufgestellt waren, und setzte sich. Mit einem amüsierten Lächeln ließ er seine Augen über die Menge wandern. Als er mich entdeckte, breitete sich ein Strahlen auf seinem Gesicht aus und er zwinkerte mir zu. Das wiederum zog die Aufmerksamkeit der Anwesenden auf mich und ich sah zahlreiche Köpfe vor mir, die sich in meine Richtung drehten. Ich realisierte, wie ich feuerrot wurde und mein Puls in eine höhere Taktfrequenz wechselte. Wie an unserem ersten Abend in der Tübinger Musikbar fühlte ich mich plötzlich nackt. Nackt und geschockt über die Freudensprünge, die mein Herz vollführte, weil Klaus mir diesen Blick schenkte. Alarmstufe rot! Und das galt nicht nur für meine Gesichtsfarbe. *Freundschaft plus*, betete ich mir vor, *mehr nicht*.

Die letzten Gespräche verklangen. Der Mitarbeiter der Buchhandlung kündigte mit wohlwollenden Worten Klaus an, der – sich räuspernd – das vor ihm liegende Buch aufschlug.

»Wichtige Wichteleien und der Opa im Himmel«, las er. Als ich den Titel hörte, spürte ich einen Kloß im Hals. Ich konnte mir lebhaft vorstellen, worum es in dem Band gehen würde.

»Liebe Kinder, wenn ich eine Geschichte für euch erzähle, dann ist es oft so, dass ich beim Aufschreiben an einen Menschen denke, den ich mag. Ein Mensch, zu dem die Handlung passt und bei dem es mir vorkommt, als würde er bei allem, was Feodora und Fritzchen erleben, dabei sein. Bei diesem Buch gab es so jemanden. Diese Geschichte ist für Eva, den kleinen, roten Kobold, der durch mein Leben fegt.« Klaus blickte vom Exemplar in seinen Händen auf und schaute mich ein weiteres Mal an, was mich restlos aus der Balance zu kippen drohte.

Viel Zeit, mich mit dem bevorstehenden Verlust meiner Fassung zu beschäftigen, blieb mir jedoch nicht. Ein Mädchen aus der ersten Reihe war aufgestanden, starrte mich mit großen Augen an und rief mit ausgestrecktem Zeigefinger: »Da steht ein echter Kobold, wie der Pumuckl!« Ich wusste nicht, ob ich lachen oder weinen sollte. Dieses Maß an öffentlicher Aufmerksamkeit war nicht das, was ich mir gewünscht hätte.

Ein Junge ein paar Reihen weiter hinten gab cool zurück: »So ein Quatsch, der Pumuckl ist viel kleiner, und außerdem ist das da kein Junge.«

Das Mädchen stand eine Weile still und nachdenklich da, bevor es laut durch den Saal brüllte: »Bist du dann vielleicht Pumuckls Oma?«

Das allgemeine Gelächter schwoll an, und ich hätte in diesem Moment einiges dafür gegeben, wirklich der Pumuckl zu sein. Dann hätte ich mich klammheimlich unsichtbar machen und verdrücken können. Statt dessen sah ich mich amüsierten Blicken ausgesetzt, die meine Erscheinung musterten und mit sichtlicher Erheiterung zu meiner Frisur wanderten.

Gedankenverloren strich ich mir durch die Haare. Stimmt, so abwegig war das gar nicht. Ich war nie jemand gewesen, der sich viel mit seinem Äußeren beschäftigte. Morgens im Bad richtete ich mich eher mechanisch, sorgte zwar für ein gepflegtes Aussehen, stand jedoch nicht stundenlang vor dem Spiegel und studierte mich von allen Seiten. Schlagartig wurde mir bewusst, dass meine Haare in den vergangenen Jahrzehnten zu keiner Zeit so lang gewesen waren wie jetzt. Von mir nicht richtig zur Kenntnis genommen, hatte sich die Kurzhaarfrisur in einen wilden roten Wuschelkopf verwandelt. Er sah schon geordneter aus als beim Pumuckl und leuchtete auch angesichts seiner rotbraunen Farbe deutlich weniger, aber dennoch wies er eine entfernte Ähnlichkeit auf.

Klaus räusperte sich vernehmlich, im Bemühen, die Aufmerksamkeit von mir abzulenken. Er lächelte mir mitfühlend zu und begann, aus seiner Geschichte vorzulesen. Als hätte ich in diesem Raum noch nicht genügend Peinlichkeit erlebt, merkte ich, wie mir zunehmend die Fassung entglitt und die leisen Tränen zu einem hörbaren Aufschluchzen anschwollen. Feodora und

Fritzchen überlegten sich zusammen mit Kati, die ihren geliebten Opa verloren hatte, was sie tun könnte, um sich ihm trotzdem nah zu fühlen.

Ein ungefähr siebenjähriges Mädchen, das in der Reihe direkt vor mir saß, stand auf und griff nach meiner Hand. »Du musst nicht traurig sein«, flüsterte sie. »Feodora und Fritzchen bekommen das hin. Die bekommen immer alles hin.«

Gerührt nickte ich ihr zu und strich behutsam über ihren Kopf. Sie schenkte mir eine stürmische Umarmung, die sich heilsamer anfühlte als ein Jahr Psychotherapie und setzte sich mit einem erstaunlich altklugen Lächeln zurück an ihren Platz.

So gerne ich sonst Klaus' Stimme lauschte, war ich dieses Mal erleichtert, als er zum Ende gekommen war. Tief durchatmend arbeitete ich an der Wiedergewinnung meiner Balance. Das Stimmengewirr nahm zu und Heerscharen an Kindern, die ihre Mamas, Papas, Omas, Opas resolut hinter sich herzogen, drängten zum Rednertisch und bestürmten Klaus mit Fragen, die er lachend und geduldig beantwortete.

Nur das kleine Mädchen aus der ersten Reihe schien mich spannender zu finden als den Geschichtenerzähler auf dem Podium. Neugierig pirschte sie sich an mich heran. Mit den abenteuerlichsten Verrenkungen verknotete sie ihre Hände und sammelte mit Unterstützung ihrer Zungenspitze, die sie nachdenklich Richtung Nase schob, ihren ganzen Mut.

Interessiert fixierte sie mich und fragte: »Bist du jetzt Pumuckls Oma oder nicht?«

Eine weibliche Stimme aus dem Hintergrund meldete sich zu Wort. »Franziska, du kannst doch nicht einfach eine Frau, die noch gar nicht so alt ist, als Oma bezeichnen.«

»Wieso, du bist doch auch gar nicht so alt und meine Oma«, kam es wie aus der Pistole geschossen zurück. »Oder bist du alt?«

Ich löste meinen Blick von Franziska und erhob ihn, um die Quelle der amüsierten Frauenstimme, die mir merkwürdig vertraut vorkam, in Augenschein zu nehmen. Erstaunt stockte ich. »Blümchen, was machen Sie denn hier?«, entfuhr es mir.

Ein schalkhaftes Grinsen leuchtete mir entgegen. »Sie haben derart von Klaus Frosch geschwärmt, dass ich ihm unbedingt in natura begegnen wollte«, erklärte sie. »Und in einem solchen Fall ist es praktisch, Enkel zu haben, die man als Ausrede vorschieben kann.«

Sie hatte es geschafft: Mein aufgewühlter, emotionaler Zustand hatte sich in ein entspanntes Lachen verwandelt. »Ich mache Sie gerne miteinander bekannt, wenn das Remmidemmi vorbei ist. Klaus freut sich bestimmt, treue Fans kennenzulernen.«

»Oh, das wäre wunderbar«, rief sie aus und begann, stürmisch auf und ab zu wippen.

Es dauerte geraume Zeit, bis sich der Trubel gelegt hatte, alle Kinder mit signierten Büchern versorgt und die letzten Fragen beantwortet waren. Blümchen, die sich auch als Oma des Jungen erwiesen hatte, der an der Pumuckl-Debatte beteiligt gewesen war, harrte gemeinsam mit mir aus. Als sich Klaus endlich zu uns gesellte, machte ich mich ans Vorstellen und erklärte, woher wir uns kannten.

Blümchen schüttelte in der ihr eigenen temperamentvollen Art seine Hand und rief begeistert aus: »Ach, ich freue mich so sehr, Sie kennenzulernen. Eva hat bei der Hochzeit in den höchsten Tönen von Ihnen geschwärmt.«

Lieber Himmel, nahmen denn die Peinlichkeiten an diesem Tag überhaupt kein Ende mehr? Auf keinen Fall sollte Klaus denken, ich hätte unserer Beziehung noch mehr Gewicht verliehen als sie ohnehin schon hatte. Deswegen schob ich mit bemüht neutralem Ausdruck hinterher: »Ich sagte ihr, dass wir enge Freunde sind und gern Zeit miteinander verbringen.«

Er warf mir ein amüsiertes Lächeln von der Seite zu und zwinkerte in Blümchens Richtung. »Ja, so könnte man das nennen.«

Seine Reaktion verleitete sie zu einem vielsagenden Blick. »Eva erzählte mir, dass Sie nicht nur Kinderbücher schreiben, sondern auch Musiker sind.«

»Das ist richtig. Kommen Sie doch mal zu einem Konzert. Meine Band heißt ›Best of Frogs‹. Wir covern und spielen eigene Songs. Mögen Sie Musik?«

»Oh ja. Nur, ehrlich gesagt höre ich sie am liebsten zuhause. Konzerte sind nicht so mein Ding. Allerdings könnte ich für Sie eine Ausnahme machen.« Sie warf ihm einen Augenaufschlag zu, der jeder Hollywood-Schauspielerin zur Ehre gereicht hätte und der eindeutig schwärmerisch war. Da hatte Klaus wohl einen Fan gewonnen! »Aber eigentlich wollte ich Ihnen sagen, wie sehr ich Ihre Bücher liebe. Ich habe sie alle gelesen, zusammen mit meinen fünf Enkeln.«

»Fünf Enkel, das klingt nach einer Menge Lesezeit«, erwiderte er schelmisch. »Es freut mich, dass Ihnen die Reihe gefällt.«

»Und wie! Ihr neuestes Buch haben Sie also für Eva geschrieben. Auch wenn die Handlung traurig ist, finde ich es zauberhaft, dass sie sie zu einer derart liebevollen Geschichte inspiriert hat.«

Klaus legte den Arm um meine Schultern und zog mich zu sich heran. Seine Stimme klang weicher als sonst, während er zögerlich antwortete. »Ja, ich hatte Eva ständig vor meinem inneren Auge, als die Ideen aus mir herausgeströmt sind. Deswegen war klar, dass ich das Buch ihr widmen würde.«

Mein Gefühlsleben saß in einer Achterbahn und absolvierte die unglaublichsten Loopings. Verdammt, verdammt, verdammt! All das, was sich in mir abspielte, wenn Klaus in meiner Nähe war oder wenn ich auch nur an ihn dachte, fühlte sich schrecklich nach dem hässlichen Wort mit fünf Buchstaben an. Undenkbar! Schließlich hielt ich seit Jahrzehnten mein Herz verriegelt und hatte daran unzählige unüberwindliche

Vorhängeschlösser befestigt. Da durfte es kein Durchkommen geben!

Wie eine Schallplatte mit einem Sprung betete ich mir in Endlosschleife vor, dass es eine Freundschaft plus war, nicht mehr. Dennoch rührte es mich, dass er mir eines seiner Bücher gewidmet hatte. Noch dazu eines, das so gut zu mir passte. Wieder einmal fragte ich mich, während mir eine Gänsehaut den Rücken rauf und runter lief, wieso er mein Geheimnis zu spüren schien, obwohl ich nie mit ihm darüber gesprochen hatte.

Blümchen riss mich aus diesen Gedanken, indem sie mit sanftem Druck ihre Hand auf meinen Oberarm legte und mir mit einem intensiven Augenaufschlag zuraunte: »Meine Liebe, Sie können sich glücklich schätzen, einen derart wundervollen Freund zu haben.«

Ich warf einen Blick auf Klaus, der mich immer noch umschlungen hielt und dessen Augen mir voller Wärme entgegenblitzten.

»Oh ja, ich weiß, das tue ich«, antwortete ich und gab damit den Teil der Wahrheit preis, der nichts mit dem Film in meiner persönlichen Dauerschleife zu tun hatte.

Kriegsschauplatz Tomatensuppe

Es dauerte nur drei Tage, bis ich merkte, dass mein Zusammentreffen mit Blümchen nicht folgenlos geblieben war. Laura rief an und hatte ein konkretes Anliegen. Ohne lange um den heißen Brei herumzureden, kam sie gleich zur Sache.

»Eva, darf ich mir im Hinblick auf euer Hochzeitsgeschenk was wünschen?«

Beklommen fragte ich mich, was nun kommen könnte. Tammy, Jonas und ich hatten dem Hochzeitspaar einen Wochenendausflug geschenkt. Wir wollten alle zusammen einen Trip zum Bodensee machen, dort übernachten und am nächsten Tag eine Fahrt mit dem Zeppelin bis ins Allgäu genießen. Einen Gutschein dafür hatten wir in einem wunderschönen handgeschmiedeten Zeppelin überreicht. Tammy hatte ihn über einen Schöne-Dinge-Laden in Tübingen bei einem Kunstschmied extra anfertigen lassen.

»Was wünschst du dir denn?«, fragte ich misstrauisch.

»Also«, holte sie aus, als ob es ihr schwerfiele, ihre Bitte zu äußern. Das flaue Gefühl in mir verstärkte sich. »Blümchen hat mir von eurem Treffen bei Klaus' Lesung erzählt und mir vorgeschwärmt, was er für ein toller Mann sei. Du hast ihn bereits bei der Hochzeit vor uns versteckt. Ich finde, da könntest du ihn wenigstens zu unserem Wochenendausflug mitbringen.«

»Nein, Laura, das geht nicht«, widersprach ich, ohne zu zögern.

»Wieso nicht?«

»Weil wir, wie du als Einzige weißt, eine Freundschaft plus haben und keine Beziehung. Wenn ich ihn mitnehmen würde, kann ich mir ausmalen, was sich in Tammys und Jonas' Kopfkino vollzieht. Darauf lege ich keinen Wert. Zudem könnte Klaus das falsch verstehen und sich von mir unter Druck gesetzt fühlen. Wir trennen unser Verhältnis zueinander strikt von den jeweiligen Freundeskreisen.«

»Sorry, meine Liebe, aber das glaube ich dir nicht. Wie ist das noch gleich mit seinen Bandkollegen? Nach dem, was du mir vom letzten Konzert erzählt hast, kennst du sie alle und hast einen lockeren Umgang mit ihnen. Also, wo ist das Problem? Du kannst Klaus als guten Freund vorstellen, mit dem du gerne Zeit verbringst. Außerdem bist du schon mit vielen Lebensabschnittsgefährten bei Tammy und Jonas aufgekreuzt, ohne dass es dir etwas ausgemacht hätte. Warum stört es dich jetzt plötzlich?«

Ja, interessante Frage! Warum störte es mich bei Klaus? Eine leise Stimme in mir flüsterte: *Weil es mit ihm anders ist*, aber ich hatte nicht die geringste Lust, dieser Stimme Aufmerksamkeit zu schenken.

Auf eine Eingebung hoffend, hob ich an: »Weil ...«, doch die Eingebung wollte partout nicht auftauchen, versteckte sich heimtückisch hinter meinem wummernden Herzschlag und den rauschenden Ohren.

Laura gickelte: »Siehst du, dir fällt kein vernünftiges Gegenargument ein.«

»Bestimmt, ich müsste nur eine Weile nachdenken«, entgegnete ich mit einem tiefen Seufzen und einem leisen Schmunzeln, denn Laura hatte mich – wenn ich ehrlich war – längst weichgekocht.

»Also gut. Pass auf! An meinem Geburtstag gehe ich mit Klaus essen und wenn es sich ergibt, frage ich ihn, ob er Lust hat, mitzukommen. Eigentlich brauche ich mir gar nicht groß den Kopf zu zerbrechen, denn er wird ohnehin niemals zustimmen. Das geht gegen unseren Deal, und was das angeht, haben wir klare Grenzen.«

»Quatsch. Wieso geht das gegen euren Deal? Ich dachte, ihr wollt Zeit miteinander verbringen, Sex inklusive. Beides könnt ihr am Bodensee haben.« Das Grinsen in Lauras Stimme tönte unüberhörbar hervor und es riss mich mit.

Laut lachte ich auf. »Laura, du bist echt eine Sensation. So, wie du dir die Dinge zurechtbiegst, könnte sich Jonas als Anwalt noch ein paar Scheiben von dir abschneiden.«

Sie fiel in mein Lachen ein, wurde jedoch schnell wieder ernst. »Was heißt da: Dinge zurechtbiegen? Ich habe dich nur zitiert.«

»Bruchstückhaft ja. Du weißt aber auch, dass wir allzu Privates trennen. Und unsere engsten Freundeskreise *sind* privat!«

»Herzallerliebste Eva! Ich bin gründlich von meiner Hofspionin informiert worden. Und Blümchen hat mir ausdrücklich erzählt, dass er dich sogar in der Öffentlichkeit umarmt und dir beinahe zärtliche Blicke zugeworfen habe. Also, so hart, wie du es mir hier verkaufen willst, können die Grenzen nicht sein!«

Zärtliche Blicke. Diese Worte pulsierten in mir und führten zu einer neuerlichen Beschleunigung meines Herzschlags. War das möglich? Und wenn es das wäre, was hätte es zu bedeuten? Im Hinblick auf die Lässigkeit, die er ständig an den Tag legte, konnte ich mir beim besten Willen nicht vorstellen, dass er in einem ähnlichen Film festhing wie ich. Gedanklich tauschte ich *zärtliche Blicke* gegen *freundschaftliche Blicke* und fühlte mich sofort besser.

Trotzdem brannten Lauras Worte – und vor allem ihre Forderung – in den nächsten Tagen in mir. Wie sollte ich Klaus ihre Idee unterbreiten, ohne dabei den Eindruck zu erwecken, unsichtbare Grenzen zu überschreiten und aus unserem »Dürfen« ein »Müssen« oder zumindest ein »Sich-verpflichtet-Fühlen« zu machen?

*

Wild entschlossen, mich keinesfalls in gefährliche Fahrwasser zu begeben, lief ich am Abend meines Geburtstags in Richtung des italienischen Restaurants, in das ich Klaus eingeladen hatte. Es war ein milder Sommerabend und ein Teil der Strecke führte mich am Neckar vorbei.

Das bunte Treiben um mich herum zu beobachten, hauchte mir eine wohlige Ruhe ein. Alles war friedlich und entspannt. Eng umschlungene Liebespärchen flanierten auf den Wegen am Ufer entlang, und auf dem Wasser tummelten sich Tret- und Ruderboote. Auch der eine oder andere Stocherkahn war mit einer fröhlichen Gesellschaft an Bord unterwegs. Saftig grüne Äste der Ufer-Vegetation hingen in den Fluss und schufen ein romantisches Flair. Die Duftmischung aus Sonnenmilch, Blüten und aufgeheiztem Wasser ließ mich kurz die Augen schließen und mich in den Süden träumen. Die Erinnerungen an Menorca und das Strandgespräch mit Lotte flammten auf. Ähnlich wie dort tauchte für einen winzigen Moment das Gefühl in mir auf, alles Vergangene loslassen zu können. Doch so schnell wie dieser Moment gekommen war, verschwand er auch wieder. Ich seufzte und setzte meinen Weg fort.

Es war ein schöner Tag gewesen. Ich hatte die Praxis für heute geschlossen und den Morgen nach einem genüsslichen Ausschlafen mit einem Sektfrühstück auf der Terrasse begonnen. Am Nachmittag waren Laura und Tammy zu einem nicht ganz so überraschenden Überraschungsbesuch vorbeigekommen. In fröhlicher Runde hatten wir mit einem gehörigen Maß an Albernheit lockere Gespräche geführt. Ein wenig hatte ich mich dabei in unbeschwerte Teenie-Zeiten zurückkatapultiert gefühlt. In Zeiten, als das Leben verlockend, leicht und in verheißungsvoller Fülle vor mir gelegen hatte. Ein neuerlicher Seufzer entfuhr mir. Noch einmal ein

Fitzelchen davon im Alltag zu erschaffen, fühlte sich außerordentlich reizvoll an. Doch stattdessen wanderte ich durch die Gegend und fragte mich, wie um alles in der Welt ich Lauras Wunsch erfüllen sollte.

Als ich das Restaurant erreichte, wartete Klaus bereits vor der Tür. Mit einem strahlenden Lächeln kam er auf mich zu und zog mich in eine innige Umarmung. Er musste am Nachmittag im Garten gearbeitet haben, denn ihm haftete, obwohl er frisch geduscht war, der Geruch von Tannennadeln und gemähtem Gras an. Für einen Augenblick gestattete ich es mir, die Wange an seine Brust zu drücken. Seine Wärme und sein Duft umhüllten mich und legten sich wie eine kuschlige Decke um meine Seele. Wenn es mir schon schwerfiel, Vergangenes loszulassen, dann war das zumindest ein wohltuender Hauch des Mich-Fallenlassens.

»Hey, du Kobold«, flüsterte Klaus mit weicher Stimme in mein Haar. »Ganz herzlichen Glückwunsch zum Geburtstag!«

Ich drückte mich von ihm weg und hob die Augen, um ihn lächelnd anzublicken. »Danke dir.« Für einen kurzen Moment sahen wir uns stumm an und eine Atmosphäre aus Nähe und Vertrautheit breitete sich zwischen uns aus.

»Wollen wir reingehen?«, fragte er mit einem aufmunternden Kopfnicken.

»Gerne«, antwortete ich und atmete erleichtert auf. Immer wieder fühlte ich mich von der Stimmung zwischen uns bedrängt. Nicht von Klaus selbst, aber von unserer Verbundenheit, deren Unkalkulierbarkeit mich ängstigte.

Der Kellner führte uns an einen Tisch in einer ruhigen Nische auf der lauschigen Veranda, den ich einer frühzeitigen Reservierung verdankte. Beim Näherkommen entdeckte ich, dass darauf ein riesiger, traumhafter Strauß mit bunten Sommerblumen thronte. Verwundert ließ ich meine Blicke zwischen dem Kellner und Klaus hin und her wandern.

Klaus zuckte mit einem Schmunzeln entspannt die Achseln und erklärte: »Ich war so frei.«

»Danke, wie schön!«, murmelte ich und versuchte, den Kloß im Hals herunterzuschlucken.

»Wünschen Sie einen Aperitif?«, hörte ich die Stimme des Obers und war froh um die Ablenkung.

»Was hältst du von einem Prosecco?«, fragte ich in Klaus' Richtung und erhielt ein zustimmendes »Gerne« als Antwort.

Nachdem wir uns gesetzt hatten und der Kellner die Sektkelche serviert hatte, hob Klaus das Glas. »Auf den kleinen, roten Kobold und ein wundervolles neues Lebensjahr voller einzigartiger Momente und Liebe!«

Unwillkürlich, und zum Glück unmerklich, zuckte ich zusammen. Da war es wieder, dieses hässliche Wort! Und warum fing ausgerechnet Klaus damit an? Stumm nickte ich ihm zu und ließ meine Sektflöte sanft gegen seine klirren.

Mit einem verschmitzten Lächeln griff er in die Tasche seiner Sweatjacke. Ein Kästchen kam daraus hervor, dass er mir über den Tisch hinweg zuschob.

»Hier, ein kleines Geschenk für Dich«, erklärte er mit einem kessen Blick. »Wenn du schon für Pumuckls Oma gehalten wirst, solltest du auch etwas bekommen, was eine rothaarige Kobold-Oma bestimmt gerne mag, dachte ich mir.«

Es gelang mir zwar kaum, ein Lachen zu unterdrücken, doch dennoch fand ich, dass diese Bemerkung eine gewisse Dosis Empörung verdient hatte. Das Grinsen in Klaus' Gesicht war allerdings viel zu ansteckend, als dass ich sie hätte aufbringen können.

»Okay, dann schaue ich mal, was eine Kobold-Oma zu brauchen scheint«, erwiderte ich und widmete mich neugierig dem Präsent. Aufgeregt hob ich den Deckel und erstarrte, als ich darunter eine Edelstahl-Kette mit einem roten Halbedelstein entdeckte. Um den Stein herum schlängelte sich ein kleines, stark stilisiertes Wesen, das aussah wie ein Wichtel oder ein Kobold, der den Stein ins Licht hielt, um ihm zu vollem Glanz zu verhelfen. Die Kette war traumhaft schön, zart und elegant. Eine geballte Ladung Rührung entlud sich in mir, und ich brauchte die in jeder Faser meines Körpers gesammelte Kraft, um nicht in Tränen auszubrechen. Mein Puls galoppierte und meine übermütige Seele jubilierte. Einzig mein Verstand erwies sich als Wächter meiner Fassung und Retter in größter emotionaler Not.

Als ich mich wieder halbwegs sortiert hatte, blickte ich zu Klaus auf und murmelte: »Vielen Dank. Die Kette ist wunderschön.«

»Ja, das fand ich auch«, bestätigte er ohne falsche Bescheidenheit. »Sie lag im Schaufenster eines kleinen Schmuckladens und ich wusste sofort, dass es nur eine Frau gibt, zu der sie passt.«

Eine neuerliche Wasserflut drohte meine Augen zu überschwemmen, doch es gelang mir, sie zurückzudrängen. Meine Finger zitterten leicht, als ich den Verschluss öffnete und mir die Kette um den Hals legte. »Und?«, fragte ich neugierig.

»Bezaubernd«, antwortete er und musterte mich mit einem Blick, der mich derart panisch werden ließ, dass ich mich schnell wieder abwandte. Erlösung eilte in Form des Kellners herbei, der uns die Speisekarten reichte. Ich versteckte mich dahinter, sodass allenfalls die Nasenspitze darüber hervorlugte. Vermutlich sah ich jetzt erst recht nach einem Kobold aus, aber in meinem gegenwärtigen Zustand war mir das egal.

Als Vorspeise hatten wir uns für eine Crema di pomodori, eine italienische Tomatensuppe, entschieden. Wir löffelten gerade hingebungsvoll, als Klaus zögerlich zu sprechen anhob.

»Du, Eva«, tastete er sich behutsam vor, und ich fragte mich, was gleich folgen würde. »Auch ich habe ja bald Geburtstag, am ersten Samstag im August. Und da es bei mir der Fünfzigste ist, wollte ich ausgiebiger feiern. Mit meinen Kindern, den Bandkollegen und ein paar engen Freunden.«

Ich nickte. Ja klar, dass sein Fünfzigster bevorstand, war mir bewusst. Und selbstverständlich fand ich es vollkommen in Ordnung, wenn wir uns an diesem Wochenende nicht sehen konnten. Familie und langjährige Freunde gingen an einem solchen Tag vor. Das würde ich nicht anders handhaben. Oder? Hm, was wäre schon ein Geburtstag ohne Klaus? Ich würde ihn dabeihaben wollen, befand ich, und schalt mich umgehend für die verqueren Gedanken.

Während ich meinen Überlegungen nachhing, hatte Klaus eine kleine Kunstpause eingelegt. Plötzlich stieß er hervor: »Bist du dabei?«

Sowohl die Frage als auch sein aufgewühlter Ton brachten mich aus dem Konzept. Vor Schreck glitt mir der Löffel aus den Fingern, den ich gerade, gefüllt mit einer ordentlichen Portion Tomatensuppe, zum Mund balanciert hatte. Mit einem lauten Platschen und Klirren landete er in meinem Teller und ließ die rote Brühe in alle Richtungen spritzen. Sämtliche Gespräche um uns herum verstummten und ich wurde zur Zielscheibe der allgemeinen Aufmerksamkeit. Das schien ja neuerdings meine Spezialität zu sein. Heftig errötend besah ich mir die Katastrophe, die ich angerichtet hatte.

Klaus' rot gepunktetes Gesicht zeigte Anzeichen einer überfallartig aufgetretenen Windpockenerkrankung. Wenigstens trug er ein farbiges Hemd, das jetzt einfach noch ein bisschen bunter war. Meine ehemals weiße Bluse verfügte über ein unregelmäßiges rotes Muster, das aussah, als ob ein Kindergartenkind willkürlich mit Farbe um sich gespritzt hätte. Die Tischdecke stand diesem Design in nichts nach. Wobei das die eher sanfte Umschreibung war. Man hätte uns auch ohne jedes Zögern abgekauft, dass wir in eine wilde Schießerei rivalisierender Verbrechersyndikate geraten waren.

Klaus brauchte einen Moment, um sich wieder zu fassen, schaffte es aber immerhin schneller als ich, und murmelte mit einem Blick in mein Gesicht: »Okay, du hast gerade meine Vorstellung von einem kleinen, roten Kobold völlig neu definiert.«

Um seine Mundwinkel zuckte ein Lachen, das er sich nicht lange verkneifen konnte und das so rasant anschwoll, dass es auch für mich bald kein Halten mehr gab.

»Der kleine rote Kobold geht dann wohl mal auf die Toilette, um Schadensbegrenzung zu betreiben«, erklärte ich, nachdem wir uns halbwegs gefangen hatten.

»Da schließe ich mich glatt an«, erwiderte er. Wir legten beide die inzwischen sehr tomatigen Servietten beiseite und verschwanden in Richtung der WCs. Ein leicht genervt dreinblickender Kellner kreuzte unseren Weg und machte sich daran, das Chaos auf dem Tisch so gut wie möglich in Ordnung zu bringen.

Beim Blick in den Spiegel lachte ich ein weiteres Mal lauthals los. Ja, dieser Kobold war wirklich ungewöhnlich rot. Allzu viele helle Stellen wies meine Gesichtshaut nicht mehr auf. Ich zauberte ein Päckchen Taschentücher aus der Handtasche und begann mit den Restaurierungsarbeiten. Die Bluse war für den Moment nicht zu retten, da musste zuhause Chlorbleiche ran, aber wenigstens mein Gesicht und mein ohnehin schon roter Haarschopf sahen nach ein paar Minuten wieder aus wie sonst.

Die Frau im Spiegel betrachtete mich mit ernster Miene. Die Tomatenorgie hatte mich kurz abgelenkt von den neuen Entwicklungen, die es zu verdauen galt und denen ich mich unweigerlich erneut zuwenden musste. Klaus hatte mich zu seinem Geburtstag eingeladen, zusammen mit seiner Familie und seinen engsten Freunden! Das lag außerhalb unseres Arrangements, oder etwa nicht? Lebhaft stellte ich mir vor, wie die fragenden Blicke seiner Kinder auf mir ruhen würden: *Wer ist das?* Ich konnte ja wohl kaum sagen: »Hallo, ich bin Eva, eine Freundin von eurem Vater. Ach, und übrigens, wir haben Sex miteinander.«

Ratlos lauschte ich in mich hinein. In meinen seit heute siebenundvierzig Lebensjahren war ich schon auf zahlreichen Geburtstagspartys gewesen und hatte mir nie etwas dabei gedacht. Wäre Klaus ein Freund wie jeder andere, würde ich, ohne zu zögern, zusagen. Warum machte ich so eine große Sache daraus? Lag es an unserem pikanten Deal oder an meinen Gefühlen, die immer wieder auszubüchsen drohten? Oder hatte mich der merkwürdige Klang von Klaus' Stimme verwirrt in

Verbindung mit dem Maß an Überwindung, das ihn das Stellen der Frage sichtlich gekostet hatte? Und das trotz seiner sonst so lässigen Art!

Wenn ich vor mir selbst den Schein des perfekten Deals aufrechterhalten wollte, dann konnte es nur eine Antwort auf seine Einladung geben: Ich würde ihr folgen. Wie das gute Freunde eben tun ...

Als ich an den Tisch zurückkehrte, wartete Klaus bereits auf mich. Von meinem Attentat sah man ihm nicht mehr viel an.

»Schickes Muster«, äußerte er mit Blick auf meine Bluse.

»Davon verstehst du nichts, das ist die neueste Mode«, gab ich mit gespielt blasiertem Gesichtsausdruck zurück.

»Scheint so«, antwortete er lächelnd.

Ich beschloss, den heiteren Moment zu nutzen, um mit aller Entspanntheit, die ich aufzubringen vermochte, auf unser Ursprungsthema zurückzukommen. »Übrigens, zu deiner Frage: Ich komme gerne zu deinem Geburtstag.« Um mir nochmals deutlich zu machen, dass die Einladung eine unbedeutende Selbstverständlichkeit war, schob ich hinterher: »Wieso auch nicht?«

Klaus atmete nahezu unmerklich auf. »Schön, das freut mich.«

Die Gelegenheit erschien mir günstig, um nebenbei und in einem Tonfall der Belanglosigkeit Lauras Anliegen zu lancieren. »Ich wollte dich ebenfalls was fragen, wenn wir schon beim Thema ›Treffen mit Familie oder Freunden‹ sind.«

Er hob interessiert die Augenbrauen und musterte mich mit aufmerksamem Blick. Verdammt, wie sollte ich unter diesen Argusaugen cool bleiben? Doch es half nichts. Der Anfang war gemacht, jetzt musste ich da durch.

»Nur so eine Idee. Und kein Problem, wenn du nicht magst. Na ja, Laura und Mark – du weißt, das Pärchen, auf dessen Hochzeit ich Trauzeugin war – haben von Tammy, Jonas und mir einen Ausflug an den Bodensee geschenkt bekommen, mit Übernachtung und Zeppelin-Rundflug. Irgendwann im August soll das Ganze stattfinden. Und Laura hatte den glorreichen Gedanken, dass ich auch einen Freund mitbringen könnte ...«

»Auch einen Freund« brachte ich leichter über die Lippen als »dich«. Außerdem war es keine Option, ihm von Blümchens Begeisterungsstürmen und wilden Spekulationen zu berichten. Die Situation erschien mir plötzlich derart holprig und herausfordernd, dass ich in den Stammelmodus verfiel.

»Wahrscheinlich dachte sie, dass ich mich dann nicht wie das fünfte Rad am Wagen fühlen würde bei diesem Pärchentrip. Natürlich sind wir kein Pärchen, das ist uns beiden ja klar. So war das nicht gemeint. Nur, Laura fand einfach die Vorstellung nett, dass ich in Begleitung käme, also in Begleitung von einem Freund.«

Kompliment, Eva. Das hast du fantastisch hinbekommen. Für eine Psychotherapeutin geradezu sagenhaft!, schimpfte ich wütend in mich hinein. Allein schon, dass ich betont hatte, dass wir kein Pärchen wären ... Wenn einer wissen sollte, dass unser Gehirn die Worte »nicht« und »kein« nicht in gewünschter Weise verarbeitete, dann ja wohl ich mit meiner Profession. Durch meine Wortwahl hatte ich dieser Möglichkeit erst die Tür geöffnet, einen Raum kreiert, der zuvor nicht existiert hatte. Und das ausgerechnet Klaus gegenüber mit seinen hellseherischen Madame-Kassiopeia-Fähigkeiten!

Er lehnte sich entspannt auf seinem Stuhl zurück und betrachtete mich mit einem erheiterten Zucken um die Augen. »Schön, dass ich jetzt weiß, was deine Freundin Laura nett fände. Mir ist nur nicht klar, was *du* nett fändest. Insbesondere im Hinblick auf den Pärchen-Ausflug, der, was uns angeht, selbstverständlich kein solcher wäre.« Mit jedem weiteren Wort, das er hervorschmunzelte, schlich sich mehr Spott und Amüsement in seine Stimme.

Ja, da hatte ich ganze Arbeit geleistet! Retten konnte ich die Situation höchstens noch dadurch, dass ich in einen lässigen Ton umschwenkte. Die Herausforderung bestand allerdings darin, dass innere Verzweiflung und Lässigkeit nicht unbedingt eine freundschaftliche Beziehung pflegten. Dennoch probierte ich mein Glück und ließ im coolsten Tonfall, den ich hervorbringen konnte, verlauten: »Klar fände ich es nett, wenn du dabei wärst.«

»Soso«, entgegnete Klaus grinsend. »Na, wenn Pumuckls tomatenrote Oma das nett fände, dann kann ich ihr das auf gar keinen Fall abschlagen.«

Bierdusche mit Folgen

Das Herz schlug mir bis zum Hals, als ich mich Anfang August am späten Samstagnachmittag in mein Auto setzte, um zu Klaus' Häuschen im Grünen zu fahren. Ich hatte es vermieden, ihn zu fragen, welche Zahl an Menschen hinter »ein paar enge Freunde« steckte. Egal, wie seine Antwort gelautet hätte, wäre nichts in der Lage gewesen, meine Nervosität zu lindern. Vor allem fürchtete ich die Begegnung mit seinen Kindern. Selbst bei meinen Beziehungsversuchen hatte ich es geschafft, dem teilweise existierenden Nachwuchs meiner Partner aus dem Weg zu gehen. Wieder eine Premiere!

Klaus hatte mich gefragt, ob ich bei den Vorbereitungen helfen könne, doch ich hatte mit dem vorgeschobenen Argument abgelehnt, mich um die Abrechnung kümmern zu müssen. In Wirklichkeit grauste es mir vor der Vorstellung, wie ein echtes Paar eine Party auf die Beine zu stellen und als gemeinsame Gastgeber auf das Eintreffen der Gäste zu warten. Klaus hatte die Begründung mit einem verständnisvollen Kopfnicken und einem wissenden Lächeln quittiert.

Fünfzehn Minuten später stieg ich aus und streckte mich, um mich für das zu wappnen, was an Unwägbarkeiten auf mich lauerte. Mein Blick scannte die

Umgebung. Das satte Grün, von dem ich am Ende der kleinen Sackgasse, die direkt an den Wald anschloss, umzingelt war, belebte meine Sinne. Ich genoss einen tiefen Atemzug und nahm mit dem Duft des Waldes auch dessen Ruhe in mich auf. Das vielstimmige Gezwitscher der Singvögel, unterbrochen vom Ruf eines Bussards, entspannte mein Gemüt und gab mir die Kraft, mich Klaus' Heim zu nähern, das sich in den Wald hineinkuschelte, als suche es dort Schutz.

Beim Betreten seines Grundstücks hörte ich den Klang einzelner Stimmen, die fröhlich lachten und bestens gelaunt zu sein schienen. Es wäre ein Leichtes gewesen, am Haus vorbei in den riesigen Garten zu marschieren, der aus seiner erhöhten Position einen atemberaubenden Blick in die Natur gewährte. Doch das Unwissen, was und wer mich erwartete, ließ mich zögerlich an der Tür klingeln. Lieber wollte ich es Klaus überlassen, mich vorzustellen, als selbst diesen Part zu übernehmen.

Ein breites Strahlen eroberte sein Gesicht, während er öffnete und mich entdeckte.

»Mein persönlicher Kobold ist da. Wie schön!«, rief er mit einer Begeisterung aus, die meine Ängste schlagartig in die bedingungslose Kapitulation zwang und einem befreiten Lachen Platz machte.

»Danke für die Einladung«, brachte ich leise hervor und gab dem Ganzen damit die offizielle Note, die mir hilfreich erschien. Ich trat einen Schritt näher und schlang die Arme um seinen Hals. »Herzlichen

Glückwunsch zum Runden und alles Gute für die zweite Lebenshälfte!«

Für einen Moment spürte ich in die Umarmung hinein, sog eine Nase voll Klaus ein und genoss die Geborgenheit, die mir der Körperkontakt vermittelte. Er hielt mich fest umschlungen und schien über keinerlei Drang zu verfügen, unsere Umklammerung zu lösen. Mit einem Räuspern drückte ich mich von ihm weg und übergab ihm das schmale, leichte Geschenk, das ich in der Hand trug.

»Was ist das?«, fragte er neugierig.

»Etwas, das zum heutigen Tag passt«, erwiderte ich geheimnisvoll.

Er bat mich herein und verharrte vor der Kommode, die hinter der Eingangstür stand. Mit offensichtlicher Neugier wandte er sich dem Mitbringsel zu. Er zwinkerte mich schelmisch an, während seine Finger behutsam über das Geschenkpapier wanderten. Gebannt beobachtete ich seine Bewegungen und stellte mir vor, es wäre meine Haut, der er sich mit zarten Berührungen widmete. *Eva!*, schalt ich mich empört und zwang mich, meine Gedanken anderweitig zu beschäftigen. Unterdessen hatte Klaus die Klebestreifen gelöst und erkundete den Inhalt. Dass sich im Inneren ein Plattencover befinden würde, war von Anfang an klar gewesen, doch ich sah ihm an, dass er gespannt war, welches.

»Elvis 50th Anniversary, aus dem Jahr 1984«, rief er begeistert aus. »Eva, du bist ein Goldstück. Die fehlte noch in meiner Raritätensammlung.«

»Ich weiß«, schmunzelte ich. »Das habe ich vorher gecheckt.«

Achtsam legte er die Kostbarkeit ab, drehte sich zu mir und zog mich mit einer stürmischen Bewegung in die Arme. »Danke«, flüsterte er an meinem Ohr und klang ungewöhnlich gerührt. Er senkte sein Kinn auf meinen Kopf und strich mir mit liebevollen Berührungen über die inzwischen wieder gut gebändigten Haare. Nach der Pumuckl-Geschichte war ich schnurstracks zum Friseur marschiert und hatte um die Wiederherstellung von Ordnung gebeten. Die Friseurin hatte mir einen kinnlangen Stufenschnitt empfohlen, der die Pumuckl-Haarpracht in eine schicke, aufgeräumte Frisur verwandelt hatte. Zum ersten Mal seit dreißig Jahren hatte ich, ohne das bewusst zu entscheiden, den raspelkurzen Männer-Haarschnitt gegen eine typische Frauenfrisur getauscht, wie mir jetzt, da Klaus genussvoll über meine Locken strich, klar wurde.

Plötzlich ertönte von der Tür zum Wohnzimmer ein Räuspern. Ich zuckte zusammen. Erschrocken stieß ich mich von Klaus ab und entdeckte eine junge Frau mit kugelrundem Bauch, die sich mit einem verschmitzten Lächeln in den Türrahmen gelehnt hatte und uns interessiert betrachtete.

»Ich wollte euch nicht stören«, ließ sie mit einem süffisanten Zucken um die Mundwinkel verlauten. Doch ihre Augen strahlten dabei so warmherzig, dass ich sie trotz des peinlichen ersten Moments umgehend ins Herz schloss.

Klaus war sichtlich errötet und wandte sich mir mit einem verlegenen Hüsteln zu. »Eva, darf ich dir Rebecca vorstellen, meine Tochter. Wie du unschwer erkennen kannst, wird sie mich in wenigen Tagen zum Opa machen.« Die kleine humorige Bemerkung löste meine Befangenheit und ich sah deutlich entspannter in ihre Richtung.

»Rebecca, das ist Eva, eine enge Freundin.«

Okay, die Formulierung gefiel mir. Zwar ließ sie einiges an Interpretationsspielraum, fühlte sich dabei aber stimmig an. Erleichtert atmete ich durch, lief entschlossen auf Rebecca zu und gab ihr die Hand. »Freut mich, Rebecca. Klaus hat schon viel von dir erzählt.«

»Ja, das denke ich mir«, lachte sie. »Unser werdender Opa ist ganz schön aufgeregt, was da demnächst auf ihn zukommen wird. Ich freue mich auch, dich kennenzulernen, Eva. Woher kennt ihr euch?«

»Wir haben uns auf einem Konzert von ›Best of Frogs‹ kennengelernt.«

»Ah, interessant« entgegnete sie und fixierte mich mit einem Blick, der sich zu fragen schien, in welcher Beziehung wir zueinander standen.

Mit einem neuerlichen Hüsteln unterbrach Klaus die aufgekommene Stille. »Lasst uns rausgehen zu den anderen.« An mich gerichtet schob er hinterher: »Ich stelle dir meinen Sohn Benjamin vor und Rebeccas Mann Torben. Meine Bandkollegen kennst du ja. Und außerdem ist Georg mit von der Partie, der Illustrator meiner Kinderbücher. Er freut sich schon, endlich der

Inspirationsquelle für unser neuestes Buchprojekt zu begegnen.«

»Stimmt ja«, warf Rebecca ein. »Papa hat dir sein letztes Buch gewidmet. Du bist der kleine, rote Kobold.« Neugierig musterte sie mich. »Du siehst gar nicht koboldig aus, außer, dass du vielleicht nicht gerade zu den Riesen gehörst.«

Gelöst lachte ich auf. »Wenn du mich vor ein paar Wochen getroffen hättest, würdest du das anders sehen. Meine Frisur war eindeutig koboldig. Aber eigentlich ist das bei uns deshalb zu einem Running Gag geworden, weil ich bei unserem ersten Aufeinandertreffen scherzhaft behauptet hatte, ich wäre gerne eine Kobold-Figur in einem von Klaus' Kinderbüchern.«

»Okay«, gab sie lang gezogen und mit einem amüsierten Schmunzeln zurück. Derweil marschierte Klaus voraus und signalisierte uns, ihm durch das Wohnzimmer auf die Terrasse zu folgen.

Ein Großteil meiner Nervosität hatte sich mittlerweile verflüchtigt, und als ich die Bandmitglieder erblickte, die mir mit Bierflaschen in der Hand fröhlich zuwinkten, verflog der spärliche Rest. Ich lief ihnen entgegen und verteilte flüchtige Umarmungen. Danach zog mich Klaus zu einem jungen Mann, den er mir als seinen Sohn vorstellte. Benjamin war ein paar Jahre jünger als seine Schwester und wirkte immer noch jugendlich. Bei dem stattlichen Mann daneben, der eben im Gespräch mit Benjamin gewesen war, handelte es sich um seinen Schwiegersohn Torben. Beide strahlten mich mit einer derart mitreißenden Freundlichkeit an, dass mir das Herz aufging. Ehrlich gesagt hätte mich alles andere in Klaus' engstem Kreis auch gewundert.

Abseits des Treibens stand ein Mann am Grill, den ich nicht kannte. Er hielt eine große Zange in der Hand und konzentrierte sich darauf, das Grillgut unfallfrei zu wenden. Klaus führte mich in seine Richtung.

Mit einem Grinsen eröffnete er die Vorstellungsrunde. »Georg, das ist Eva. Mein persönlicher Inspirationskobold.«

Georg wandte sich von seinem Arbeitsplatz ab und drehte sich mir entgegen. Ein kurzes, neugieriges Aufflackern erhellte seine Augen. »Eva, toll, dir endlich in natura zu begegnen! Wenn ich gewusst hätte, was für eine schöne Frau sich hinter dem kleinen roten Kobold verbirgt, hätte ich unter die Widmung eine Zeichnung von dir gesetzt.«

Oha, Flirtmodus! Sein Blick war eindeutig interessiert. Unverhohlen musterte er mich von Kopf bis Fuß und machte keinen Hehl daraus, dass ihm gefiel, was er sah. Das weckte meine Neugier und ich scannte ihn ebenfalls genauer, als ich es sonst getan hätte. Zweifellos ein gut aussehender Mann. Groß – okay, für mich war fast jeder Mann groß –, athletisch gebaut, mit einem markant geschnittenen Gesicht und faszinierenden tiefblauen Augen, die zum Darin-Versinken einluden. Wenn er charmant lächelte, so wie jetzt, entstanden in seinen Wangen zwei kleine Grübchen und sein Kinn schob sich noch attraktiver hervor. Das schwarze, mit grauen Strähnen durchsetzte, füllige Kopfhaar bot einen interessanten Kontrast zu den hellen Augen. Er strahlte Lockerheit und Fröhlichkeit aus, und doch hatte ich das Gefühl, dass sich dahinter mehr verbarg. Ein Geheimnis? Auf jeden Fall Zeichen durchlebter unglücklicher Stunden, die Spuren hinterlassen hatten und seinem Blick einen Schimmer von Schwere verliehen. Ihn umgab diese eigenartige, wissende Aura, die nur Menschen hatten, die die Schattenseiten des Lebens kannten. Ich fühlte mich sofort zu ihm hingezogen, auf eine unerklärliche Weise. Vielleicht, weil wir Leidensgenossen waren. Vielleicht aber auch, weil seine Ausstrahlung mich fesselte. Für einen Moment hatte ich Klaus vergessen, der zwischen uns stand und irritierte Blicke hin und her wandern ließ.

So weit kam es noch, dass ich an seinem Geburtstag wilden Gedankengängen über einen fremden Mann nachhing, dem ich gerade erst begegnet war und über den ich nur bruchstückhafte Informationen hatte! Andererseits, rief ich mir ins Gedächtnis, war die Geschichte mit Klaus ein Deal, mehr nicht. Dürfen statt Müssen. Keine Verpflichtung, keine Beziehung, keine Liebe (zumindest theoretisch). Dafür, dass die Vereinbarung so lautete, wirkte seine Miene ganz schön angefressen.

»Eva, kannst du mir kurz beim Servieren des Sekts helfen?«, fragte er mit angespanntem Blick und zog mich hinter sich her, noch bevor ich geantwortet hatte.

In der Küche angekommen lehnte er seine Rückseite gegen die Arbeitsplatte und fixierte mich. »Georg hat einen Hang zum Hallodri«, erklärte er, »und übertritt dabei manchmal eine Grenze.«

»Wie meinst du das? Welche Grenze?«

»Er tut das, worauf er Lust hat, ohne sich über die Gefühle anderer Menschen Gedanken zu machen.«

Erstaunt betrachtete ich ihn. »Dass du auf diese Weise von ihm sprichst, wundert mich. Ich dachte, er wäre dein Freund.«

»Das ist er auch, allerdings mit einer Portion Vorsicht. Ich kenne ihn bereits ein paar Jahre und seine Geschichte ebenfalls. Vieles an ihm mag ich, und dennoch gibt es Punkte, an denen ich wachsam bin. Er hat seine Impulse nicht immer im Griff, lässt sich oftmals von ihnen beherrschen, und richtet dadurch Unheil an. Allein schon die Tatsache, dass er dich an meinem Geburtstag offen anbaggert, obwohl er weiß, dass du mir wichtig genug bist, um dir ein Buch zu widmen, zeigt, dass es ihm an Empathie mangelt.«

»Aber das mit uns ist ein Deal. Ohne Verpflichtung, ohne Beziehung, ohne Liebe. Das waren deine Worte!« Für einen Sekundenbruchteil zuckte er zusammen. Doch der Moment war so schnell verflogen, dass ich seine Existenz im Nachhinein anzweifelte.

»Ja, das ist korrekt. Nur kann er das nicht wissen. Für ihn bestünde zumindest die Möglichkeit, dass du die Liebe meines Lebens bist. Und obwohl er diese Möglichkeit nicht ausschließen kann und obwohl ich sein

Freund bin, baggert er dich an. Das meinte ich. Alles, was ich damit sagen möchte, ist: Pass auf dich auf, Eva.« Er griff nach meiner Hand. »Auch wenn du mir nichts erzählst, merke ich, dass gerade viel in deinem Leben passiert. Dass sich Dinge verändern, du an Geschichten aus der Vergangenheit arbeitest. Ich spüre, dass deine Balance wacklig ist, und finde, dass du Verwicklungen meiden solltest, die sie noch mehr durcheinanderbringen.«

Unwillkürlich entfuhr mir ein heftiges Auflachen. Meine Güte, wusste dieser Mann wirklich nicht, dass er es war, der meine wohlbehütete Balance gefährdete?

»Warum lachst du?«

Grüblerisch starrte ich vor mich hin. Was für eine skurrile Situation, in der wir uns gerade befanden! So etwas wie eine Beziehungsauseinandersetzung, nur ohne Beziehung. Draußen warteten Gäste auf ihn. Um jetzt ein großes Fass aufzumachen, schien es mir nicht der richtige Augenblick zu sein. Deswegen entschied ich mich für die Light-Variante.

»Ich habe mich eben gefragt, inwieweit unser Deal meiner Balance förderlich ist. Das, was sich in der Theorie so herrlich entspannend angehört hat, ist in der Praxis erschreckend komplex – wie du bei dieser Geschichte erkennen kannst. Ein Mann flirtet mit mir und sofort ist die Frage da: Darf ich das? Darf er das? ›Keine Verpflichtung‹ klingt einfach, doch wie wollen wir in der Realität Grenzen definieren? Uns beiden steht ja wohl kaum der Sinn nach Sodom und Gomorra!«

Ein leises Lächeln schlich über sein Gesicht. »Nein, eher nicht. Andererseits bewegen wir uns ein Stück weit außerhalb der üblichen Moral. Ich denke, das wäre zu besprechen, wenn es einen konkreten Anlass gäbe. An dem Punkt stehen wir aber noch nicht, oder?«

»Nein, natürlich nicht«, beeilte ich mich, zu erklären, und lachte meine Verunsicherung weg. »Komm, lass uns die Gäste mit Sekt versorgen. Außerdem ist heute dein Geburtstag. Kein guter Zeitpunkt für ernste Themen!«

»So sieht's aus«, bestätigte er und strahlte mich mit einem schelmischen Augenaufblitzen an.

Klaus hatte eine riesige Tafel mitten auf der Wiese aufgebaut, an der die komplette Gästeschar Platz fand. Inmitten von Apfel-, Birnen- und Kirschbäumen ließen wir uns das Essen schmecken. Obwohl ich eher ein Stadtmensch war, musste ich zugeben, dass sein Domizil pure Idylle repräsentierte. Es fühlte sich wie ein Zwischenstopp im Paradies an, hier in heiterer Runde zu sitzen, von nichts umgeben als endloser Natur. Keine Zivilisationsgeräusche waren zu hören – wenn man vom gelegentlichen Brummen eines Flugzeugs absah, das sich auf dem Weg zum nahe gelegenen Stuttgarter Flughafen befand.

Ich saß zwischen Klaus und Georg und wurde von beiden Seiten mit Aufmerksamkeiten bedacht. Georg flirtete ungehemmt mit mir und fuhr sämtliche Geschütze auf, um mir näherzukommen. Klaus zu meiner Linken versuchte, das mit aller Macht zu unterbinden, indem er mich wiederholt in ein Gespräch zog. Außerdem legte er im Vergleich zu sonst einen Zahn in Sachen Vertraulichkeiten zu. Während wir normalerweise in der Öffentlichkeit Berührungen vermieden und uns den Anstrich bester Freunde gaben (waren wir ja auch), nahm er mich an diesem Abend mehrfach in den Arm oder drückte mir einen Kuss auf die Stirn. Georg registrierte das zwar, doch befeuerte es seinen Jagdinstinkt nur noch mehr.

Rebecca saß Klaus gegenüber, und obwohl sie unser Arrangement nicht kannte, schien sie sich königlich über die Show der beiden Männer zu amüsieren. Ich befand mich inmitten des wilden Balz-Tornados und war hin und her gerissen zwischen Erheiterung und Verwirrung. Zweifelnd fragte ich mich, wo ich stand. Die Tatsache, dass sich seit Monaten unerwünschte Gefühle für Klaus in mir regten, die ich gerne in die Verbannung geschickt hätte, machte mich ungewohnt aufgeschlossen für Georgs Flirtversuche. Solange ich mich ihm zuwandte, konnte ich mich vom Klaus-Chaos ablenken und mir einreden, es existiere gar nicht. Ein Flirt mit Georg gefährdete mein Seelenheil nicht im Geringsten, wohingegen es bei Klaus permanent in allergrößter Gefahr schwebte.

Als Georg eine neuerliche Offensive startete, mich im wörtlichen Sinne auf seine Seite zu ziehen, ließ Klaus das nicht auf sich sitzen. Entschlossen zog er mich in seinen Arm und vollführte dabei eine derart ungestüme Bewegung, dass er sein der Tischkante bedenklich nahes Bierglas umstieß und sich dessen Inhalt mit

Schwung über meine Vorderseite ergoss. Er bekam lediglich ein paar kleine Spritzer ab, doch ich war von oben bis unten pitschnass. Binnen Sekunden haftete mir ein ekelerregender Gestank an. Ich mochte ohnehin kein Bier, unter anderem wegen des für meine Nase scheußlichen Geruchs. Ihn jetzt überall an mir wahrzunehmen, überstieg die Leidensfähigkeit meines Riechorgans. Mit einem lauten »Igitt« sprang ich auf.

Klaus besah sich die Bescherung erschrocken. Kurz huschte der Anflug eines schlechten Gewissens über seine Miene, aber dann erklärte er mit einem frechen Grinsen: »Das ist meine Revanche für deinen Tomatenangriff.«

Obwohl ich die Attacke auf meinen Geruchssinn wirklich fürchterlich fand und mit Übelkeit zu kämpfen hatte, brachten mich die Gedanken an die Suppenschlacht zum Schmunzeln. »Das scheint eine neue Tradition zu sein, dass wir uns an unseren jeweiligen Geburtstagen mit Lebensmitteln attackieren«, lachte ich.

»Sieht ganz danach aus«, bestätigte er und ließ seine Augenbrauen neckisch auf und ab tanzen. »Komm, da drin gibt's eine warme Dusche, und ich organisiere dir trockene Sachen.« Seinen Gästen rief er ein knappes »Ich bin gleich wieder da!« zu und verschwand mit mir im Haus.

Er öffnete die Tür zum Badezimmer, das ich eilig betrat. »Augenblick, ich schaue nach Kleidung, die wir für dich passend machen können.«

Mit angeekelter Miene zog ich die durchtränkten Klamotten aus. Leider hatte die Bierbrühe nicht mal die Unterwäsche verschont. Einen Moment zögerte ich, doch dann streifte ich BH und Slip kurzentschlossen ab. Schließlich hatte mich Klaus schon oft genug nackt gesehen.

»So«, erklang es, als er zurückkehrte. Sein Blick fiel auf mich und abrupt blieb er stehen. Gleichermaßen erschrocken und voller Leidenschaft wanderten seine Augen über meinen Körper.

»Eva«, stammelte er aufgewühlt.

Den Kleiderstapel, den er mitgebracht hatte, ließ er achtlos auf einen Hocker fallen und überbrückte mit zwei großen Schritten die Entfernung zwischen uns. Stürmisch zog er mich in die Arme und presste mich an sich, während seine Hände sanft über meinen Rücken streichelten, auch den sehr weit unten gelegenen Teil davon.

»Eva«, raunte er erneut. Sein Atem ging schnell und stoßweise, und ich spürte, wie er die Kontrolle verlor. Mir erging es nicht anders. Lust durchströmte mich, die auf furchterregende Weise mit Gefühlen verknüpft war, die aus den Tiefen meines Herzens hervorgekrochen kamen wie eine schwarze Spinnenarmee.

Mit einer zärtlichen Bewegung hob er mein Kinn an und wir gaben uns einen alles verschlingenden Kuss, während seine Hände ihre Wanderschaft fortsetzten. Wie viele Bücher waren geschrieben, wie viele Gedichte verfasst worden, um den Zauber eines Kusses zu beschreiben? Seit Jahrhunderten hatten sich Minnesänger, Dichter und Schriftsteller daran versucht, ihn einzufangen. Und in diesem Moment wurde mir bewusst, dass sie allesamt kläglich gescheitert waren.

Ja, Klaus und ich hatten uns schon oft geküsst – beim Sex, wenn wir von einer Welle der Leidenschaft mitgerissen wurden. Doch dass wir uns jetzt mit einer atemberaubenden Intensität küssten, ohne dass es als Ouvertüre, Intermezzo oder Finale dem Liebesspiel gedient hätte, war ein Novum und ein klarer Bruch der bisherigen Regeln unseres Deals. Ein Kuss ohne Grund, ohne dass er einen dealkonformen Zweck erfüllte. Einfach, weil es sich unglaublich anfühlte, weil wir es genossen und weil es eine Intimität verströmte, die uns verband, die heilte und pures Glück erzeugte.

So abrupt, wie wir uns aneinander verloren hatten, kehrten wir in die Wirklichkeit zurück – nach einer Zeit, die ich nicht hätte messen können.

»Ich sollte mich bei meinen Gästen blicken lassen«, flüsterte er. Heiser und rau, wie ich es noch nie bei ihm gehört hatte. Anstelle einer Antwort nickte ich und er verschwand.

Es war vollkommen egal, was ich mir in den vergangenen Monaten einzureden versucht hatte. Mein Herz stand in Flammen! Ein besorgniserregend mächtiger Teil von mir wusste das. Und ich musste das unterbinden. Um jeden Preis!

Aufschlussreiche Frauengespräche

Aufgewühlt verließ ich das Badezimmer in einem Satz Klamotten von Klaus. Hose und Hemd waren mir in sämtlichen Richtungen zu groß. Doch mithilfe eines Gürtels und mit mehrfachem Umkrempeln hatte ich eine funktionierende Notlösung gebastelt. Mit bleischweren Schritten stapfte ich die Treppe runter ins Erdgeschoss und betrat das Wohnzimmer.

Durch die geöffnete Küchentür rief mir Rebecca zu: »Na, Eva, hast du dich saniert?«

Dankbar dafür, mich nicht gleich der Meute im Freien stellen zu müssen, gesellte ich mich zu ihr in die Küche, in der sie mit Geschirrbergen hantierte.

»Ja, von dem speziellen Look abgesehen, den ich jetzt habe, ist alles okay. Vor allem kann ich mich selbst wieder riechen.« Einen Moment hielt ich inne. Das, was ich gerade lapidar ausgesprochen hatte, galt auf jeden Fall im Hinblick auf mein Geruchsorgan. Aber stimmte es auch in seiner sprichwörtlichen Bedeutung? Konnte ich mich wieder selbst riechen?

Hm, dass ich in den vergangenen Monaten viele kleine Schritte in diese Richtung unternommen hatte, konnte ich nicht leugnen. Zusammen ergaben sie einen großen Schritt, stellte ich fest. Doch um mir zu attestieren, mich von Herzen zu mögen, reichte es noch nicht.

Fürs Erste musste es mir genügen, mich nicht mehr zu hassen.

»Deine beiden Sitznachbarn werden sich an dem speziellen Look nicht stören«, erwiderte Rebecca mit einem vielsagenden Blitzen in den Augen und riss mich damit aus meinen Gedanken.

»Vermutlich nicht«, murmelte ich.

»Was ist das zwischen meinem Vater und dir?«, erkundigte sie sich in lockerem Tonfall.

»Wir sind enge Freunde«, wiederholte ich mechanisch die offizielle Version.

»Hm«, brummte sie zweifelnd. »Irgendwie sieht es nach etwas anderem aus.«

Mein Inneres geriet in Wallung. *Eva, du bist Psychotherapeutin. Du schaffst das. Wer fragt, der führt. Lass dich nicht zu Antworten verleiten, die du nicht geben willst!* »Wonach sieht es denn aus?«

»Nach Gefühlen, die über Freundschaft hinausgehen«, antwortete sie wie aus der Pistole geschossen.

»Woraus folgerst du das?«, erkundigte ich mich, meiner Strategie »Fragen stellen statt antworten« treu bleibend.

Sie lachte herzhaft auf. »Hey, Eva, ich weiß, dass du Psychotherapeutin bist. Und ich bin Diplom-Pädagogin. Du kannst davon ausgehen, dass ich mich ebenfalls mit Gesprächstechniken auskenne. Deswegen noch mal: Was ist das zwischen meinem Vater und dir?«

Ich zuckte zusammen. Mist! Da war meine sonst perfekt funktionierende Strategie gnadenlos gescheitert.

»Wir mögen und vertrauen uns«, versuchte ich es mit einem Ablenkungsmanöver. Plan B.

»Alles klar, Eva«, seufzte Rebecca. »Ich beiße auf Granit bei dir. Dann versuche ich es anders herum: Ich liebe meinen wunderbaren Vater. Ich weiß nicht, was er dir erzählt hat und ob ihr eure persönlichen Geschichten kennt. Das geht mich auch nichts an. Aber ich will mir sicher sein, dass er nicht verletzt wird. Du bist mir sympathisch. Und ich glaube, dass du ein anständiger Mensch bist. Nur dieses Dreiecksspiel da draußen mit Papa, dir und Georg, das tut ihm nicht gut. Meine Mutter hat ihm sehr wehgetan, ohne dass ich darauf näher eingehen mag, und seitdem passe ich ein wenig auf ihn auf. Vielleicht klingt das verrückt, weil ich mich dadurch wie seine Mutter anhöre und nicht wie seine Tochter, doch er war so oft für mich da und hat für mein Wohlergehen gesorgt. Davon möchte ich ihm ein bisschen was zurückgeben. Verstehst du das?«

»Natürlich«, bestätigte ich und nickte nachdenklich mit dem Kopf. Da hatte anscheinend nicht nur ich beim Erzählen der Lebensgeschichte ein paar Details ausgelassen. Tatsächlich hörte ich das erste Mal, dass Klaus von seiner Ex-Frau verletzt worden war. Er hatte immer wohlwollend von ihr gesprochen, in ihrer Rolle als Mutter der gemeinsamen Kinder und langjährige Weggefährtin. Ohne dass er es ausdrücklich erwähnt hätte, war ich davon ausgegangen, dass sie sich auseinandergelebt und einvernehmlich getrennt hatten. Rebeccas Andeutungen wiesen nicht in diese Richtung. Das roch verdammt danach, dass er genauso von Ängsten gebeutelt wurde wie ich. Nur eben von anderen Ängsten.

War die Lässigkeit, die er die ganze Zeit ausstrahlte, lediglich Show - für mich und womöglich auch für ihn? Lieferte sein Mantra »Dürfen statt Müssen« gar nicht den wahren Impuls für die Freundschaft plus, sondern stattdessen die Angst, erneut verletzt zu werden? Wenn es so wäre, was bedeutete das für unseren Deal? Bedeutete es überhaupt etwas?

Im Moment war ich viel zu verwirrt, um auf irgendeine der um mich herumtosenden Fragen eine Antwort zu finden. Unmerklich schüttelte ich mich und beschloss, mich wieder Rebecca zuzuwenden, die mit aufmerksamen Blicken meine Gedankengänge verfolgte.

»Du musst dir keine Gedanken machen, Rebecca. Wir haben keine Beziehung und wir wollen beide keine. Das haben wir von Anfang an ehrlich abgestimmt. Wir lieben uns nicht, wir mögen uns nur.« Eine Lüge, zumindest was mich betraf, wie ich gerade im Badezimmer festgestellt hatte!

Sie studierte skeptisch meine Miene. »Ihr wirkt außerordentlich vertraut miteinander, weit über das Maß ›beste Freunde‹ hinaus.«

Sie trieb mich in die Enge. Auf eine freundliche und mitfühlende Art, aber dennoch ging mir der Fluchtraum aus. Ich tat etwas, was ich zuvor für unmöglich gehalten hätte. Ich offenbarte ihr mein Geheimnis. »Hör zu, ich habe in jungen Jahren zwei geliebte Menschen verloren. Seitdem ist Liebe ein Tabu-Wort für mich. Dein Vater spürt irgendwie, dass ich um jemanden trauere, kennt jedoch die Geschichte dazu nicht. Also bitte ich dich, ihm nichts zu sagen. Vielleicht erzähle ich sie ihm irgendwann, doch im Moment ist nicht der passende Zeitpunkt dafür. Wir haben eine Abmachung: Freundschaft ja, Liebe nein. Klar, ehrlich mit fair abgesteckten Grenzen. Deswegen kein Grund zur Sorge. Dein Vater liebt mich nicht.«

»Bist du dir da sicher? Ich kenne Papa schon ein paar Jährchen.« Mit ungläubigen Blicken musterte sie mich.

»Ganz sicher«, entgegnete ich und fragte mich gleichzeitig, ob ich diese Aussage überhaupt treffen konnte. Was, wenn nicht nur ich ihm was vormachte, sondern er mir genauso? Nicht auszudenken! Mein Murmeltier-Film war verwirrend genug, da brauchte es keine weitere Verwicklung. Außerdem passten Rebeccas Zweifel nicht zu Klaus' lässiger Art, die er standhaft beibehielt. Okay, vielleicht nicht immer. In letzter Zeit war es eher ein »meistens«, aber trotzdem ...

»Ganz sicher«, wiederholte ich und wollte damit mehr mich überzeugen als die junge Frau neben mir.

*

Drei Tage später klingelte abends die Türglocke. Viele Menschen kamen nicht für einen unangemeldeten Spontanbesuch in Frage, also erhob ich mich und aktivierte den Monitor der Kamera im Eingangsbereich. Eine winkende Laura strahlte mich an. Lächelnd drückte ich auf den Türöffner und wartete an der Wohnungstür auf ihr Eintreffen in der obersten Etage.

»Hey, das ist ja eine nette Überraschung«, rief ich ihr entgegen, als sie die Treppe heraufschnaufte.

»Ja, wenn ich diese Treppe hier überlebe. Meine Güte, ich muss wirklich dringend was für die Kondition tun«, hechelte sie.

»Ich dachte, ihr hättet einen Fitnessraum in der Firma?«, neckte ich sie.

»Ja ja«, grummelte Laura. »Mach mir ruhig ein noch schlechteres Gewissen! Ich nutze ihn viel zu selten, ich weiß. Mark und ich waren so sehr mit unserer Hochzeit und betrieblichem Umorganisieren beschäftigt, dass wir zu nichts anderem mehr gekommen sind. Aber bald sind wir mit allen Veränderungen durch und im September fliegen wir wieder nach Menorca. Da steht Strandjoggen und Wandern auf dem Plan.«

»Und essen auf der herrlichen Terrasse von Marias Hotel oder bei Lotte und Sven im Garten«, erinnerte ich sie mit einem herausfordernden Grinsen.

»Uff«, stöhnte sie. »Du hast recht. Ich mag gar nicht darüber nachdenken, wie viele Kalorien ich da verbrennen muss, damit das keine Auswirkungen auf die Passform meiner Kleidung hat.«

Während unseres unbeschwerten Geplappers hatten wir das Wohnzimmer passiert und die Dachterrasse betreten. Mit einem tiefen Seufzer ließ sich Laura in einen der bequemen Hochlehner fallen und warf sich genießerisch zurück. »Ach, es ist einfach immer wieder herrlich bei dir. Diese Aussicht! Unglaublich!«

»Das musst du gerade sagen«, spöttelte ich. »Von eurem Haus sieht man dafür die komplette Schwäbische Alb.«

»Stimmt, das ist genauso ein Traum. Aber diesen Traum habe ich täglich. Dein Traum bietet eine Abwechslung.«

Ich befand, dass damit sämtliche traumhaften Aussichten genug gewürdigt waren, und verschwand in der Küche, um eine frische Limonade zuzubereiten. Auf meinem sonnigen Fensterbrett warteten Minze und Zitronenmelisse auf den Verzehr und im Kühlschrank Bio-Zitronen. Zusammen mit Sprudel und ein paar Eiswürfeln gab das eine köstliche Mischung ab.

Mit einem Tablett und zwei Gläsern ausgerüstet eilte ich zurück zur Terrasse, setzte mich Laura gegenüber und schenkte uns ein. »Was verschafft mir die Freude deines Spontanbesuchs?«, fragte ich neugierig.

»Unser Trip zum Bodensee«, verkündete sie mit einem Schwung voller Begeisterung. »Samstag in einer Woche sind ausreichend Plätze frei für die Allgäu-Tour, und wir dachten, wir könnten am Freitag anreisen. Einmal übernachten, am frühen Nachmittag die Zeppelin-Fahrt antreten und nach einem gemütlichen Kaffeetrinken auf die Heimreise gehen. Stand heute soll das Wetter gut bleiben.«

»Okay«, erwiderte ich lang gezogen.

Laura lachte herzhaft. »Na, das klingt ja nach unbändiger Freude. Hey, *ihr* habt uns das geschenkt, schon vergessen? Und kommt eigentlich dein Klaus mit oder nicht?«

»Das ist nicht mein Klaus«, stöhnte ich genervt. »Ja, theoretisch wäre er bereit, mitzukommen.«

»Ui, theoretisch wäre er bereit, mitzukommen«, äffte sie mich nach. »Was bedeutet das genau? Und woher stammt diese unglaubliche Begeisterung?«

Ein tiefer Seufzer entfuhr mir. »Ich halte es für keine gute Idee, dass er dabei ist. Es ist ohnehin kompliziert genug.«

»Was ist seit unserem letzten Gespräch komplizierter geworden und inwiefern?«

»Alles«, entgegnete ich lustlos und schnaubte laut.

»Bekommst du das ein klitzekleines bisschen präziser hin?«

»Ich war bei seinem fünfzigsten Geburtstag.«

»Mann, Eva. Das ist keine Antwort. Schön, dass du da warst. Und? Noch mal: Was ist komplizierter geworden, seit du zugesagt hast, ihn zu fragen, ob er mitkommt?«

»Noch mal: alles.«

Laura rollte derart stürmisch mit den Augen, dass ich Angst bekam, ihre Augäpfel könnten sich verheddern. Mit ihrer energischsten Stimme rief sie: »Eva!«

Ich rutschte auf meinem Stuhl herum, unfähig, einen Einstieg in eine Erklärung zu finden. Wie sollte ich das erklären, was ich selbst nicht wahrhaben wollte?

»Das mit seinem Geburtstag war nicht nur dahergesagt. Mir ist an diesem Tag etwas klar geworden, was ich zuvor erfolgreich verdrängen konnte. Nun muss ich mich damit auseinandersetzen, ob ich will oder nicht.«

Sie nickte verständnisvoll und wissend. »Dir ist klar geworden, dass du ihn liebst«, stellte sie fest. Mir wäre es lieber gewesen, sie hätte das als Frage formuliert, die ich entrüstet verneinen könnte. Selbsttäuschung hatte definitiv einiges an Vorteilen gegenüber schmerzlicher Einsicht!

»Ja. Und ich habe keine Ahnung, wie ich damit umgehen soll.«

»Was ist mit ihm? Weiß er es? Und was wird jetzt aus euch?«

Eine Portion Galgenhumor schüttelte mich durch und brachte mich ungewollt zum Lachen. »Drei Fragen und eine schwieriger als die andere.«

»Hm. Wie wäre es mit lautem Nachdenken? Ich sage keinen Pieps, höre dir zu und dann schauen wir, was dabei herauskommt.«

Ach, Laura! Wieder einmal beglückwünschte ich mich zu dieser Freundin. Sie dachte, ich hätte in meiner Praxis ihr Leben in die Spur gebracht, doch in Wirklichkeit hatte ihre kluge Gesellschaft meine Balance in den vergangenen Jahren oft genug ausgependelt.

»Okay, du hast es so gewollt«, gab ich schmunzelnd zurück. »Zu deiner ersten Frage, was mit ihm ist: Keine Ahnung. Ich hatte ein Gespräch mit Rebecca, seiner Tochter. Sie hat mir einiges erzählt, was ich noch nicht wusste. Vor allem, dass die Trennung von seiner Ex nicht so easy war, wie ich angenommen hatte. Er sei verletzt worden, hat sie gesagt. Für mich klang es, als habe dabei ein anderer Mann eine Rolle gespielt. Das lässt mich vermuten, dass es ihm bei unserem Deal nicht nur um die entspannte Fülle geht, von der er so gerne spricht, sondern auch um seine Angst vor Beziehungen. Außerdem hat sie angedeutet, bei ihm könnten Gefühle im Spiel sein.«

Nachdenklich wiegte Laura den Kopf hin und her. »Puh, Eva, das ist echt schwierig. Wahrscheinlich ist es menschlich, dass ich den Impuls habe, auszurufen: ›Wie wunderbar!‹ Aber wenn es das für dich nicht ist, nützt es nichts. Wie fühlt sich für dich der Gedanke an, er könne dich lieben?«

Wieder ließ mich das L-Wort zusammenzucken, obwohl ich überrascht feststellte, dass sich die Intensität des Zuckens vermindert hatte. Als Therapeutin mochte ich die Arbeit mit Skalen und jetzt fragte ich mich, wie ich meinen aktuellen Skalenwert definieren würde. Bislang hatte das Wörtchen »Liebe« auf meiner persönlichen Schreckensskala von eins bis zehn einen Stempel auf die »10« gedrückt. Wenn ich mich in diesem Augenblick einsortieren müsste, läge ich zwischen »7« und »8«. Erstaunlich!

»Immer noch beängstigend«, antwortete ich. »Warum, weißt du. Allerdings hat zumindest die Angst, Oliver zu verraten, nachgelassen. In letzter Zeit spüre ich Leo und Oliver an meiner Seite, als Begleiter im Alltag.

Sie stehen neben mir und nicht mehr drohend vor mir. Das fühlt sich leichter an. Trotzdem kann ich mir nicht vorstellen, Liebe zuzulassen. Liebe macht verwundbar und Wunden habe ich genug.«

Laura beugte sich vor, legte ihre Hand auf mein Knie und streichelte mich mechanisch. Nachdenklich folgte sie mit den Augen den Bewegungen ihrer Hand. »Klar, Liebe macht verwundbar. Ich kann sicher nur bedingt mitreden, weil ich nicht erlebt habe, was du erlebt hast. Ich habe keine Geschwister und weiß nicht, wie sich Geschwisterliebe anfühlt. Die einzigen Menschen, die ich bislang für immer verloren habe, sind meine Eltern. Dass Eltern vor einem gehen, ist trotz allen Schmerzes was Natürliches und nicht vergleichbar mit dem Abtreten eines jungen Menschen. Doch zumindest den Tod einer großen Liebe habe ich schon bewältigt. Du warst ja live dabei und weißt, wie dreckig es mir damals ging. Das Verlustgefühl, der Schmerz, die Ohnmacht und der Wunsch, aus dem schrecklichen Traum aufzuwachen, ohne es zu können – das war grauenhaft. Ich will das auf keinen Fall ein zweites Mal erleben. Aber wenn du mich heute fragen würdest, ob ich es, wenn ich die Zeit zurückdrehen könnte, anders angehen würde, bekämst du ein Nein. Obwohl es mit fürchterlichem Leid geendet hat, kann mir niemand die zwanzig Jahre mit meinem Ex-Mann nehmen. Die schönen Momente, die es gegeben hat. Die Zeit als Familie, die Bilder von Louisa, das Gefühl der Verbundenheit und der Zugehörigkeit, die vielen Feiern. All die kostbaren Augenblicke, die

Erinnerungen, die kreiert wurden und die zu mir gehören, die mich als Frau ausmachen, meine Persönlichkeit geformt haben. Nichts von alledem möchte ich missen.«

Sie hielt inne. Das Streicheln hatte sie eingestellt. Stattdessen wanderte ihr Blick hoch konzentriert in die Ferne. »Ich hätte nicht ein zweites Mal geheiratet, wenn ich nicht die Gewissheit in mir spüren würde, dass das, was ich eben beschrieben habe, die Verwundbarkeit überwiegt. Du bist der Mensch, der mich positives Denken gelehrt hat, doch für dich selbst gehst du vom Schlimmsten aus. Weil das Leben und die Liebe dich verwunden könnten, weichst du beidem aus. Was könnte dir denn helfen, dich zu überwinden und ins gefährliche Wasser zu springen?«

»Tja, das ist die Frage aller Fragen, an der ich seit Jahrzehnten erfolglos rumbastele.«

»Was hältst du von der Idee, dass du gar nicht erfolglos herumgebastelt hast, sondern bislang tatsächlich einfach noch nicht der richtige Mann deinen Weg gekreuzt hat? Ich weiß, da wären wir wieder bei der Aussage, die du nicht mehr hören kannst. Nur: Was ist, wenn etwas Wahres daran ist?«

Blicklos starrte ich Laura dabei an. Sie hatte nicht ganz unrecht. Zwar hatte mich dieser immer gleiche Spruch ausgiebig genervt, aber ich konnte nicht ausschließen, dass es in der Vergangenheit eher an der mangelnden Attraktivität der Verlockungen gescheitert war, als an der Fähigkeit, mich selbst zu überwinden.

»Zurück zur zweiten Frage«, schob sie hinterher, als sie realisierte, dass ich mit meiner Aufmerksamkeit zu ihr zurückkehrte. »Weiß er, was in dir vorgeht?«

Ich schüttelte vehement den Kopf. »Nein, er darf es auch nicht wissen. Das würde das Ende unserer Freundschaft bedeuten, das Ende unseres Deals. Ich kann es ihm nur sagen – und damit wären wir bei deiner letzten Frage –, wenn ich bereit bin, die Sache mit ihm zu beenden. Und den Punkt habe ich noch nicht erreicht. Einerseits wünsche ich ihn herbei, andererseits gibt es nichts, was ich mehr fürchte. Er hat mein Leben durcheinandergewirbelt und mir das erste Mal seit dreißig Jahren ein Empfinden von Nähe und Verbundenheit geschenkt. Ich will das nicht schon wieder loslassen. Dazu brauche ich Zeit.«

»Bei alledem gehst du davon aus, dass deine Gefühle nicht erwidert werden. Was ist, wenn du falschliegst?«

»Wenn ich falschliege, mache ich mir vor lauter Angst vor einer Beziehung in meinen zauberhaften roten Spitzen-Slip und das wäre schade drum.« Kopfschüttelnd prustete ich los. Ungläubig, dass ich trotz all der düsteren Gedanken, die mich plagten, in der Lage war, einen derart miesen Witz zu reißen.

Laura stimmte in mein Lachen ein. »Mensch, Eva, das nennt man Galgenhumor. Klaus schenkt dir bestimmt einen neuen.« Kichernd stockte sie und gab sich einen Moment, um sich zu sammeln. »Mal ernsthaft: Du liebst ihn, willst aber nicht, dass er dich ebenfalls liebt, weil du Angst vor den Konsequenzen hast. Gleichzeitig willst du verhindern, dass er verschwindet. Und damit er das nicht tut, darf er nichts von deiner Liebe wissen. Zumindest solange nicht, bis du weißt, ob du eher bereit wärst, ihn aus deinem Leben zu verbannen oder das Risiko eines Liebesgeständnisses einzugehen. Und wenn du dich je für eine Beziehung entscheiden würdest, wäre immer noch nicht geklärt, wo er steht. Richtig?«

»Das war eine brillante Zusammenfassung, Laura. Ich hätte das niemals so präzise hinbekommen. Dazu bin ich momentan zu sehr durch den Wind.«

»Okay, aber unter diesen Umständen kann es doch nur eine Option geben.«

»Ah ja? Und welche?«

»Gelassen bleiben und die Zeit für dich arbeiten lassen!«

Ich hob meinen Blick und betrachtete meine Freundin dankbar. Das war ein wohlklingender Vorschlag, der mich eventuell aus dem Sorgenkarussell herausspringen ließe.

Verschmitzt funkelte Laura mich an. »Ein wichtiges Detail habe ich noch vergessen: Gelassen bleiben, uns mit Klaus zum Bodensee begleiten und die Zeit für dich arbeiten lassen. Jetzt ist der Satz komplett.«

Befreit lachte ich los. Mit einer entspannten Ratgeberin an der Seite konnte das Leben so einfach sein!

Offene Fragen am Bodensee

Nervös packte ich meinen Mini-Koffer. Viel würde ich nicht brauchen für eine Übernachtung. Ein paar schickere Klamotten für das Abendessen, Laufschuhe und elegante Pumps, die aus dem winzigen Kobold eine zierliche Frau machen sollten. Außerdem griff ich nach einem verführerischen Negligé und reizvoller Unterwäsche. Mein Herz schlug in einem fremdartigen Sound, und ich lachte unwillkürlich auf, als ich realisierte, wie sehr mich Laura mit ihrer Mark-Forster-Leidenschaft angesteckt hatte. Statt Bumbum-Bumbum hörte ich Kogong-Kogong. Doch so schnell, wie sie gekommen war, verschwand die Heiterkeit. Die erste gemeinsame Nacht mit Klaus stand an und versetzte mich in helle Aufregung. Bis jetzt war immer einer von uns nach dem Sex heimgefahren. Mit Klaus eine ganze Nacht im selben Bett zu liegen, fühlte sich an wie eine Grenzüberschreitung, neu und unbekannt. Ich wusste nicht, was es in mir auslösen würde. Und in ihm.

Ein Blick auf die Uhr verriet mir, dass es an der Zeit war, aufzubrechen. Um das gegenseitige Kennenlernen zwischen Klaus und meinem Freundeskreis entspannt und gemächlich anzugehen, hatten wir vereinbart, dass wir zu zweit anreisen würden. Tammy und Jonas nahmen Laura und Mark in ihrem Wagen mit. Treffen wollten wir uns in Friedrichshafen. Wir hatten geplant, gemeinsam zu Mittag zu essen, zu bummeln und dann nach Hagnau weiterzufahren. Dort hatten wir in einem schnuckligen Hotel Zimmer mit Seeblick gebucht. Das bedeutete zwar zusätzliche zwanzig Minuten Fahrzeit, war aber wesentlich idyllischer als eine Übernachtung im umtriebigen Friedrichshafen.

Mit zittrigen Händen warf ich mein Gepäck in den Kofferraum und verließ Tübingen, um Klaus zuhause einzusammeln. Er stand bereits an der Tür, als ich ankam, und winkte mir fröhlich zu. Ich seufzte. Offensichtlich litt er nicht unter derselben Nervosität wie ich. Vielleicht konnte er es mit seiner Lässigkeit auch einfach besser überspielen.

Er schloss die Haustür ab und eilte mir freudestrahlend entgegen. »Eva, wie schön! Unser erster gemeinsamer Kurztrip, ich freue mich wie Bolle.«

Seine gute Laune war derart ansteckend, dass ich mich ihr nicht entziehen konnte. »Ich freue mich genauso«, erwiderte ich lächelnd, selbst wenn das vor Kurzem noch ganz anders ausgesehen hatte. Er verstaute sein Gepäck und wir stiegen ein. Mit wummerndem Herzen startete ich den Motor und fuhr los.

»Ich bin gespannt auf deine Freunde. Echt nett, dass sie mich dabeihaben wollen, obwohl sie mich nicht kennen.« Feixend betrachtete er mich, und ich ahnte, dass mir nicht gefallen würde, was nun folgte. »Vor allem bei so einem Pärchen-Wochenende.«

»Das hast du Blümchen zu verdanken«, lenkte ich ab und entschied, über das Pärchen-Wochenende kommentarlos hinwegzugehen.

»Ist ja beruhigend zu wissen, dass ich wenigstens einen Fan habe«, erklärte er mit provozierendem Unterton.

»Och, du hast sicher viele Fans«, entgegnete ich cool.

»Hm, möglich. Ist auch ein kleiner, roter Kobold darunter?«

»Klar, ich mag deine Bücher und deine Musik.«

Klaus stupfte mich an. »Hey, ich dachte, du magst meinen unwiderstehlichen Charme und den atemberaubenden Sex.«

»Den auch.«

»Was davon, Charme oder Sex?«

»Beides, du Pappnase.«

»Nicht beleidigend werden, bitte! Und lass meine wohlgeformte Nase in Ruhe, sonst revanchiere ich mich mit Äußerungen über deine Pumuckl-Frisur.«

»Kannst du gar nicht, weil ich überhaupt keine Pumuckl-Frisur mehr habe.«

»Richtig. Du hast neuerdings eine besonders schöne Frisur. Steht dir ausgezeichnet. Ich mag es, dass du deine Haare jetzt länger trägst. Das sieht sehr weiblich aus.«

Ich schluckte einen Kloß herunter. Stimmt, das sah weiblich aus. Und es war ein seltsames Gefühl, dass es mich plötzlich nicht mehr störte.

Nach ein paar Minuten Fahrzeit war meine Nervosität verflogen und ich genoss den heiteren Schlagabtausch zwischen Klaus und mir. Erst als wir uns gut zwei Stunden später durch Friedrichshafen schlängelten, kehrte ein unruhiges Grummeln im Bauch zurück. Ich navigierte das Auto in eine Tiefgarage nahe dem Zeppelin-Museum, vor dem wir die anderen treffen wollten.

Beim Aussteigen vollführte mein Herz unkontrollierte Sprünge, und ich hätte mich am liebsten gleich wieder gesetzt, um mit quietschenden Reifen in bester James-Bond-Manier von hier zu verschwinden.

Klaus schien mein Gefühlszustand nicht entgangen zu sein (war ja auch irgendwie klar), denn er ergriff mit einem beruhigenden Lächeln meine Hand und lief mit ausladenden Schritten dem Ausgang entgegen. Verflixt! Meinen Freunden händchenhaltend mit Klaus gegenüberzutreten, war das Letzte, was ich wollte. Aber es fühlte sich so wunderbar entspannend und tröstlich an, meine Hand mit seiner zu verschränken, dass ich keine Lust verspürte, mich aus der Berührung zu lösen.

Der Madame Kassiopeia in ihm entging offensichtlich auch dieser innere Konflikt nicht. Während wir uns dem Zeppelin-Museum näherten, ließ er meine Hand los und grinste mich frech an. Beim Gedanken an seine hellseherischen Fähigkeiten wurde mir heiß und kalt, weil ich mir die Frage stellte, was er sonst noch von meinem Innenleben durchschaute. Doch schnell beruhigte ich mich wieder. Wenn er um meinen Seelenzustand wüsste, wäre er nicht mitgekommen. Folglich war ich wohl zumindest diesbezüglich eine gute Schauspielerin.

Bereits von weitem sah ich meine Freunde, die sich ein paar Schritte vom Museum entfernt hatten und in der Nähe der Wellenreiter-Statue über den See blickten.

Ich deutete mit dem Zeigefinger in ihre Richtung und murmelte: »Dahinten sind die vier.«

»Also, auf in die Schlacht«, lachte Klaus und ich bemühte mich um ein Lächeln. Genauso fühlte ich mich: Als zöge ich in eine Schlacht, in der Angst und Grauen auf mich warteten. Bei Laura war ich im Hinblick auf ihr Wissen um meine Gemengelage zuversichtlich, dass sie mir das Kennenlernen so leicht wie möglich machen würde. Und garantiert hatte sie Mark zumindest ein wenig gebrieft, aber Tammy und Jonas waren ahnungslos. Mir war klar, dass sie nur das Beste für mich im Sinn hatten, doch genau im Bemühen darum, könnten sie mehr in die Sache hineininterpretieren, als ich wollte.

Ich entschied, ihnen durch eine eindeutige Vorstellungsrunde gleich den Wind aus den am Bodensee reichlich vorhandenen Segeln zu nehmen. Neben meiner eigenen Verunsicherung fragte ich mich, wie es Klaus wohl gerade ginge.

Wir hatten die beiden Pärchen kaum erreicht, da plapperte ich auch schon hektisch los: »Hallo ihr Lieben, das ist Klaus, mein guter Freund für gemeinsame Single-Unternehmungen.«

»Was sind denn gemeinsame Single-Unternehmungen?«, konterte Jonas prompt und ich hätte mich in den Hintern beißen können, dass diese Formulierung mehr Fragen aufwarf, als sie beantwortete. Eigentlich hatte ich auf diese Art klarstellen wollen, dass wir kein Paar waren.

Klaus verweigerte mir den Gefallen, die Situation zu entspannen. Lässig erklärte er: »Alles, was Spaß macht.« Grinsend sahen sich die Männer an und ich hätte am liebsten auf der Stelle kehrtgemacht.

Jonas schlug Klaus auf die Schulter und gab ihm die Hand. »Hey, schön, dich kennenzulernen. Ich bin Jonas.«

»Freut mich, Jonas.«

Ein reges Händeschütteln startete und ich arbeitete mich reihum mit Umarmungen durch. An Laura klammerte ich mich fest, als sei ich ein Kleinkind, das sich nicht vom Rockzipfel seiner Mutter lösen will. Kurz bevor es begann, peinlich zu werden, flüsterte sie mir ins Ohr: »Du schaffst das!«, und schob mich von sich.

Einen Moment standen wir im Kreis und warteten darauf, dass einer die Initiative ergreift. Tammy erbarmte sich schließlich. »Leute, ich weiß ja nicht, wie es euch geht. Aber ich würde liebend gern auf den Aussichtsturm dahinten. Bestimmt ist der Blick von oben gigantisch. Was meint ihr?«

Zustimmendes Nicken machte die Runde und wir schlenderten los. Erleichtert stellte ich fest, dass sich ruckzuck Männer und Frauen voneinander separierten. Die Männer liefen zielstrebig voraus und verfielen rasch in ein intensives Gespräch. Sie hatten Klaus in die Mitte genommen und es wirkte, als sei er bereits nach Sekunden voll integriert. Ich atmete auf.

Tammy sorgte dafür, dass wir bewusst zurückfielen. Sowie die Männer außer Hörweite waren, begann sie ihr Kreuzverhör. »Eva, wer ist das? Warum hast du uns Klaus bislang verschwiegen? Und wie lang kennst du ihn schon?«

Ihre fröhliche Unbefangenheit brachte mich spontan zum Lachen. Es war typisch für sie, ihr Herz auf die Zunge springen zu lassen und von dort aus in aller Direktheit die Fragen in die Freiheit zu entlassen, die sie aus ihrer Sicht verdient hatten.

»Ich sagte doch, das ist mein guter Freund, mit dem ich dann meine Freizeit verbringe, wenn die verheirateten Freunde mit sich beschäftigt sind«, erklärte ich neckisch, weil ich genau wusste, dass sie es nicht ausstehen konnte, keine ausführlichen Antworten zu erhalten.

»Hey, jetzt sag schon! Läuft da was? Ist er dein neuer Partner? Oder seid ihr noch in der Kennenlernphase?«

Ich liebte sie in diesem Moment dafür, dass sie die Neigung hatte, mehrere Fragen auf einmal zu stellen. Dadurch konnte ich ganz entspannt entscheiden, auf welche ich reagieren wollte. »Nein, er ist nicht mein neuer Partner.« Innerlich ballte ich die Faust und trällerte ein Liedchen, dass sie mich derart leicht von der Angel gelassen hatte.

Doch ich hatte die Rechnung ohne Tammy gemacht. »Okay, er ist nicht dein neuer Partner. Seid ihr auf dem Weg dorthin? Gefällt er dir?«

Vielleicht konnte ich die Chance nutzen, um ein für alle Mal eine Sache zu klären und den Raum für künftige Spekulationen zu nehmen. »Ich möchte keinen Partner mehr, Tammy. Mir ist inzwischen mein Single-Leben heilig und das soll so bleiben.«

»Oh«, entfuhr es ihr und sie schaute betroffen drein.

Ich lächelte. Tammy war seit über zwanzig Jahren glücklich mit Jonas zusammen und für sie war die Liebe das größte Gut im Leben eines Menschen. Am liebsten wäre es ihr, alle, die ihr etwas bedeuteten, mit einem Traumpartner verbunden zu sehen. Dass es Leute gab, die absichtlich an ihrem Single-Leben festhielten, lag außerhalb ihres Vorstellungsvermögens. Ich legte tröstend den Arm um sie, was einigermaßen schwierig war, da sie mich deutlich überragte.

Ihre Neugier war immer noch nicht befriedigt. »Wie macht ihr das heute Nacht?«

»Was meinst du?«, stellte ich mich dumm.

»Ich meine, schlaft ihr in einem Zimmer?«

»Klar, wir sind ja erwachsen. Wenn ich an mein fortgeschrittenes Leben denke, sogar schon ziemlich lange.« Ich hoffte, sie mit der süffisanten Bemerkung über mein Alter ablenken zu können, doch Tammy konnte sich zum Raubtier entwickeln, wenn sie eine Fährte in der Nase witterte.

»Ist das nicht unangenehm, mit einem fremden Mann im selben Bett zu liegen? Freunde hin oder her. Aber das hat noch mal eine andere Intimität.«

Ich warf einen Blick auf Laura, die amüsiert unseren Dialog verfolgte. Logisch, sie hatte gut lachen. Schließlich befand sie sich nicht in den Fängen des herzensguten und momentan trotzdem ziemlich verbissenen Raubtiers. »Och, das geht«, wiegelte ich ab.

»Also für mich wäre das nichts«, murmelte Tammy. »Mir wäre das peinlich.«

Endlich schaltete sich Laura ein. »Klar, du bist schon fast dein ganzes Leben lang mit demselben Mann zusammen.«

»Stimmt. Und dennoch!« Sie schüttelte sich.

»Zerbrich dir mal nicht meinen Kopf«, beruhigte ich sie und tätschelte ihren Arm.

Zwischenzeitlich hatten wir den Aussichtsturm erreicht, an dessen Fuß die Männer warteten. Paarweise (auch wenn das Wort an dieser Stelle nur zu zwei Dritteln passte) stapften wir nach oben. Nachdem wir über mehrere Plattformen die hundertsiebzehn Stufen der Stahlkonstruktion erklommen hatten, bot sich ein berauschendes Panorama. Der Himmel strahlte in tiefstem Blau und die Mittagssonne zauberte ein funkelndes Glitzern auf die Wasseroberfläche. Die Berge der Schweizer Seite lagen in faszinierender Tiefenschärfe wie mit einem Lineal nachgezogen vor uns.

Ich stellte mich ans Geländer und versank in dem unglaublichen Anblick. Es war einer dieser wenigen Momente, in denen mich eine überwältigende Dankbarkeit überkam, leben zu dürfen und diese wundervolle Erde in vollen Zügen genießen zu können. Ich hatte das Gefühl, von Leo und Oliver flankiert zu sein, die mit mir zusammen die Blicke über den See schweifen ließen und an diesem Glücksmoment teilhatten.

Klaus trat neben mich und legte behutsam den Arm um mich. Es war eine freundschaftliche Geste, die sich richtig anfühlte und – so schien es mir – keine Konkurrenz zu meinen inneren Begleitern aufbaute, sondern ihre Anwesenheit ergänzte und auf eine angenehme Weise komplettierte. Fast glaubte ich, Leo und Oliver zustimmend nicken zu sehen. Verwirrt hob ich den Kopf und betrachtete Klaus. Er strich mir lächelnd eine verirrte Haarsträhne aus dem Gesicht und sein wärmender Blick verleitete mein Herz zu einem ungestümen Sprung.

Schnell wandte ich mich ab und starrte angestrengt in die entgegengesetzte Richtung. Dort standen Tammy und Jonas eng umschlungen und ließen ebenfalls ihre Augen über die Aussicht wandern, zumindest was Jonas anbelangte. Tammy musterte mich irritiert und mit einer ganzen Reihe an Fragezeichen in ihrer Mimik. Okay, dachte ich, ich hatte ja ohnehin beschlossen, meinen Freunden volles Vertrauen zu schenken, dann würde ich eben Tammy als Nächste in den Spezial-Deal mit Klaus einweihen.

Der Tag verging in Windeseile. In unbeschwerter, vertrauter Runde hatten wir ein kleines Mittagessen eingenommen, bei dem sich Klaus einfügte, als sei er schon immer Bestandteil des Freundeskreises. Am Nachmittag waren wir durch Friedrichshafen gebummelt, hatten den Zauber der Uferpromenade genossen und waren an den zahlreichen Jachten vorbei bis zum Schloss-Steg spaziert. Die Sonne hatte uns ausgiebig verwöhnt – die ganze Zeit über begleitet von einem leichten Wind, der uns von der Wasserseite her umfächelte. Erst am frühen Abend wurde es zunehmend schwül und dämpfig, und wir brachen auf, um die Hotelzimmer zu beziehen. Als wir in Hagnau ankamen, blieb uns noch eine gute Stunde bis zum Abendessen, die wir alle für eine kurze Ruhepause nutzen wollten.

Wieder donnerte der Herzschlag durch meinen Körper, als wir unsere Junior-Suite betraten. Mit Klaus allein in einem Urlaubsdomizil! Merkwürdig befangen ließ ich den Blick durch den Raum wandern. Es war ein hübsches Zimmer. Frisch renoviert, mit einem modern-rustikalen Charme. Dunkel geölte Massivholzdielen schufen eine heimelige Atmosphäre. Und die raumbreite und bodentiefe Fensterfront gewährte über einen geräumigen Balkon hinweg eine atemberaubende Aussicht auf den See. Der Freisitz wurde zu beiden Seiten flankiert von Milchglasscheiben, sodass Innenbereich und Balkon uneinsehbar waren. Das alles erschien mir plötzlich wie eine exklusive Liebeshöhle und meine Anspannung stieg.

Um die Turbulenzen in mir zu überspielen, wandte ich mich dem Koffer zu, den ich auf einem kleinen Ledersofa platzierte. Doch bevor ich mich ihm widmen konnte, fühlte ich Klaus' Hände auf meinen Schultern, die sanft Richtung Nacken strichen. Sämtliche Härchen auf meiner Haut richteten sich auf und ich blieb wie erstarrt stehen. Behutsam drehte er mich zu sich, umfasste mein Gesicht und ließ seine graugrünen, leidenschaftlich verdunkelten Augen zentimeterweise darüber wandern, bis sie an den Lippen hängenblieben. Mit dem Daumen fuhr er auf ihnen entlang. Es war nur der Hauch einer Berührung, fast nicht wahrnehmbar, und trotzdem erschauderte ich. Sekundenlang verharrte sein Blick an Ort und Stelle, bis er sich langsam annäherte.

»Das wollte ich schon den ganzen Tag tun«, murmelte er, als er meinen Mund beinahe erreicht hatte. Meine Anspannung verflog schlagartig, als wir uns küssten, erst behutsam und dann immer drängender.

Das Bett lag lediglich ein paar Schritte entfernt. Miteinander verschmolzen, als wolle unser Kuss eine einzige Person aus uns machen, schoben wir uns dorthin und versanken mit allen Sinnen in der x-ten Wiederholung unseres persönlichen Murmeltier-Films. Und wie jedes Mal wurde ich für kurze Zeit in ein Parallel-Universum katapultiert, in dem ich eine andere war. Eine andere sein durfte!

Nächtliches Durcheinander

Trotz der stürmischen, eher unruhigen Ruhephase kamen wir als erste im Restaurant an. Tammy hatte die Buchung übernommen und einen Tisch auf der Seeterrasse des Hotels reserviert. Ich jubelte in mich hinein, dass wir im Freien essen würden. Nichts liebte ich so sehr wie eine sommerliche Mahlzeit an der frischen Luft, und sie vor dieser Kulisse einnehmen zu dürfen, bedeutete einen besonderen Luxus.

Der Außenbereich schwebte über dem Wasser und präsentierte traumhafte Blicke auf den See. Vom Kellner wurden wir zu einem festlich eingedeckten Ecktisch am äußersten Ende der Terrasse geleitet. Ein Traum!

Unterhalb der Holz-Stahl-Konstruktion schlugen leise Wellen ans Ufer. Auf dem Tisch sorgten verstreute Rosenblätter, zusammen mit den flackernden Kerzen in geschwungenen Glas-Windlichtern, für eine stimmungsvolle Atmosphäre.

Wir stellten uns nebeneinander ans Geländer und betrachteten die Aussicht. Noch hatte die Dämmerung nicht eingesetzt und ich war bereits gespannt, wie sich die Umgebung verwandeln würde, wenn sich der Himmel in die Farben der Nacht kleidete.

Von hinten erklangen vertraute Stimmen. Die beiden echten Paare in unserer Gruppe erschienen gleichzeitig.

Eine Weile standen wir im Pulk und diskutierten die Sitzordnung, während der Kellner geduldig mit einem Schwung Karten im Arm wartete, dass er sie endlich verteilen konnte. Vehement bestanden wir darauf, dass sich die Ehrengäste des Abends – Laura und Mark – auf die schönsten Plätze direkt an der Balustrade setzten. Ich landete zwischen Mark und Klaus, gegenüber von Jonas und schräg gegenüber von Tammy. Verschwörerisch blinzelte sie mir zu. Na, wunderbar! Das bedeutete, dass ich mich den Rest der Mahlzeit von ihren Argusaugen überwacht fühlen durfte. Auch von Laura erntete ich ein Blinzeln, allerdings war ihres eher aufmunternd.

Hätte ich es nicht bereits zuvor beschlossen, wäre ich spätestens jetzt zu der Überzeugung gelangt, Tammy einweihen zu müssen. Wenn ich für klare Verhältnisse sorgen würde, bliebe mir Tammys sehr ausgeprägtes Kopfkino zukünftig erspart. Sie war im Freundeskreis dafür bekannt, mit einer überbordenden Fantasie ausgerüstet zu sein, die ihrer Vorstellungskraft den Dreh kompletter Filme gestattete. Oft schon hatten wir über von ihr heraufbeschworene Szenarien schallend gelacht.

Ein Zucken zu meiner Linken riss mich aus meinen Gedanken. Klaus war zusammengefahren, als es plötzlich in seiner Hosentasche vibrierte. Eilig griff er hinein und betrachtete das Display seines Handys. Mit hektischen Bewegungen wischte er darüber, um schließlich wie versteinert darauf zu starren.

Leise wisperte ich ihm zu: »Alles in Ordnung?« Keine Reaktion.

Ich stupfte ihn an. »Klaus, was ist los? Bist du okay?«

Seine Miene war in den letzten Sekunden leichenblass geworden, sodass ich mich fragte, ob ich nach einem Arzt Ausschau halten sollte. Doch dann strömten unübersehbar Unmengen an Blut in sein Gesicht, bis er puterrot eingefärbt aufsprang und mit einer Mimik, die von Fassungslosigkeit zu unbändiger Freude wechselte, quer über die Terrasse rief: »Ich bin Opa geworden!«

Nach einer Sekunde der Stille, in der sich anscheinend alle Anwesenden sortieren mussten, brach lauter Jubel aus wie nach einem geschossenen Tor auf dem Fußballplatz. Die anderen Gäste applaudierten strahlend, und meine Freunde und ich sprangen ebenfalls auf. Unvermittelt fiel ich Klaus um den Hals.

»Herzlichen Glückwunsch, Opa!«, flüsterte ich ihm ins Ohr, während ich ihn fest an mich drückte. Er umklammerte mich wie ein Ertrinkender, schien mich gar nicht mehr loslassen zu wollen. Erst als ich den amüsierten Ausdruck in Tammys Miene bemerkte, löste ich mich aus seiner Umarmung und sah ihm in die Augen. Auf das, was mich dort empfing, war ich nicht vorbereitet. Sein Blick war eine einzige Liebesoffenbarung, die das letzte bisschen Verstand aus meinem Gehirn vertrieben hätte, wenn ich mir sicher gewesen wäre, dass sie mir galt. Doch ich schob sie eher der neugewonnenen Lebensrolle zu und dem Glück über die gesund überstandene Schwangerschaft seiner Tochter.

Reihum wurde Klaus umarmt, mit anerkennendem Schulterklopfen bedacht und ausgiebig bejubelt. Ein Schwall an Fragen ergoss sich über ihn, die er nach einem kurzen Telefonat mit seinem Schwiegersohn bestmöglich beantwortete. Rebecca hatte einen Jungen geboren, der auf den glückversprechenden Namen Felix hörte. Beide waren wohlauf und würden schon bald nach Hause zurückkehren.

Es dauerte lange, bis das Piepen seines Handys aufhörte, weil ihn Torben mit einer Flut an Fotos versorgte, die an unserem Tisch unter begeisterten »Süß«-Rufen die Runde machten. Vor allem die Mamas Tammy und Laura verloren sich in Erinnerungen und schwärmten von den Zeiten, als ihr Nachwuchs noch so klein gewesen war.

Die Flasche Champagner, die Klaus ausgab, sorgte in Verbindung mit einem festlichen Menü, bei dem zu jedem Gang passende alkoholische Getränke gereicht wurden, für einen Abend, der von Stunde zu Stunde fröhlicher und ausgelassener wurde. Erst weit nach Mitternacht zogen wir uns auf unsere Zimmer zurück.

»Und, wie ist das neue Lebensgefühl als Opa?«, fragte ich Klaus schelmisch, nachdem wir unsere Suite betreten hatten.

»Wundervoll«, entgegnete er und schloss mich in die Arme. »Das war für mich der glücklichste Tag seit Langem, Eva. Danke, dass du ihn mit mir geteilt hast.«

Verlegen räusperte ich mich. »Nichts zu danken«, antwortete ich und schob mit einem Schmunzeln hinterher: »Du solltest dich bei Rebecca und Torben bedanken. Schließlich haben die dich zum Opa gemacht.«

Er lachte befreit auf. »Danke, dass du mir gerade Bilder vor mein inneres Auge gepflanzt hast, die jeden Vater einer Tochter in Grauen versetzen könnten.«

»Nichts zu danken«, wiederholte ich mich mit einem aufreizenden Augenaufschlag. Sofort wieder ernst werdend fragte ich ihn: »Willst du das hier abbrechen, damit du deinen Enkel sehen kannst?«

Er schüttelte den Kopf. »Lieb, dass du fragst. Aber das ist nicht nötig. Wir machen uns morgen noch einen richtig schönen Tag und am Abend fahre ich bei Rebecca, Torben und Felix vorbei. Vielleicht möchtest du mitkommen zum Babygucken?«

Mir stockte der Atem. Was sollte das hier werden? Wollte mich Klaus ernsthaft in seine privatesten Familienangelegenheiten einbeziehen? Das lag jenseits aller Grenzen des Deals.

Verlegen räusperte ich mich. »Danke für das Angebot. Ich finde, diesen besonderen Augenblick solltet ihr als Familie erleben. Da würde ich mich fehl am Platz fühlen.«

Für einen Moment verdunkelten sich seine Augen, doch dann blitzte darin Raffinesse auf. »Meinetwegen, akzeptiere ich. Aber ich habe eine weitere Bitte und die kannst du nicht auch noch ablehnen.«

»Was für eine Bitte?«, wollte ich wissen und spürte, wie Beklommenheit in mir aufstieg.

»Georg und ich haben für Mitte September ein Ferienhaus auf Korfu organisiert, in das wir zu sechst reisen wollten, zusammen mit seinem Nachbarn und dessen Bekannten. Da eine Teilnehmerin abgesprungen ist, haben wir ein Zimmer frei. Dir täte ein zweiwöchiger Urlaub gut, und ich würde mich freuen, wenn *du* die Reisegruppe komplettierst. Außerdem waren gemeinsame Ferien ein Bestandteil unseres Deals, den du bis jetzt nicht erfüllt hast. Folglich kannst du gar nicht Nein sagen.« Er zwinkerte mir zwar amüsiert zu, doch in seinen Augen lag ein ernsthafter Ausdruck.

Obwohl mein Herz aufgebracht klopfte und nicht wusste, was es davon halten sollte, lachte ich lauthals auf. »Hey, mein Lieber, wie war das? Ich kann mich da an etwas erinnern von wegen ›Dürfen statt Müssen‹. Das eben klang verdammt nach ›Müssen‹.«

»Okay«, stimmte er zu. »Das will ich nicht leugnen. Aber ehrlich, die Idee ist wunderbar, oder etwa nicht?«

War sie das? Ich musste zugeben, dass es verlockend erschien, Abstand vom Alltag zu bekommen. Außer den wenigen Tagen auf Menorca hatte ich dieses Jahr keinen Urlaub gemacht, nicht mal einen zu Hause. Ich müsste ein paar Klienten-Termine verschieben, doch das würde ich hinbekommen. Und in einer Gruppe von sechs Leuten würde es sich wesentlich unverbindlicher anfühlen, mit Klaus zu verreisen, als mit ihm allein.

»Ich hätte also ein eigenes Zimmer«, hakte ich nach.

»Selbstverständlich. Schließlich sind wir kein Paar.« Ein leicht belustigter Ton schwang in seiner Stimme mit. Ich fragte mich, ob er bewusst diese Taste drückte, weil er wusste, dass er mich damit manipulieren konnte, oder ob diese mich immer wieder aus dem Konzept bringende Lässigkeit echt war. »Allerdings darfst du mich gerne in meinem Zimmer besuchen und vielleicht bekomme ich ebenfalls ein Aufenthaltsrecht bei dir. Dürfen statt Müssen, du weißt ...« Nun lag ein eindeutiges Grinsen auf seinem Gesicht.

Hm, ja oder nein? Das war das zweite verführerische Angebot, das er mir unterbreitete, seit wir uns in der Musikbar in Tübingen kennengelernt hatten.

»Komm schon, Eva. Das wird toll. Eben hast du bereits Nein gesagt. Ein weiteres Nein kurz hintereinander verkrafte ich nicht. Das kannst du mit deiner Berufsethik als Psychotherapeutin nicht vereinbaren«.

Gespielt empört schüttelte ich den Kopf. »Klaus, so geht das nicht – gerade, weil ich Psychotherapeutin bin und mich im Reich der Manipulationen auskenne. Das hier waren gleich zwei eindeutige Manipulationen, für die es sogar einen Namen gibt. ›Neuverhandeln nach Zurückweisung‹ heißt die erste und ›Appell ans soziale Gewissen‹ die zweite. Eigentlich müsste ich jetzt erst recht Nein sagen.«

»Okay, okay, schon gut«, beschwichtigte er und hob abwehrend die Hände. »Aber ›müsste‹ ist Konjunktiv. Also, kommst du nun mit oder nicht?«

Ich schloss die Augen und lauschte in mich hinein. Die Vorstellung, in den Süden zu reisen, Sonne auf meiner Haut zu spüren und dem Rauschen des Meeres zuzuhören, abends am Strand zu sitzen und in die Unendlichkeit zu schauen, leckeren fangfrischen Fisch zu verspeisen und die Seele baumeln zu lassen, fühlte sich einfach himmlisch an. Korfu kannte ich noch nicht, und ich liebte es, mich in südlichen Ländern durch die Gegend treiben zu lassen, die Landschaft zu erkunden und durch pittoreske Ortschaften zu bummeln. All die Gedanken daran erschienen mir außerordentlich verlockend. Doch was war mit dem ganzen Durcheinander in mir, meinen Gefühlen für Klaus, die unaufhaltsam an die Oberfläche drängten, und meinen Schwierigkeiten, den nötigen Abstand zu wahren? Wollte ich wirklich die ultimative Dosis Klaus, und zwar volle vierzehn Tage lang? Andererseits hätte ich die Möglichkeit, zu den Mitreisenden ebenfalls Kontakt aufzubauen und mich dadurch zwischendurch von ihm zu separieren.

Als könne er meine Gedanken lesen, spielte er seinen nächsten Trumpf aus. »Wir haben drei Fahrzeuge gemietet, sodass wir in Zweiergruppen Ausflüge machen können – in beliebigen Würfelungen, wie es sich ergibt.«

»Wer sind denn die anderen?«, versuchte ich, Zeit zu gewinnen.

»Leute, die ich nur teilweise näher kenne. Harald ist ein alter Bekannter, den mir vor vielen Jahren meine Ex-Frau vorgestellt hat. Georg ist sein Nachbar und gleichzeitig ein Freund aus der Kindheit. Harald war derjenige, der den Kontakt zwischen Georg und mir hergestellt hat. Er ist eigentlich ein erfolgreicher Manager, steckt jedoch nach einem Burn-out in einer Zwangspause. Dann ist noch Lydia mit von der Partie. Sie betreibt, wenn ich richtig informiert bin, eine kleine Restaurantkette im süddeutschen Raum. Anne komplettiert die Runde. Sie hat gerade eine schmutzige Trennung hinter sich. Harald hat die beiden über eine Single-Wandergruppe kennengelernt und außer ihren Namen weiß ich nicht viel. Ich bin ihnen nur flüchtig auf einem Grillabend bei Harald begegnet. Wahrscheinlich sind alle Beteiligten froh, mal auf andere Gedanken zu kommen, ein paar Tage Ruhe zu genießen und zu entspannen.« Leicht sarkastisch ergänzte er: »Am meisten Energie wird es dich vermutlich kosten, dir Georg vom Leib zu halten, doch dabei bin ich dir gerne behilflich.«

Ich dachte an Klaus' Geburtstag und erinnerte mich an die unerklärliche Anziehungskraft, die Georg auf mich ausgeübt hatte – diese wunderbare Mischung aus Faszination und völliger Gefahrlosigkeit. Eine Anziehungskraft, die frei von emotionaler Verstrickung war. Vielleicht könnte Georg genau der Mann sein, der in der Lage war, mich aus dem Klaus-Gefühlswirrwarr zu befreien, indem er mich in das zurückbrachte, was mein ganzes Erwachsenenleben beherrscht hatte: Kontrolle. Koste es, was es wolle!

Ein Teil von mir schämte sich für diese Gedanken, denn Klaus hatte es nicht verdient, dass ich seinem Vorschlag aus unlauteren Absichten zustimmte. Doch da gab es auch diesen Anteil in mir, der wütend auf Klaus war, weil er mir hinterrücks viel zu nahe gekommen war und ich ihm das Gefühl des Gefangenseins im Film mit der Dauerschleife verdankte. Und im Grunde genommen wäre es ja überhaupt kein Verrat an ihm, wenn ich mich mit Georg einlassen würde. Wir hatten einen Deal, mehr nicht. *Kein Klammern, keine Eifersucht, kein Muss, eine Welt voller Dürfen. Ein Maximum an Freiheit für beide Seiten.* So lautete die Abmachung. Sollte Georg mir tatsächlich die Chance bieten, wieder die Kontrolle über mein Leben zurückzuerobern, würde ich sie ergreifen!

»Gut, ich bin dabei«, stieß ich hervor.

Auf Klaus' Gesicht erschien ein leuchtendes Strahlen, das die eben erst heruntergebeteten stillen Argumente wie Kartenhäuser in sich zusammenfallen ließ. Schneller als ich mich dagegen wehren konnte, machte sich ein schlechtes Gewissen in mir breit. Um alles zu unterdrücken, was wie ein finsterer, um sich greifender Nebel in mir waberte, schlang ich meine Arme um seinen Hals. Mit unverkennbaren Absichten küsste ich ihn. Ich brauchte dringend Zuflucht im Paralleluniversum.

Mein Puls hämmerte in den Ohren, und egal, was ich von meinen zahlreichen mentalen Tricks ausprobierte – es gelang mir nicht, mich zu entspannen. Klaus lag neben mir. Das erste Mal, seit wir unser merkwürdiges Arrangement lebten, verbrachten wir die Nacht nebeneinander. Bereits vor einer gefühlten Ewigkeit war er eingeschlafen. Seine ruhigen, gleichmäßigen Atemzüge schienen mich und meine innere Unruhe hämisch zu verspotten. Ich hatte mich auf die Seite gerollt, Richtung Fenster, und sah hinaus in die Dunkelheit. Ein Teil der weiter entfernten Wasseroberfläche war zu sehen, vom Mond in glitzerndes Licht getaucht. Doch nicht mal dieser magische Anblick vermochte, mich zu beruhigen. Klaus' Hand ruhte auf meinem Bauch und ich spürte die Wärme seines Körpers, die mir selbst jetzt ein Kribbeln auf die Haut zauberte.

Die Scham, darüber nachzudenken, Georg zu benutzen, um die Endlosschleife mit Klaus zu verlassen, umklammerte mit eisernen Schlingen mein Herz. In was war ich da bloß hineingeraten? War ich überhaupt noch der Mensch, der ich früher hatte sein wollen oder war ich nur noch eine seelenlose Hülle, in der sich das, was einmal Eva gewesen war, versteckt hielt? Meinen Werten zu folgen und treu zu bleiben, war mir zeitlebens wichtig gewesen. Integrität, Verantwortungsbereitschaft, Rücksichtnahme auf andere hatten mich durch mein ganzes Leben begleitet. Selbst wenn sonst alles um mich herum zerbrach, konnte ich mich auf diese Begleiter verlassen. Und nun? Nun dachte ich ernsthaft darüber nach, meine Affäre mit einer Affäre zu hintergehen, um mich aus der Affäre zu ziehen. Was für ein Irrsinn!

Lauras Worte kamen mir wieder in den Sinn: »Gelassen bleiben und die Zeit für dich arbeiten lassen.« Das sollte ich tatsächlich zu meinem Mantra erheben. Ich beschloss, dieser Losung zu folgen, auch im Hinblick auf Georg.

Gestrandete auf Korfu

Die nächsten Wochen vergingen wie im Flug und mein neu gewonnenes Mantra begleitete mich. Die Zeitspanne bis zum Abflug glich einem Wimpernschlag, und so kam es, dass ich mich scheinbar unverhofft an einem Freitagmorgen beim Kofferpacken wiederfand. Am frühen Nachmittag würde unsere Maschine abheben. Klaus und ich hatten abgemacht, dass ich mein Auto bei ihm stehenließe und wir uns dort von einem Flughafenshuttle abholen lassen würden. Auf den Rest der Truppe wollten wir am Terminal stoßen.

Während die Tage dem gewohnten Alltag gefolgt waren, kroch nun wieder die Nervosität aus meinen Eingeweiden empor und kaperte mein Bewusstsein. Zwei Wochen ununterbrochen von Klaus umgeben zu sein, war herausfordernd. Doch in Kombination mit der Gesellschaft von Georg, der mir einen Lösungsweg zu bieten schien, von dem ich nicht wusste, ob ich ihn wählen sollte, wurde das Gefühlswirrwarr geradezu unerträglich. Die folgenschwere Entscheidung, die es zu treffen galt, brachte mich innerlich zum Zittern.

Um Punkt zwölf bog ich in den Stellplatz vor seinem Haus. Sofort wurde die Tür aufgerissen und ein strahlender Klaus, dessen graugrüne Augen wie Jade in der Sonne glitzerten, eilte mir entgegen.

»Eva, wie schön, dass alles geklappt hat«, rief er und breitete bereits die Arme aus, während ich noch aus dem Auto kletterte. Ungestüm zog er mich an sich und für einen Moment versank die Welt in seinem Geruch. »Ich freue mich dermaßen, dass du mitkommst.«

»Ich freue mich ebenfalls«, murmelte ich und war mir nicht sicher, ob das der Wahrheit entsprach.

Wie schon so oft schien er meine Zerrissenheit zu spüren. Er schob mich ein wenig zurück und die Jade-Steine versenkten sich in meine Augen. »Das wird toll, bestimmt. Und du weißt: ›Dürfen statt Müssen‹. Wann immer wir unsere Ruhe wollen und mit jemand anderem etwas unternehmen möchten, tun wir das.«

Einen Augenblick stockte er, dann fügte er launig hinzu: »Selbst, wenn es Georg ist.« Okay, das nahm ich gern als Freibrief. Ein Teil des schlechten Gewissens verabschiedete sich.

Bevor wir die Unterhaltung und ich meine Gedanken vertiefen konnten, fuhr das Flughafenshuttle vor. Erleichtert öffnete ich den Kofferraum und griff nach dem Gepäck.

Zwanzig Minuten später standen wir vor der riesigen Flughafenhalle und stürzten uns in die Abreiseformalitäten. Als wir das Abflugterminal erreichten, hatte sich bereits eine Gruppe um Georg herum versammelt.

Unmittelbar nach unserem Auftauchen stürmte er uns entgegen.

»Eva, Klaus, prima, dass ihr da seid!« Die beiden Männer klopften sich eine Runde auf den Rücken, bis sich Georg mir zuwandte. »Eva, ich freue mich, dass du unseren Kreis komplettierst.«

Seine tiefblauen Augen blitzten mich verführerisch an und schufen die Illusion, schon am Meer angelangt zu sein, in das ich mich am liebsten hineinstürzen würde. Er zog mich enger an sich, als es einer flüchtigen Bekanntschaft entsprach, und wieder einmal fragte ich mich, was ich mir hier eingebrockt hatte. Mein Blick wanderte zu Klaus, der noch nicht damit begonnen hatte, die anderen zu begrüßen, sondern stattdessen aufmerksam unsere Umarmung überwachte. Wenn ich bloß wüsste, was in diesem Mann vorging! Ein leises Stimmchen in mir verkündete, dass es besser sei, das nicht zu wissen, solange ich in mir selbst nicht ein Fitzelchen Ordnung hervorrufen konnte.

Überfordert von diesen Gedankengängen drückte ich mich von Georg weg und drehte mich zu den Unbekannten. »Hi, ich bin Eva«, stellte ich mich vor und wandte mich einer zierlichen, blonden Frau zu, die mich unverhohlen scannte.

»Freut mich, ich bin Lydia«, antwortete sie mit einem spitzen Lächeln. Ich betrachtete sie genauer. Sie hatte ein hübsches, zartes Gesicht, dessen hohe Wangenknochen ihr ein slawisches Aussehen verliehen. Ihr Gesichtsausdruck wirkte verhärmt und stand im Widerspruch zu ihren frischen Zügen. Ein kurz geschnittener, schwungvoller Bob ließ sie jugendlich erscheinen. Eigentlich wäre sie mir sympathisch gewesen, wenn sie mich nicht mit offenkundiger Abneigung gemustert hätte.

Noch während ich mich von ihr wegdrehte, um mich der Frau neben ihr zu widmen, realisierte ich aus den Augenwinkeln, dass ihr Blick zu Klaus glitt. Ihre Pupillen weiteten sich, ein verführerisches Lächeln eroberte ihre Miene und sie sah auf einmal völlig verändert aus. Oha, das konnte ja heiter werden! Nun war ich schon jahrzehntelang in meine persönliche Tragödie verstrickt und plötzlich verwandelte sie sich in ein irres Bühnenstück, das einer griechischen Komödie glich. Gut, griechisch passte zumindest zu unserem Reiseziel.

Gedanklich absolvierte ich eine kurze Statusanalyse: Klaus und ich pflegten eine unverbindliche Freundschaft plus, von der keiner wusste. Georg baggerte mich offenkundig an, worauf Klaus aus unerfindlichen Gründen genervt reagierte. Lydia wiederum zeigte eindeutiges Interesse an Klaus. Und ich lebte gefangen in dem inneren Konflikt, ob ich die Liebe zu Klaus (oh nein, allein schon dieses Wort!) durch eine Affäre mit Georg töten oder den Deal anderweitig als gescheitert erklären und beenden sollte. Zu allem Überfluss existierte darüber hinaus die theoretische No-Go-Option, Klaus meine Gefühle zu gestehen und mit ihm romantisch in den Sonnenuntergang zu reiten (oder in Griechenland vielleicht eher dorthin zu segeln). Wobei diese eigentlich undenkbare Variante ohnehin nur funktionierte, wenn er meine Empfindungen erwiderte ...

Die alten griechischen Dichter hätten ihre Freude an dieser Konstellation gehabt. Ganz ehrlich: Verworrener hätten sie sich das auch nicht ausdenken können. Allerdings war das Chaos in meinen Gedankengängen nicht fiktiv, sondern Mittelpunkt meiner Lebenswirklichkeit. Prima hingekriegt, Eva! Blieb lediglich zu hoffen, dass keine weiteren Verwicklungen hinzukamen.

Ich schüttelte die kruden Gedanken ab und richtete meine Aufmerksamkeit auf die zweite Frau in der Runde, die mich erwartungsvoll ansah. Langes, braunes Haar fiel ihr geschmeidig über die Schultern und große, bernsteinfarbene Augen gaben ihrem Gesicht einen besonderen Reiz. Sie strahlte eine gewisse Traurigkeit aus, die ihr einen schutzbedürftigen Touch verlieh.

Aber immerhin begrüßte mich bei ihr ein freundliches Lächeln. »Hallo, Eva, ich bin Anne.«

»Hallo, Anne. Schön, dich kennenzulernen«, entgegnete ich erleichtert, weil mich von dieser Seite kein weiteres Drama zu erwarten schien.

»Ich habe gehört, du bist Psychotherapeutin?«

»Das ist richtig.«

Leicht theatralisch fasste sie sich an die Brust. »Puh, da bin ich echt froh. Ich habe gerade eine Horror-Trennung hinter mir und kann ein professionelles Ohr gut gebrauchen.«

Was hatte ich eben gedacht? Kein weiteres Drama? War wohl nichts! Leider geriet ich immer wieder in derartige Situationen. Sowie die Menschen von meinem Beruf Wind bekamen, betrachteten sie mich als ihren persönlichen Kummerkasten. Nicht, dass ich meine Arbeit nicht mögen würde, ganz im Gegenteil. Dennoch gab es eine Grenze zwischen »im Dienst sein« und Freizeit. An rund zweihundertfünfzig Tagen im Jahr hörte ich mir geduldig und voller Liebe (dieses Tabu-Wort ließ ich mir ausschließlich im professionell-distanzierten Kontext durchgehen) die Sorgen meiner Mitmenschen an. Doch im Urlaub wollte ich genau das ausnahmsweise mal nicht tun. Leider stieß ich damit immer wieder auf Unverständnis. Im Grunde genommen hätte ich Anne gleich den Wind aus den Segeln nehmen müssen, aber in dem Moment schaffte ich es nicht. Zu hoffnungsvoll und unglücklich schaute sie mich an.

Plötzlich fühlte ich eine Hand auf meiner Schulter. Klaus war hinter mich getreten und wandte sich mit einem sanften Lächeln und beruhigender Stimme an Anne. »Hallo, schön, dich wiederzusehen. Weißt du was, wir lassen Eva ein wenig ausspannen, und ich biete mich als persönlicher Kummerkasten an. Schließlich kenne ich mich bei schmerzhaften Scheidungen ganz gut aus.«

Überrascht starrte ich ihn an. Dass er erneut Madame-Kassiopeia-like meine Gedankengänge erspürt hatte, war ich ja bereits gewöhnt. Aber dass er hier derart offen über seine Scheidung sprach und von der vertrauten Lässigkeit abwich, irritierte mich. Er schenkte mir einen warmherzigen Blick, für den durchaus auch eine andere Vokabel angemessen gewesen wäre, wenn sie denn in meinem Wortschatz und meinem Vorstellungsvermögen existiert hätte. Glücklicherweise zog Anne abermals die Aufmerksamkeit auf sich und lenkte mich von weiteren Analysen ab.

»Oh, klar, gerne. Danke für das Angebot! Ich weiß das zu schätzen. Und trotzdem, wenn schon mal eine professionelle Therapeutin da ist ...« Den Rest des Satzes ließ sie im Raum hängen.

»Ich kann gut nachvollziehen, dass das verlockend ist, Anne. Das Thema ist nur, dass Eva im Urlaub ist und vermutlich genau von solchen Themen Abstand braucht, um Kraft zu tanken.«

Anne warf mir einen derart enttäuschten Blick zu, dass ich beinahe vor Mitgefühl platzte. Deswegen war ich froh, dass Klaus für mich die Initiative ergriffen und damit einen fruchtbaren Boden bereitet hatte.

Ich nickte bestätigend. »Klaus hat recht, Anne. Ich brauche eine Pause vom therapeutischen Alltag.«

Sie schien sich bereits wieder aus ihrem Zwischentief emporgearbeitet zu haben und zwinkerte mir verschwörerisch zu: »Na ja, schauen wir mal!«

Obwohl ich Psychotherapeutin war, fehlten mir sämtliche Fähigkeiten, um auch nur einen winzigen Pokal im Neinsagen zu gewinnen. Und bei Anne halfen wohl allenfalls wiederholte Neins. Innerlich seufzte ich und bat um himmlische Unterstützung.

Einer in der Runde blieb noch übrig, um das Begrüßungszeremoniell abschließen zu können. Ein grauhaariger Mann um die fünfzig hatte das Geschehen mit einem amüsierten Schmunzeln verfolgt. Unter seiner hohen Denkerstirn ruhten wache graue Augen, die so wissend wirkten, als beinhalteten sie sämtliche Erkenntnisse der Welt. Trotz seines erheiterten Blicks strahlte er eine kaum zu definierende Nachdenklichkeit aus.

Er ergriff meine Hand, die ich ihm entgegenstreckte, und eine merkwürdige Ruhe flutete mich. Anscheinend war er einer dieser Menschen, in deren Wesen etwas Tröstliches lag, das alle umarmte, die sich in ihrer Umgebung aufhielten. Ein wenig erinnerte er mich an Lotte.

»Hallo, Eva«, erklang seine tiefe Stimme, mit der er Karriere als Fernsehsprecher machen könnte. »Ich bin Harald.«

Seine ruhige, melodische Sprechweise rundete den ersten Eindruck ab. Spontan wünschte ich mir, ihn zum Freund zu haben. Ich konnte mir gut vorstellen, mit ihm über Themen zu sprechen, bei denen ich anderen gegenüber kein Wort über die Lippen brachte. In der griechischen Komödie, die sich gerade vor meinem inneren Auge entfaltet hatte, wies ich ihm unwillkürlich die Rolle des Weisen zu, der den Überblick behielt und die Mitmenschen auf den rechten Weg geleitete. Eine Gruppe von im Leben gestrandeten Männern und Frauen im Urlaub auf Korfu ... Das versprachen turbulente vierzehn Tage zu werden!

Ich musste zu meiner Schande gestehen, dass ich vor der Reise keine Ahnung gehabt hatte, wo Korfu eigentlich lag. Bislang war ich davon ausgegangen, dass sich sämtliche griechischen Inseln in der Ägäis befänden und drei bis vier Flugstunden entfernt wären. Umso mehr überraschte mich, dass Korfu als Insel im Mittelmeer in nur zwei Reisestunden erreicht werden konnte – ein Zeitaufwand, der vergleichbar mit einem Trip auf die Balearen war. Entsprechend schnell ging der Flug zu Ende. Auch die Anmietung der Leihwagen funktionierte reibungslos.

Dankbar, dass Klaus das Fahren übernahm, ließ ich mich neben ihm in den Sitz fallen. Unser Ziel, Avlaki, befand sich im äußersten Nordosten der Insel und würde uns eine knapp einstündige Fahrt bescheren. Eine unverhältnismäßig lange Zeit dafür, dass wir lediglich fünfunddreißig Kilometer zu bewältigen hatten. Doch die Route führte um das höchste Gebirge Korfus herum, was zwangsläufig das Absolvieren zahlreicher Kurven bedeutete. Zuerst mussten wir allerdings die Randbereiche von Korfu Stadt passieren, da der Flughafen im südlichen Einzugsbereich lag. Immer wieder bezweifelte ich, dass wir noch auf dem richtigen Weg waren, weil uns die Straßenführung mancherorts durch abenteuerlich enge Gassen dirigierte. Dass das die offizielle Strecke sein sollte, um auf eine große Ausfallstraße zu kommen, war fast nicht vorstellbar. Irgendwann ließen wir jedoch das Labyrinth hinter uns und erreichten die vierspurige Piste, die uns dem Zielort schnell näher bringen würde.

Fasziniert starrte ich aus dem Fenster. Menorca war mir ja schon grün erschienen, aber hier herrschte eine noch viel üppigere Vegetation. Hochgewachsene Zypressen sowie die obligatorischen Oliven- und Obstbäume wechselten sich ab, umringt von saftigem Buschwerk. Ich betrachtete mich nicht als Pflanzenkennerin, doch die Vielfalt dessen, was hier in satten Farben wuchs, beeindruckte mich. Und ich begriff, warum Korfu die grüne Insel Griechenlands genannt wurde.

In Ipsos trafen wir erstmals direkt auf das Meer. Ich genoss den Blick über das Wasser. Da wir auf der dem Festland zugewandten Seite Korfus reisten, wurde die Aussicht begrenzt durch die scheinbar aus dem Nichts aufragenden albanischen Bergketten. Geradeaus und zur Linken faszinierte mich das imposante Hügelland. Je weiter wir kamen, desto schmaler wurden die Straßen und desto unberührter erstreckte sich die Natur vor unseren Augen. Das Panorama war unbeschreiblich. Die Farbkombination aus leuchtendem Grün, tiefblauem Wasser und vereinzelten weißen Wattewolken ließ mich innerliche Jubellaute ausstoßen.

Als wir kurz vor dem Ziel ein Straßenschild passierten, das die Strecke nach Kassiopi auswies, entfuhr mir unvermittelt ein lautes Lachen. Klaus warf mir einen fragenden Blick zu.

»Nichts weiter«, murmelte ich. Wie hätte ich ihm denn erklären sollen, dass mich der Gedanke erheiterte, mit Madame Kassiopeia Kassiopi zu erkunden?

Genau an der Stelle gelangte ich auch endgültig zu der Überzeugung, vom rechten Weg abgekommen zu sein – und zwar im allerwörtlichsten Sinne. Die Straße verdiente diese Bezeichnung kaum noch, stellte eher einen asphaltierten Feldweg dar, der auf keinen Fall Gegenverkehr vertrug. Ich schickte scharenweise Stoßgebete gen Himmel, dass uns hier niemand entgegenkommen würde. In mir keimte der Verdacht, dass sich das Navi bei der Wahl der kürzesten Strecke in einen geländegängigen Jeep geträumt hatte. Und spätestens als wir über eine nahezu nicht mehr zu befahrende Schotterpiste holperten, fragte ich mich, ob der Satellit an einer grundlegenden Funktionsstörung litt oder von böser Hand sabotiert worden war.

Umso erleichterter atmete ich auf, als plötzlich wie aus dem Nichts etwas auftauchte, was der Bezeichnung Straße gerecht wurde. Bereits wenige Meter weiter, blitzte aus heiterem Himmel das Blau des Meeres zwischen all dem Grün hindurch. In einem weitläufigen Garten zur Linken, der anscheinend zu einem Hotel gehörte, sorgten Palmen für eine mediterrane Atmosphäre. An dem Punkt, an dem die asphaltierte Piste auf den Strand stieß und nach rechts abzweigte, lag die komplette halbmondförmige Bucht vor uns. Ein weißer Kiesstrand verschmolz mit glasklarem, türkisfarbenem Wasser, das in einiger Entfernung zum Ufer in ein dunkles Tiefblau überging. Ein paar Jachten zogen in der Ferne ihre Bahnen und die Berge Albaniens, die zum Greifen nah schienen, bildeten einen beeindruckenden

Hintergrund. Nur noch wenige Meter folgten wir dem winzigen Sträßchen parallel zum Meer, bis unser Offroad-begeistertes Navi verkündete: »Sie haben Ihr Ziel erreicht.«

Zur Rechten befand sich, durch ein Mäuerchen und üppigen Bewuchs vor neugierigen Blicken geschützt, ein großzügiges Anwesen.

»Das muss es wohl sein«, erklärte Klaus.

Gespannt stiegen wir aus und versuchten, zwischen den Bäumen hindurch zu spähen. Zurückversetzt von der Straße stand ein Doppelhaus und in der gepflegten Gartenanlage lud ein türkisfarbener Pool zum Baden ein. Ein riesiger Esstisch mit bequem aussehenden Gartenstühlen unter einem frei stehenden Sonnenschutz bot ein verlockendes Plätzchen für ausgiebige Mahlzeiten. Ich spürte, wie mein Herz vor Freude schneller klopfte. Das sah nach einem himmlischen Ort für ein paar unbeschwerte Tage aus, zumindest theoretisch.

»Und was meinst du?«, fragte Klaus, während er mich prüfend musterte.

»Ein Traum!«, murmelte ich.

»Ja, das sehe ich auch so.«

Zwar hatten wir die Vorhut gebildet, aber die anderen Fahrzeuge unserer Reisegruppe waren zwischenzeitlich ebenfalls eingetroffen. Sämtliche Insassen stiegen aus. Wir versammelten uns vor der Eingangspforte, wo wir den unter einer Blumenschale versteckten Schlüssel fanden. Klaus hatte die Führung übernommen. Als müssten lebenswichtige Entscheidungen getroffen werden, ergriff er das Wort.

»Eva und ich nehmen ein Obergeschoss in einer der Doppelhaushälften. Wir kennen uns gut und können uns ein Bad teilen.«

Dieses eigenmächtige Voranpreschen sorgte für die unterschiedlichsten Reaktionen, wie ich amüsiert feststellte. Harald zeigte eine lächelnde Version seines wissenden Mienenspiels, während Anne enttäuscht wirkte. Vermutlich hatte sie gehofft, meine direkte Zimmernachbarin zu sein, damit sie mir bis spät nachts von ihren Sorgen und Nöten berichten könnte. Von Georg und Lydia ernteten wir wütende Blicke. Georg sah aus, als würde er Klaus am liebsten zerfleischen, und aus Lydias Augen zuckten lodernde Blitze in meine Richtung. Ich hatte große Mühe, nicht laut aufzulachen.

Was für tolle Voraussetzungen für stressfreie Ferientage!, dachte ich innerlich kopfschüttelnd.

Auch Klaus war nicht entgangen, dass seine Offensive ein ganzes Bündel an Emotionen geweckt hatte. Um Schadensbegrenzung zu betreiben, fragte er die anderen: »Sollen Eva und ich die rechte oder linke Haushälfte nehmen?«

Lydia zeigte die schnellste Reaktion. »Die rechte. Ich gehe mit euch in ein Haus und belege das Zimmer im Erdgeschoss.«

Diese Aussage brachte ihr von Georg denselben Blick ein, der eben Klaus gegolten hatte. Da hatten es wohl gleich zwei Menschen auf seinen Speiseplan geschafft!

»Wunderbar, wir übernehmen die linke Hälfte«, verkündete Harald, die Ruhe selbst. »Anne, ist es in Ordnung für dich, wenn Georg und ich uns das Obergeschoss teilen? Auf diese Art hast du ein eigenes Bad für dich.«

»Ja, klingt gut«, äußerte sie immer noch leicht verschnupft darüber, dass sie mich nicht in direktem Zugriff hatte.

»Okay«, zog Harald erneut die Aufmerksamkeit auf sich. »Ich schlage vor, dass wir uns eine Stunde Zeit nehmen, um anzukommen, auszupacken, uns einzurichten, und dass wir danach einen Happen essen gehen.«

Dieses Mal erntete er uneingeschränkte Zustimmung. Wahrscheinlich erging es den anderen genauso wie mir: Dadurch dass das Mittagessen durch die Abflugzeit ausgefallen war, verspürte ich einen Bärenhunger. Meine Besorgnis, in dieser Einöde keine Nahrung zu finden, war schnell verflogen. Mein überlebenshungriger Blick hatte gleich zwei Restaurants erspäht, von denen wir sozusagen umzingelt waren.

Nachdem wir das Gepäck aus dem Auto geholt hatten, betraten wir unser Zuhause für die nächsten Wochen. Rustikale Fliesen zogen sich vom Eingangsbereich durch das komplette Erdgeschoss, das neben Lydias Zimmer Bad, Küche und Wohnzimmer bereithielt. Es gab sogar einen offenen Kamin für kühle Tage, die wir hoffentlich nicht erleben würden. Eine geschlossene Treppe mit Holzstufen erschloss das obere Stockwerk. Klaus und ich stapfen schwer beladen nach oben und ließen die Blicke schweifen. Das Duschbad in der Mitte der Etage war zwar klein, doch dafür bot es ausreichend Schrankfläche, sodass wir beide mühelos alle Utensilien verstauen konnten. Einer der Räume war mit zwei großen Einzelbetten versehen und Richtung Hinterhof ausgerichtet. Der andere wies Richtung Meer und gewährte eine atemberaubende Aussicht. Hier lud ein Doppelbett zum ausgiebigen Plus unserer Freundschaft ein. Eine zauberhafte überdachte Terrasse verlieh dem Zimmer das Tüpfelchen aufs i. Ich war spontanverliebt.

Klaus warf mir einen seiner Madame-Kassiopeia-Blicke zu. »Ich nehme an, das ist deine Schlafstätte?«

»Da höre ich mich nicht Nein sagen«, lachte ich.

»Hm, hätte mich auch gewundert. Allerdings gibt es eine Bedingung dafür, dass ich dir diesen Traum überlasse.«

»So? Welche denn?«

»Ich fordere ein regelmäßiges Aufenthaltsrecht ein.«

»Tut mir leid, mein Lieber. Das geht nicht.«

»Wieso nicht?«, fragte er mit hochgezogenen Augenbrauen und verwirrtem Gesichtsausdruck.

»Forderungen stehen in krassem Widerspruch zu ›Dürfen statt Müssen‹ und verletzen mithin die Regeln unseres Deals aufs Sträflichste. Ich könnte mich eventuell freiwillig dazu hinreißen lassen, dir gelegentlichen Zutritt zu meinem Schlafzimmer zu gewähren. Und die Terrasse darfst du ungefragt mitbenutzen. Wäre das in deinem Sinne?« Keck blinzelte ich ihn an, während er lachte und mich ungestüm in seine Arme zog.

»Du tust es schon wieder«, murmelte ich, um meine Irritation zu übertünchen.

»Was tue ich schon wieder?«

»Du nimmst mich in den Arm, ohne dass es dafür einen dealkonformen Grund gäbe.«

»Hey, eine freundschaftliche Umarmung wird ja wohl noch erlaubt sein.«

»Klar, wenn es denn eine solche ist.«

»Was soll es sonst sein?«

Ich verkniff mir eine Antwort und schob ihn behutsam zurück. Wie sollte ich ihm erklären, dass sich seine Umarmungen für mich längst nicht mehr freundschaftlich anfühlten? Und dass unsere Beziehung, die keine sein wollte, auf besorgniserregende Weise nach einer schmeckte?

Eine Beschäftigung musste her. Ich griff meinen Koffer und hievte ihn auf den dafür vorgesehenen Hocker. »So, mein freundschaftlicher Umarmer, ich packe jetzt meinen Koffer aus. Danach würde ich gerne ins Bad – duschen. Willst du vorher oder nachher?«

»Was hältst du von gleichzeitig?«

»Hallo? Hast du gesehen, wie groß die Dusche ist?«

»Kuschlig klein«, antwortete er anzüglich.

Ich warf ihm ein Paar Socken an den Kopf und rief lachend: »Raus hier! Auf der Stelle!«

Mit beleidigtem Blick schloss Klaus die Tür und ich blieb allein zurück. Na, das konnte ja heiter werden!

Freundschaft auf Griechisch

Eine knappe Stunde später versammelten wir uns alle vor dem Pool und beschlossen, in dem charmant wirkenden Restaurant einzukehren, das direkt neben unserem Grundstück lag. Wahrscheinlich steppte hier an diesem abgelegenen Fleckchen Erde auch sonst nicht der Bär, doch nun, Mitte September, war gar nichts mehr los. Lediglich ein Tisch war besetzt, ansonsten herrschte gähnende Leere in dem eigentlich so einladenden Lokal.

Der brummige Wirt, ein älterer Mann von schätzungsweise Anfang sechzig, schlenderte uns entgegen und fragte einsilbig: »Sechs Personen?«

Überrascht entfuhr es mir: »Oh, Sie sprechen deutsch?«

Er warf mir einen spöttischen Blick zu. »Gute Frau, ich habe zwanzig Jahre in Deutschland gelebt. In Stuttgart hatte ich ein Restaurant.«

»Ach, in Stuttgart?« Freudig strahlte ich ihn an. »Wir kommen aus Tübingen.«

Seine zuvor so düstere Miene hellte sich schlagartig auf. »Tübingen? Oh, kenne ich gut. Schöne Stadt.«

Auf einmal war er mit Feuereifer darum bemüht, uns den schönstmöglichen Sitzbereich herzurichten. Nur die praktisch unbefahrene Uferstraße trennte das hübsche Lokal vom Strand, und von den Tischen aus, die sich daran entlang reihten, hatte man einen herrlichen Blick aufs Meer. Er rückte zwei nebeneinander, sodass wir alle komfortabel Platz fanden.

Klaus hatte hinter einem Stuhl an der Längsfront Aufstellung bezogen und schob den daneben stehenden zurück, damit ich mich dort setzen konnte. Er hatte die Rechnung jedoch ohne Lydia gemacht, die sich blitzschnell an mir vorbeischlängelte und mit einem beherzten Sprung den Sitzplatz eroberte. Klaus, der ihre Aktion zunächst nicht bemerkt hatte, weil er sich im Gespräch mit dem Wirt befand, zuckte irritiert zusammen, als er mich neben sich suchte und Lydia fand. Die unfreiwillige Komik dieser Situation sorgte dafür, dass mir beinahe ein lautes Lachen entfuhr.

Mit einem Schmunzeln im Gesicht wechselte ich die Tischseite und ließ mich Klaus gegenüber nieder. Das wiederum rief Georg auf den Plan, der eilig Anne beiseiteschob und sich schwungvoll neben mich schmiss. Harald hatte derweil entspannt auf meiner anderen Seite Platz genommen. Anne, die von Georgs zielstrebiger Aktion überrascht worden war, landete am gegenüberliegenden Kopfende zwischen Lydia und Georg und warf einen irritierten Blick in die Runde.

Innerlich stöhnte ich. Gerade mal unser Ankunftstag, einer von insgesamt vierzehn, und es ging zu wie im Kindergarten. Nur, dass in unserer Seesternchen-Gruppe kein Kampf um die gefragtesten Spielsachen stattfand, sondern um die beliebtesten Nebensitzer. Also wohl eher ein Relikt aus der Schulzeit! Allerdings war ich dort nicht so begehrt gewesen, was auch daran gelegen hatte, dass ich von jeher ausschließlich Augen für Oliver gehabt hatte und mich deshalb kaum um die Gunst der Mitschüler in meiner Klasse bemühte.

Oliver! Ein Lächeln eroberte mein Gesicht, als ich an ihn dachte. Mit einem Anflug von Überraschung realisierte ich, dass sich statt Schmerz lediglich eine leise Wehmut in mir breitmachte. Ich konnte nicht lange darüber nachdenken, denn die Ereignisse um mich herum brachten mich schnell in die Wirklichkeit zurück.

Lydia warf mir einen triumphierenden Blick zu und Anne musterte mich enttäuscht. Dafür begann Georg wie an Klaus' Geburtstag umgehend damit, mir auf die Pelle zu rücken. Sein Arm lagerte auf meiner Stuhllehne. Eine Unart, die ich noch nie hatte leiden können. Und obwohl er meinen heimlichen Ausweg aus der verzwickten Lage verkörperte, in der sich mein Gefühlsleben befand, ging er mir mit diesem Verhalten auf die Nerven.

Mit einer entschiedenen Bewegung schob ich ihn beiseite und erklärte mit entsprechenden Handzeichen: »Dein Stuhl, mein Stuhl!« Um dieser Klarstellung die Schärfe zu nehmen, zwinkerte ich ihm zu.

Klaus beobachtete die Aktion mit einem offensichtlichen Feixen, was Lydia veranlasste, mir einen wütenden Blick zuzuwerfen. Dankbar registrierte ich, dass der Wirt die Aufmerksamkeit auf sich zog, indem er nach unseren Wünschen fragte.

Harald ergriff die Initiative. »Sollen wir uns ein Überraschungsmenü bestellen? Ganz viele Köstlichkeiten für die Tischmitte und jeder nimmt, worauf er Lust hat.«

Zustimmendes Gemurmel erklang aus allen Richtungen und der Herr des Hauses schenkte uns ein begeistertes Strahlen. »Ich bringe leckeres Essen für meine Freunde aus Tübingen«, versprach er. »Das ist eine Ehre für Alexios!«

Während wir auf unsere Mahlzeit warteten, ließ ich die Blicke durch den Außenbereich der Taverne schweifen. Am einzigen Tisch, der außer unserem besetzt war, saß ein älteres Ehepaar mit einem ungefähr vierjährigen Mädchen, wahrscheinlich der Enkeltochter. Erstaunt stellte ich fest, dass deren Oma Klaus anstarrte, als habe sie gerade eine Erscheinung. Erregt stieß sie ihren Mann an, murmelte ihm etwas zu, doch der zuckte nur ratlos mit den Achseln. Sie starrte weiter, aber schon nach kurzer Zeit hielt es sie nicht mehr auf ihrem Platz. Resolut erhob sie sich und stapfte zielstrebig in unsere Richtung, wo sie Klaus nun deutlich weniger resolut, sondern eher zaghaft, auf die Schulter klopfte.

»Jode Dach, sare Se mol, kenne mer ons nit?«[2], fragte sie in einer Mundart, die ich nicht zuordnen konnte. Ihr kleiner Hund war ihr gefolgt und sprang aufgeregt und wild kläffend um uns herum.

Empört rief sie ihrem Mann zu: »Minsch Erwin, rof doch mol dat Lensche. Wat maht se hee solsche

2 Guten Tag, sagen Sie mal, kennen wir uns nicht?

Fisimatensche? Ech ben nit de Höngkesmadam! Söns jibt det hee e Mallörke.«[3]

Ich verstand zwar nur Bahnhof und versuchte, zwischen den fremden Vokabeln einen sinnvollen Zusammenhang herzustellen, aber Erwin schien genau zu wissen, was von ihm erwartet wurde. Mit einem schrillen Pfiff beorderte er das Hündchen im Handtaschen-Format zurück. Unterdessen wandte sich seine Frau abermals an Klaus. »So, nu es Roh. Kenne mer ons villecht us Düsseldoaf?«[4]

Klaus begegnete der seltsamen Anfrage mit stoischer Gelassenheit. Offensichtlich waren seine übersetzerischen Fähigkeiten den meinen weit überlegen, denn ich entnahm seiner Antwort, dass er den Inhalt der Frage verstanden hatte. »Das glaube ich nicht. Ich komme aus dem Stuttgarter Raum und war schon ewig nicht mehr in Düsseldorf.«

»Äwwer ech kenn ehr Jesecht, janz secher! Villecht us de Ualaub? Letzdes Johr op Malljorca?«[5]

»Nein, tut mir wirklich sehr leid. Ich war letztes Jahr nicht auf Mallorca, und ich bin mir auch sicher, dass wir uns nie zuvor begegnet sind. An eine so charmante Dame wie Sie könnte ich mich bestimmt erinnern.«

Puh, was für ein Schleimer! Ich hatte große Mühe, nicht lauthals loszulachen.

---

3 Mensch Erwin, ruf doch mal das Lenchen zurück. Was macht sie hier solche »Fisimatenten«? Ich bin nicht die »Hundemadame«! Sonst gibt das hier ein Malheur.

4 So, nun ist Ruhe. Kennen wir uns vielleicht aus Düsseldorf?

5 Aber ich kenne Ihr Gesicht, ganz sicher! Vielleicht aus dem Urlaub? Letztes Jahr auf Mallorca?

»Hach. Se send mech jo en Scharmbüdel.«[6] Leicht errötend fächelte sie sich Luft zu. »Äwwer ech kenn Se. Dat fällt mer bestemmp noch en.«[7] Verschwörerisch zwinkerte sie ihm zu, bevor sie sich verabschiedete: »Jode Honger!«[8]

Nachdem wir erfolgreich unseren kollektiven Lachanfall unterdrückt hatten, begannen zögerlich die ersten Gespräche unter den neuen Tischnachbarn. Georg schmollte nach meiner Abwehraktion mit mir und hatte sich Anne zugewendet, was mir für den Moment ganz recht war. Und da Klaus von Lydia vereinnahmt wurde, wandte ich mich Harald zu.

»Du bist ein Kindheitsfreund von Georg, richtig?«, startete ich eine Unterhaltung.

Ein freundliches Lächeln lag auf seinem Gesicht, als er antwortete. »Georg und ich sind Nachbarn. Wir haben bereits miteinander gespielt, als wir klein waren. Mittlerweile haben wir beide unsere Elternhäuser übernommen. Es gibt fast nichts, was wir nicht voneinander wüssten.«

»Das klingt ja spannend. Was müsste ich denn von Georg und von dir wissen?«, hakte ich schelmisch nach.

Haralds sonores Lachen erklang und sorgte für ein wohliges Gefühl in meinem Innern. »Oh je, wo soll ich da anfangen? Was Georg angeht, musst du ihn schon selbst

---

6 Hach. Sie sind mir ja ein Charmebolzen.

7 Aber ich kenne Sie. Das fällt mir bestimmt noch ein.

8 Guten Appetit!

fragen. Und im Hinblick auf mich: Was willst du wissen?«

»Das ist eine ganz schön direkte Frage, dafür, dass wir noch im Small-Talk-Stadium sind.«

»Ach, weißt du: Von Small Talk halte ich nichts. Das ist Zeitverschwendung. Ich habe bereits genug Lebenszeit damit verplempert, mich um den Schein zu kümmern, statt im Sein verankert zu sein. Entweder möchte ich tiefe, wahrhaftige Begegnungen mit anderen oder ich verbringe meine Zeit allein.« So klar, wie er seine Worte formuliert hatte, war auch sein Blick. Eindringlich schaute er mir in die Augen. In Verbindung mit der Wärme, die er ausstrahlte, führte das jedoch nicht zu einem unbehaglichen Gefühl. Ich realisierte, wie ich mich entspannte. Wann gab es das schon, dass sich Menschen ungeschminkt in aller unbequemen Ehrlichkeit zeigten, ohne ihre Hochglanzoptik zur Schau zu stellen?

Zustimmend nickte ich. »Du hast recht. Tiefe Begegnungen gibt es viel zu selten. Also überspringen wir den Small Talk. Klaus hat mir erzählt, dass du eine berufliche Auszeit nimmst. Wie geht es dir damit?«

Diese Frage wurde mit einem weiteren vibrierenden Lachen belohnt. »In einem Wort: hervorragend. Mein ganzes bisheriges Leben war auf Erfolg gebürstet. Jura-Studium – natürlich mit Spitzennoten, dann Berufseinstieg. Nach vier Jahren saß ich in der Geschäftsführung eines mittelständischen Unternehmens. Es gab seitdem nur eine Richtung: steil bergauf. Die Arbeitstage wurden länger, die Freizeit kürzer. Immer mehr Dinge wollten gleichzeitig im Blick behalten werden. Ich konnte nicht mehr einschlafen, und wenn ich schlief, hatte ich Albträume, in denen ich schlimme Fehler beging und von wechselnden Menschenmeuten gejagt wurde. Je schlechter ich schlief, desto mehr Zeit brauchte ich für die Arbeit, was zu noch schlechterem Schlaf führte. Eine echte Abwärtsspirale. Es war grauenvoll.«

Nachdenklich betrachtete ich ihn. Er erzählte auf eine faszinierende Art und Weise. Einerseits persönlich und emotional, andererseits mit einer reflektierten Distanz, als berichte er aus einem fremden Leben. Vielleicht war es das ja auch. Sein altes Leben, von dem er sich längst verabschiedet hatte, um ein neues zu beginnen. Waren wir uns darin womöglich sogar ähnlich? Hatte ich mich ebenfalls von meinem alten Leben losgesagt und es nicht einmal bemerkt? Der Moment vorhin kam mir in den Sinn, als ich ohne den gewohnten Schmerz an Oliver gedacht hatte. Da hatte ich einen gesunden Abstand gespürt, so wie ich ihn jetzt bei Harald wahrnahm.

Seine kurze Redepause war beendet und damit wurde ich in die Realität zurückgeholt. »Und dann gab es diesen bedeutungsvollen Morgen: Ich fuhr auf den Firmenparkplatz und stellte den Motor ab. Statt auszusteigen, blieb ich sitzen und starrte vor mich hin. Ich war vollkommen weggetreten – nicht körperlich, sondern seelisch. Als säße dort nur meine Hülle, die ich nicht mehr bewohnte. Ein Kollege klopfte an die Scheibe, doch ich reagierte nicht. Er versuchte, die Tür zu öffnen, aber sie war von innen verriegelt. Wie durch einen dichten

Nebel nahm ich wahr, dass er mit mir sprach, war jedoch nicht in der Lage, zu reagieren. Weder konnte ich mich bewegen, noch sprechen. Er holte sich die Unterstützung eines weiteren Kollegen, ohne Erfolg. Nachdem keiner zu mir durchdrang, alarmierten sie Feuerwehr und Notarzt. Erst als die Feuerwehrleute anfingen, die Tür aufzubrechen, kam ich zu mir. Die körperliche Untersuchung ergab nichts und die Diagnose lautete Burn-out. Für ein halbes Jahr verschwand ich in einer Klinik.«

Sein Blick suchte meinen und verschmolz damit – auf eine wunderbare, herrlich asexuelle Weise. Als wären wir Geschwister oder einfach verwandte Seelen. Wie zwei Menschen, die sich das Leid des anderen nicht nur vorstellen können, sondern es fühlen – in allen Zellen ihres Körpers und ihres Herzens.

»Und deswegen geht es mir heute hervorragend – weil ich hier bin, weil es mich gibt, weil meine leere Hülle wieder bewohnt ist. Ich lebe im Hier und Jetzt, ohne Ziele, die ich zwanghaft erreichen muss, die mich vom Spüren und Genießen abhalten. Klar gebe ich zu, dass fünfundzwanzig außerordentlich erfolgreiche Berufsjahre mir ein Bankkonto beschert haben, das dem Alltag die Sorgen nimmt. Doch selbst wenn das anders wäre, könnte ich mich inzwischen mit wenig zufriedengeben. Eine Hütte am Meer würde mir reichen, vielleicht ein paar Touristen herumführen, Fische fangen, Liegen vermieten, egal. Nur eines ist sicher: Nie mehr Tretmühle! Tja, und ohne zu suchen, werde ich irgendwann den Mittelpunkt meines neuen Daseins finden.« Er machte eine ausholende Geste, die die komplette Umgebung einzuschließen schien. »In Deutschland, hier oder irgendwo auf diesem Planeten.«

Nachdenklich betrachtete ich ihn. In der Praxis hatte ich ab und zu mit Burn-out-Patienten zu tun, auch wenn das nicht mein Spezialgebiet war. Allerdings war mir selten einer begegnet, der sich nach einem halben Jahr so gut gefangen hatte. Vor allem hatte Harald sein Leben *wirklich* umgestellt. Die meisten verfielen früher oder später wieder in ihren gewohnten Trott. Nur einzelne schafften es, gänzlich aus ihrem bisherigen Alltag auszusteigen und sich in der Tiefe neu auszurichten. Viele Bemühungen blieben an der Oberfläche stecken. Diesen Eindruck hatte ich bei Harald nicht.

»Es fasziniert mich, wie offen du darüber sprichst. Und du wirkst auf mich, als hättest du tatsächlich einen radikalen Schnitt vollzogen.«

»Ja, das habe ich. Und ich freue mich auf alles, was mich erwartet. Was auch immer es sein mag.«

»Bewundernswert!«, murmelte ich, während ich ihn anerkennend musterte.

»Und wie ist es bei dir?«

»Anders«, stieß ich mit einem bitteren Lachen hervor. »Zwar habe ich ebenfalls keine Ahnung, was kommen wird, aber es macht mir eher Angst, als dass ich mich darauf freuen würde. Mir ist Kontrolle in meinem Leben wichtig. Nur: Das, was die Zukunft bringt, kann ich nicht kontrollieren. Das bereitet mir Unbehagen.«

»Was ist passiert, dass dir die Zukunft Angst einjagt und Kontrolle so wichtig ist?«

Ich warf einen schnellen Blick zu Klaus. Lydia plapperte auf ihn ein, fuhr dabei alles auf, was sie an Reizen zur Verfügung hatte, doch ich spürte, dass er mit seiner Aufmerksamkeit nicht bei ihr war, sondern unserem Gespräch folgte. Das machte diesen Zeitpunkt nicht perfekt, um mich Harald zu öffnen. Und daran, dass ich es tun würde, hatte ich keinen Zweifel.

Merkwürdig! Ich war es derart gewohnt, mein Innenleben hinter einer undurchdringlichen Fassade zu verbergen, dass dahinter schon fest einstudierte Verhaltensmuster steckten, aber bei Harald brachen sie in sich zusammen. Er hatte diese besondere Ausstrahlung, als gäbe es nichts, was man ihm nicht anvertrauen könne. Auf einmal sehnte ich mich danach, allein Zeit mit ihm zu verbringen und zu reden. Ohne zu planen, worüber. Hauptsache reden. Ich konnte mir vorstellen, ihm mein ganzes Leben offenzulegen mit sämtlichen hässlichen Details, und war mir sicher, dass mich keine Verurteilungen oder Bewertungen erwarten würden, sondern einfach nur ein offenes Ohr. Ein Ohr, das alles zu hören verkraftete, bei dem alles sein durfte.

»Das ist eine lange Geschichte«, erwiderte ich. »Und ich möchte sie dir gerne erzählen, aber nicht heute Abend.«

Klaus warf mir einen undefinierbaren Blick zu – tief, intensiv, als wolle er den Inhalt meiner Seele scannen, und möglicherweise auch ein wenig verletzt. Er schien zu fragen: *Warum erzählst du mir deine Geschichte nicht?*

Tja, warum nicht? Vielleicht verlieh mir diese Zurückhaltung das letzte Fünkchen Kontrolle. Da er schon ungefragt mein Herz gekapert hatte, wollte ich ihm wenigstens Einblicke in meine Vergangenheit und in meine verborgensten Ängste verwehren.

Harald betrachtete mich verständnisvoll und nickte. »Gut, gerne ein anderes Mal.«

Über der intensiven Unterhaltung mit Harald hatte ich nicht gemerkt, wie schnell die Zeit vorangeschritten war. Während ich noch meinen Gedanken nachhing, tauchte Alexios mit vollen Händen auf. Er balancierte mehrere Platten gleichzeitig, auf denen köstliche Speisen dekoriert waren. Hinter ihm erschien eine jüngere Frau, die weitere Essensberge mitbrachte.

»So, für meine Freunde aus Tübingen«, verkündete er, als er damit begann, seine kostbare Fracht in der Tischmitte abzustellen. Zu jedem Gericht erläuterte er, wie es hieß und woraus es bestand. Die Düfte, die sich in Windeseile ausbreiteten, waren himmlisch. Mir lief das Wasser im Mund zusammen und mein leer gefegter Magen verlangte eindringlich nach blitzschneller Befüllung. Von kalten Vorspeisentellern, über Salat, Fisch, Muscheln und Fleisch vom Grill war alles geboten. Ein begeistertes Raunen erklang rund um den Tisch.

Mit stolzgeschwellter Brust erklärte Alexios: »Meine Tochter Helena serviert euch den Rest.«

Neugierig betrachtete ich sie. Ein echter Familienbetrieb also. Wahrscheinlich stand die Mama in der Küche. Ich schätzte Helena auf Mitte dreißig. Sie hätte gut als offizielles Tourismus-Aushängeschild herhalten können. Mit ihren wallenden schwarzen Locken, die sie mit einem Haargummi gebändigt hatte, den dunkelbraunen Augen und dem klassischen Profil wirkte sie wie eine Figur aus einer griechischen Sage. Mit einem schüchternen Lächeln lud sie die Platten ab. Im Gegensatz zu ihrem Vater, der mit einem deutlich hörbaren Akzent deutsch sprach, klang sie wie eine Muttersprachlerin, als sie fragte: »Kann ich Ihnen noch etwas zu trinken bringen?«

Harald musterte sie mit sichtlicher Faszination. »Ja, ich hätte gerne einen schönen trockenen Rotwein.«

»Ich kann Ihnen einen hervorragenden Rotwein aus der Rebsorte Skopelitiko empfehlen. Der Wein stammt aus dem Nordwesten der Insel, ist reich an Tanninen und hat eine wunderbare dunkelrote Farbe.«

»Na, wenn er erstens hier von der Insel kommt und Sie ihn zweitens empfehlen, muss ich ihn unbedingt probieren«, äußerte er, während er Helena mit einem charmanten, augenzwinkernden Lächeln bedachte.

Die Wangen der jungen Frau färbten sich rot und sie warf einen irritierten Blick in meine Richtung. Vermutlich dachte sie, Harald wäre mein Mann und auf flirttechnischen Abwegen.

Ich lächelte sie beruhigend an und sie entspannte sich ein wenig. »Ich würde mich gerne anschließen und ebenfalls Ihrem Tipp folgen.« Um Georg gegenüber eine versöhnliche Geste zu zeigen, fragte ich ihn: »Bist du auch dabei, bei einem Rotwein? Wir könnten eine ganze Flasche bestellen.«

»Nein, danke«, gab er knapp zurück und wandte sich erneut Anne zu. Okay, er war weiterhin beleidigt. Sollte er!

In vollen Zügen genoss ich das Festmahl. Unter diesen alten Olivenbäumen zu sitzen, mit dem Salzgeruch des Meeres in der Nase und dem Rauschen in den Ohren, das nur ab und zu von unseren Gesprächen oder einem lauten Lachen übertönt wurde, war traumhaft. Ja, so musste sich Urlaub anfühlen!

Klaus schenkte mir regelmäßig ein Lächeln oder prostete mir zu. Und mit Harald kam ich immer wieder mühelos in eine angenehme Unterhaltung. Nach zwei geleerten Weinflaschen wurde die Atmosphäre am Tisch ausgelassen. Die kleinen und großen Eifersüchteleien verloren sich zunehmend im Hintergrund. Als die Dunkelheit mehr und mehr die Umgebung vereinnahmte, entzündeten Alexios und Helena ein Meer an Windlichtern, die für eine zauberhafte Beleuchtung sorgten.

Mit einer Flasche Ouzo und einer ganzen Batterie an Gläsern trat Alexios zu uns. »Darf ich mich zu meinen Freunden aus Tübingen setzen?«

»Klar!« und »Nur zu!« riefen wir.

»Wo übernachtet ihr?«, wollte er wissen, nachdem er sich einen Stuhl vom Nachbartisch geangelt und ihn zwischen Lydia und Klaus platziert hatte. Die tödlichen Blicke, die er daraufhin von ihr erntete, ignorierte er gelassen und setzte sich schwungvoll. »Im Hotel?«

»Nein, direkt nebenan in dem Doppelhaus«, antwortete Georg, der definitiv der Nüchternste von uns war, denn er hatte keinen Tropfen Alkohol angerührt.

»Oh, nebenan, im Haus von Dorea«, strahlte er. »Folglich sind wir Nachbarn. Morgen müsst ihr unbedingt wiederkommen.«

Still lachte ich in mich hinein. Aus der Nummer würden wir vermutlich nicht wieder rauskommen. Wenn wir nur einmal woanders essen gehen würden, könnten wir uns bei Alexios nicht mehr blicken lassen. Doch angesichts der grandiosen Kochkünste, die seine Küchencrew zu bieten hatte, konnte ich mir Schlimmeres vorstellen, als jeden Abend hier zu speisen.

Alexios füllte großzügig die Schnapsgläser und verteilte sie. Dann drehte er sich um und rief: »Helena, komm zu uns!« Er sprang auf, um einen weiteren Stuhl zu holen, den er zwischen Klaus und Harald abstellte. Mit einem verlegenen Lächeln trat sie dazu und setzte sich zaghaft.

Wir hielten die Gläser in die Luft und prosteten uns zu. Ein vielstimmiges »Jámas« erklang und ein Spinnennetz an Blicken breitete sich aus. Lydia versuchte sich an einem hypnotischen Augenaufschlag, mit dem sie Klaus in ihren Bann zu ziehen gedachte. Georg schien die beleidigte Phase hinter sich gelassen zu haben, denn er gab alles, um meine Aufmerksamkeit einzufangen. Klaus und ich sahen uns auf eine Weise an, in der die gesammelte Vertrautheit mitschwang, die unser Deal hervorgebracht hatte, während zwischen Helena und Harald neugierige Funken hin und her flogen. Behaupte einer, jenseits der vierzig interessiere man sich allenfalls noch fürs Golfspielen!

Unkontrollierter Strandspaziergang

Strahlender Sonnenschein weckte mich am nächsten Morgen. Ich hatte nachts bewusst die Vorhänge offengelassen, weil ich schon vom Bett aus die Aussicht genießen wollte, die mich binnen Sekunden in ein allumfassendes Urlaubsglücksgefühl katapultierte. Nach einer Katzenwäsche, die meiner Ungeduld, in die morgendliche Sonne zu kommen, geschuldet war, schlüpfte ich in die Klamotten und verließ das Zimmer. Auf dem Gang begegnete mir Klaus, der auch bereits startklar war.

»Na, du Kobold, hast du gut geschlafen?«, funkelte er mich mit einem verschmitzten Lächeln an.

»Fantastisch. Und du?«

»Ebenfalls. Wie wäre es mit einer freundschaftlichen Guten-Morgen-Umarmung?«

»Lass das lieber nicht zur Gewohnheit werden!«, frotzelte ich. »Sonst bekommst du in Deutschland Entzugserscheinungen. Außerdem: Ist das überhaupt Bestandteil unseres Deals?«

Er warf mir einen undefinierbaren Blick zu und schüttelte missbilligend den Kopf. »In letzter Zeit übertreibst du es ein wenig«, grummelte er. »Früher hast du es nicht so genau genommen mit den dealkonformen Grenzen.«

Früher habe ich mich auch nicht vor meiner Liebe zu dir gefürchtet, dachte ich. Doch statt einer Antwort hüpfte ich mit einem frechen Lachen die Treppe vor ihm herunter.

Die Bewohner der anderen Doppelhaushälfte waren ebenfalls schon aufgestanden und gerade dabei, den Frühstückstisch zu decken. Unsere Vermieterin war so nett gewesen, uns mit frischen Brötchen, Butter, selbst gemachten Marmeladen, Eiern und ein paar griechischen Köstlichkeiten zu versorgen. Als letzte stieß Lydia dazu und komplettierte die Runde. Sie schien kein Morgentyp zu sein, denn im Gegensatz zum gestrigen Abend war sie noch nicht im Klaus-Eroberungsmodus angelangt.

Nach kurzer Zeit bog sich die Tafel unter all den Leckereien. Auch wenn ich es am Vorabend angesichts der Schlemmerei kaum für möglich gehalten hätte, verfügte ich schon wieder über einen unglaublichen Appetit. Vielleicht lag es einfach an dem fantastischen Flair, das uns hier umgab. Unter einer großzügigen Pergola in morgendlicher Wärme zu sitzen, umgeben von grünen Hecken, blauem Himmel, direkt neben einem eleganten Pool, war paradiesisch. Und das Wissen, dass das Meer nur wenige Schritte entfernt verheißungsvoll auf uns wartete, tat sein Übriges.

In diesem Augenblick überkam mich eine tiefe Dankbarkeit, dass mich Klaus zum Mitkommen überredet hatte. Als ich ihn voller Demut im Herzen ansah, merkte ich, dass er mich eindringlich studierte und das

Aufeinandertreffen unserer Blicke mit einem strahlenden Lächeln belohnte. Für den Bruchteil einer Sekunde befand ich mich im Land der Möglichkeiten. Der Möglichkeit, ihn lieben zu können und zu wollen, der Möglichkeit, mich auf eine richtige Beziehung mit ihm einzulassen und der Möglichkeit, bis ans Lebensende zusammen glücklich zu sein. Doch bereits nach dem nächsten Wimpernschlag landete ich in der Wirklichkeit, und der Augenblick zuvor erschien mir nur noch wie ein winziger Traum während eines Sekundenschlafs.

Wir trödelten vor uns hin, genossen träge, faul und vollkommen entschleunigt das Frühstück, unterhielten uns, schwiegen und ließen lustvoll die Gedanken baumeln. Es war schon später Vormittag, als wir entschieden, das Tagesprogramm zu starten. Wir hatten uns auf einen gemeinsamen Ausflug nach Kassiopi und Acharavi geeinigt. Mein auf der Hinfahrt entstandener heimlicher Witz würde also Realität werden: ein Trip mit Madame Kassiopeia nach Kassiopi. In dem Kleinstädtchen wollten wir bummeln, Hafenluft schnuppern und anschließend Richtung Acharavi weiterfahren, wo uns ein kilometerlanger Sand- und Kiesstrand erwartete.

Kaum hatten wir uns in die Autos gesetzt, stiegen wir auch schon wieder aus. Gerade mal fünf Minuten dauerte die Fahrt bis zum Parkplatz am Ortseingang von Kassiopi. Ein paar Meter mussten wir noch einer asphaltierten Straße folgen, dann gelangten wir in einen verkehrsberuhigten Bereich, der attraktiv mit hellen Natursteinplatten belegt war und einladend in der Sonne schillerte. Kleine Geschäfte säumten das schmale Sträßchen und nur wenige Urlauber schlenderten entspannt dahin. Lydia schien aus ihrem Morgenloch hervorgekrochen zu sein, denn sie belagerte Klaus nach allen Regeln der Kunst. Sie ließ ihren blonden Bob schwungvoll hin und her fliegen, gurrte verführerisch und hakte sich immer wieder kurz bei ihm unter. Da ich auf Klaus' anderer Seite flanierte, wurde ich zum regelmäßigen Ziel ihrer herausfordernden Blicke. Ich hatte partout keine Lust auf dieses Spiel, zumal mich die Stiche, die wiederholt in mein Herz piksten, wenn Klaus laut auflachte, nicht nur irritierten, sondern auch wütend machten.

Ich beschleunigte die Schritte und gesellte mich zu Harald und Anne, die ein paar Meter vor uns nach allen Richtungen schauend durch die Gegend bummelten.

»Schön hier, oder?«, unternahm ich den Versuch einer Gesprächseröffnung.

»Ja, wirklich«, murmelte Harald. »Jedes Mal, wenn ich im Süden bin, frage ich mich, warum ich überhaupt nach Deutschland zurückkehre. Ich könnte ständig hier leben.«

»Echt?«, fragte Anne überrascht. »Also für mich wäre das nichts. Zum Urlauben ist es toll hier, aber ich freue mich immer auch aufs Nach-Hause-Kommen. Na ja, früher zumindest, als ich noch ein einladendes Haus hatte, das auf mich gewartet hat. Jetzt ist es nur meine kleine Wohnung, in der ich mich fühle wie ein Hamster im Käfig.« Wehmut lag in ihrer Stimme und kurz wirkte es, als breche sie gleich in Tränen aus.

Ich legte tröstend den Arm um sie, was sie mit einem dankbaren Lächeln quittierte. Irgendwie fühlte es sich merkwürdig an, in einer Gruppe von sechs Leuten unterwegs zu sein, von denen ich lediglich eine Person kannte. Doch, wenn ich ehrlich war, kannte ich von Klaus' Geschichte und seinen Träumen ebenfalls nicht viel. Unser Miteinander umfasste ausschließlich eine zeitliche Dimension: die Gegenwart. Weder die Vergangenheit noch die Zukunft hatten etwas mit uns beiden zu tun. Und von den anderen wusste ich nur die Stichpunkte, die mir Klaus geliefert hatte. Eckdaten in der Vita, die sich anhörten wie Spiegelstriche, aber nichts verrieten über das, was die Träger der Biografie erlebten, was sie fühlten, womit sie zu kämpfen hatten. Plötzlich spürte ich eine unbändige Sehnsucht in mir, mehr über diese Menschen herauszufinden, mit denen ich die nächsten zwei Wochen verbringen würde.

Entweder las Harald meine Gedanken oder er tickte tatsächlich derart ähnlich wie ich, dass uns zeitgleich dieselben Überlegungen beschäftigten. Jedenfalls unternahm er einen entsprechenden Vorstoß. »Ich schlage vor, dass wir unser heutiges abendliches Beisammensein nutzen, um uns wirklich kennenzulernen. Ich würde gerne eure Geschichten erfahren, damit wir uns in völliger Offenheit begegnen können.«

Mir wurde ein wenig flau zumute. Zwar interessierten mich die Lebenssituationen der anderen brennend, aber mit einem bereitwilligen »hinter die Fassade gucken lassen« meinerseits sah das schon deutlich schwieriger aus. Bislang kannte noch nicht einmal Klaus meinen Lebensweg, wie sollte ich ihn da vor diesen wildfremden Menschen auspacken? Bis zum Abendessen bräuchte ich auf jeden Fall einen Plan, wie ich die Tür weit genug aufmachen könnte, ohne alles zu zeigen, was dahinter lauerte.

Trotz der widersprüchlichen Gefühle in mir nickte ich. »Machen wir!« Von Anne kam freudige Zustimmung. Es war offensichtlich, dass sie nur darauf wartete, ihr Herz ausschütten zu dürfen und in der Gruppe Trost zu finden.

Zwischenzeitlich hatten wir den Hafen erreicht, der das Beeindruckendste an diesem winzigen Städtchen zu sein schien. In dem U-förmigen Hafenbecken ankerten unzählige kleinere Boote, Jachten und Ausflugsschiffchen, die gemütlich im ruhigen Wasser schaukelten. Zu beiden Seiten befanden sich Molen, von denen sich eine als begehbar erwies. Wir bummelten in diese Richtung und stoppten alle paar Meter, um Blicke auf den kantigen Burgturm zu werfen, der oberhalb thronte, oder die großen Schiffe zu beobachten, die der Fahrrinne zwischen Albanien und Korfu folgten. Albanien lag nur wenige Kilometer entfernt. Man konnte sogar die steil ins Meer abfallende Küste am gegenüberliegenden Ufer erkennen. Eine prachtvolle Landschaft!

Nach einem ausgiebigen Spaziergang am Hafen entlang kehrten wir zu den Autos zurück, um eine Viertelstunde später in Acharavi endlich Strandfreuden zu frönen. Auf der ersten Fahrstrecke hatte ich neben Klaus gesessen, der eines der zwei Fahrzeuge steuerte, die wir dabei hatten. Lydia hatte sich mit einem schnellen Sprung in unseren Fond geworfen, was mir ein genervtes Stirnrunzeln entlockt hatte. Nun stolzierte sie ohnehin schon an Klaus' Seite. Das veranlasste sie, es sich mit einem triumphierenden Augenaufschlag auf dem Beifahrerplatz bequem zu machen. Kopfschüttelnd stieg ich hinter dem Fahrersitz ein. Wenigstens stellte mich meine geringe Körpergröße vor keine Herausforderungen beim Unterbringen der Knie. Klaus warf mir im Rückspiegel einen verschwörerischen, amüsierten Blick zu, der mich in innerliches Triumphgeheul ausbrechen ließ. Ich war es, die außerordentlich private Facetten von ihm kannte, die Lydia hoffentlich nie zu sehen bekommen würde. Dass das meine gute Laune um etliche Skalenpunkte steigerte, weckte allerdings eine gehörige Portion Beunruhigung in mir!

Am Zielort angekommen fackelten wir nicht lange, suchten uns einen Liegenverleih weit entfernt von den Hotelanlagen und plumpsten begeistert auf die eroberten Plätze. Der Strandabschnitt, den wir uns ausgewählt hatten, lag außerhalb des touristischen Remmidemmis, wunderbar durch eine kleine Dünenlandschaft von der Küstenstraße abgegrenzt. Das einzige Opfer, das wir dafür bringen mussten, bestand darin, auf die Kieselsteine achtzugeben, die an dieser Stelle den ansonsten feinen Sand durchsetzten. Das Meer, das in sanften Wellen dem Ufer entgegenrollte, glitzerte in einem unfassbaren Türkisgrün, das ich bislang selten in dieser Intensität gesehen hatte. Ich atmete tief durch und konnte kaum glauben, wie fantastisch es sich anfühlte, hier zu sein. Minutenlang saß ich da, nahm nichts mehr von den anderen wahr und versank im Anblick, den Geräuschen und Gerüchen der Umgebung. Meine Güte, wie lang war es her, dass ich im Urlaub ans Meer gereist war! Und wie lang war es her, dass ich mich – von dem kurzen Trip nach Menorca abgesehen – derart in der Urgewalt dieses Elements verloren hatte! Ich empfand eine unbeschreibliche Nähe zu Leo und Oliver und dachte an Lottes Worte. Fast meinte ich, die beiden im Rauschen der Wellen wispern zu hören. Doch ich erkannte nicht, was sie mir zuriefen.

Als Harald plötzlich direkt in meinem Sichtfeld erschien, tauchte ich aus der Versenkung auf.

»Ich schätze mal, du bist eine begeisterte Strandläuferin, Eva«, sprach er mich an. »Hast du Lust, eine Runde mit mir zu drehen?«

Die hatte ich tatsächlich. Haralds Gesellschaft fühlte sich herrlich beruhigend an, und ich fand die Vorstellung traumhaft, in dieser Idylle Zeit mit ihm allein zu verbringen. »Gute Idee«, erwiderte ich und schwang mich von der Liege.

Klaus warf uns einen überraschten Blick zu und Georg einen frustrierten, der eindeutig nach »Warum ist mir das nicht eingefallen?« aussah. Dafür wirkte Lydia außerordentlich zufrieden. In mich hineingrinsend dachte ich: *Okay, der Mittelwert der unterschiedlichen Befindlichkeiten passt!*

Ich zog mir mein Shirt über, um die Schultern vor der Sonneneinstrahlung zu schützen, schnappte mir den Sonnenhut, den ich in Kassiopi erstanden hatte, und cremte die Beine dick mit Sonnenmilch ein. Schon war ich marschbereit.

Die ersten hundert Meter schlenderten wir schweigend durch die Gegend. Ich genoss es, den herrlich warmen Sandschlick zwischen den Zehen zu spüren, während das frische Wasser meine Fesseln kühlte. Strandspaziergänge bedeuteten für mich ein sinnliches Vergnügen der Extraklasse. Nirgendwo sonst empfand ich dasselbe Wohlbehagen und dieselbe Freiheit wie im Flutsaum des Meeres. Fassungslos fragte ich mich, wieso um alles in der Welt ich so lange nicht mehr in den Süden gereist war. Hatte es etwas mit Leo und Oliver zu tun? Weil ich mich insbesondere Leo an keinem anderen Ort derart nah fühlte wie an seinem geliebten Meer? Ganz egal, was in der Vergangenheit die Beweggründe gewesen sein mochten, in dieser Sekunde beschloss ich, das ab sofort zu ändern. Einmal im Jahr Meeresrauschen musste sein, fasste ich einen Zukunftsentschluss, der sich herrlich stimmig anfühlte.

Haralds Wiederholung seiner Frage vom Vorabend brachte mich in die Gegenwart zurück. »Du wolltest mir erzählen, warum dir Kontrolle so wichtig ist.« Okay, eigentlich keine Frage, sondern eher eine Aufforderung. Interessanterweise war Harald jemand, dem ich sie zu formulieren gestattete.

Lange stapfte ich schweigend durch das Wasser, spürte dem feinen Sand nach und versuchte, mich von der glühenden Mittagssonne auf eine Weise wärmen zu lassen, dass sie auch mein Inneres durchdrang.

»Ich habe als Teenager durch den Tod zweier geliebter Menschen die Kontrolle verloren. Das will ich nicht noch einmal erleben. Deshalb setze ich Himmel und Hölle in Bewegung, um mich vor Kontrollverlust zu schützen.«

»Ach so.« Mehr sagte er nicht. Mehr musste er nicht sagen. Ich wusste, dass er verstand. Mit aller Intensität, nicht nur oberflächlich.

»Den Schmerz, den ich damals erlebt habe, spüre ich bis heute. Er ist in jeder einzelnen Zelle meines Körpers gespeichert und in jeder verdammten Sekunde des Lebens präsent. Damit ist mein Aufnahmevermögen für Schmerz erschöpft. Was auch nur theoretisch neuen Schmerz verursachen könnte, vermeide ich. Und das funktioniert ausschließlich über Kontrolle.«

»Und, hast du sie?«

»Ja.« Er warf mir einen Blick zu, der mich eindeutig der Lüge überführte.

»Meistens.«

»Wann nicht?«

»Darüber möchte ich nicht sprechen.«

»Hm, weißt du was? Ich dachte genauso, ich hätte sie. Bis ich feststellen musste, dass ich mir etwas vorgemacht habe. Keiner kann Kontrolle haben. Kontrolle ist eine Illusion – nichts weiter –, eine Fata Morgana. Je mehr du nach ihr greifst, desto stärker entgleitet sie dir.«

»Tut mir leid, aber das sehe ich anders. Sonst wären wir ja alle nur vom Leben Getriebene, die dessen Launen schutzlos ausgeliefert sind. Ich glaube lieber an meine eigene Handlungsmacht.«

»Was hat das eine mit dem anderen zu tun? Nach meinem Empfinden erlange ich erst dann maximale Handlungsmacht, wenn ich die Kontrolle aufgebe.«

Überrascht starrte ich ihn an. Meinte er das ernst? Handlungsmacht ohne Kontrolle – wie sollte das funktionieren?

Voller Überzeugung in der Stimme fuhr er fort. »Ich habe während meines sechsmonatigen Klinikaufenthalts viel über diese Fragen nachgedacht. Außerdem hatten wir Gruppen- und Gesprächstherapien, in denen das Konzept der Kontrolle regelmäßig thematisiert wurde. Am Ende bin ich zu meiner persönlichen Sicht gelangt, nach der ich bereits seit Monaten lebe, und ich fahre gut damit.«

»Und wie lautet deine persönliche Sicht?« Er hatte meine Neugier geweckt. Auch wenn seine Aussagen in keiner Weise zu meinem Empfinden der Lebenswirklichkeit passten, lauerte ich gespannt auf seine Erklärung.

»Eigentlich ist das ganz einfach.« Harald ließ seine Blicke über die Wellen schweifen und deutete mit der Hand auf die Weite, die sich vor unseren Augen erstreckte. »Stell dir vor, du bist mit einem Surfbrett auf dem Wasser unterwegs. Vorher hast du einen genauen Plan erstellt, welche Strecke du abfahren willst, wo du eine Wende ansetzt und welche Geo-Punkte du passieren möchtest. Dein Plan weckt die Illusion von Kontrolle und sorgt dafür, dass du dich sicher fühlst, voller Zuversicht auf das Board kletterst. Dann bist du draußen auf dem Meer. Die Strömung wechselt stetig und der Wind bläst mal stärker, mal schwächer, möglicherweise dreht er ganz. Du merkst, wie deine saubere Planung, auf die du dich verlassen hast, aus den Fugen gerät. Mit jedem Meter, den du über die Brandung flitzt, spürst du deutlicher, dass dir die Kontrolle entgleitet, du ›falsche‹ Punkte passierst und dein Streckenverlauf nicht mit deiner Vorhersage übereinstimmt. Frust flutet dich, im schlimmsten Fall Panik, weil du der Umgebung ausgeliefert bist, nichts mehr so funktioniert, wie du es dir vorgestellt hast. Klar bis dahin?«

Nachdenklich nickte ich. Ich fing an, eine Vorstellung zu entwickeln, worauf er hinauswollte.

»Tatsächlich verhält sich ein Surfer vollkommen anders. Er gibt sich den Wellen hin, dreht sein Segel in den Wind, genießt die Gischt in seinem Gesicht, vertraut sich der Geschwindigkeit und den Elementen an. Und unabhängig davon, wie die Verhältnisse sind, vermag er damit umzugehen. Dabei erlebt er ein tiefes, erfülltes Glück, fühlt sich sicher und verschmilzt mit seiner Umwelt. Wenn du diesem Beispiel folgst, hast du die maximal mögliche Handlungsmacht. Du vertraust darauf, dass dir deine Intuition in jedem einzelnen Augenblick das Richtige einflüstern wird. Es gibt nichts, was deine Handlungsmacht schmälern könnte, weil Flexibilität und Anpassungsfähigkeit die Gaben sind, die dir zur Verfügung stehen. Egal, was passiert.« Ein feines Schmunzeln eroberte Haralds Gesicht.

»Okay, ich rede jetzt nicht von Windstärke zwölf. Dann wäre es vermutlich reiner Selbstmord. Aber erstens: Wann bläst dich das Leben schon mit Windstärke zwölf durch die Gegend? Und zweitens wäre es wohl kaum die Wahl deiner Intuition, unter lebensgefährlichen Bedingungen surfen zu gehen.«

Ich hielt inne, vergrub die Füße im Sand und beobachtete, wie das Wasser sie umspülte, sie ein- und ausbuddelte. Immer wieder kam eine hohe Welle, die bis zu den Oberschenkeln spritzte. Ich ließ es geschehen, ohne zurückzuzucken, liebte das Meer, gerade weil es unberechenbar war. Vielleicht lag ja exakt darin der Zauber dieses Elements: nie zu wissen, was im nächsten Moment geschah und dadurch zwangsläufig die Kontrolle aufzugeben. Gut, das war eine einfache Übung, solange ich mich am sicheren Strand befand. Und dennoch brachte es eine kleine Auszeit vom kontrollierten Alltag. Ich spürte, wie befreiend sich das anfühlte.

»Du meinst, wir haben die volle Handlungsmacht, wenn wir keinen Plan haben. Wenn wir flexibel auf das reagieren, was um uns herum geschieht? Weil wir auf diese Art entspannter mit Hindernissen, Veränderungen oder unerwarteten Ereignissen umgehen?«

»Genau das. Wie gesagt: Kontrolle ist trügerisch. Du bildest dir ein, sie zu haben, obwohl du sie gar nicht haben kannst. Es klingt vollkommen abgedreht, ich weiß, und dennoch stimmt es: Der einzige Weg, um die Kontrolle zu behalten, ist, sie aufzugeben. Denn nur dann bist du jederzeit handlungsfähig.«

Frustriert kickte ich Sand durch die Gegend. Wieder einmal verzweifelte ich an meiner Profession. Eigentlich wäre es mein Job, Harald entsprechende Vorträge zu halten und nicht umgekehrt. Doch ich war derart tief in die Behandlung klinischer Krankheitsbilder versunken, dass mir der Zugang zu dem, was sich mit dem gesunden Menschenverstand und pragmatischer Lebensphilosophie greifen ließ, oftmals fehlte. Und das galt erst recht, wenn es um mich selbst ging!

»Okay, Eva. Lass uns noch mal von der Theorie zur Praxis wechseln. Wo hast du die Kontrolle nicht?«

»Bei meinen Gefühlen.«

Ein ungestümes Lachen vibrierte durch Haralds Brustkorb. Schelmisch blitzte er mich an. »Das

Paradebeispiel für den Verlust menschlicher Kontrolle, findest du nicht?«, fragte er spöttisch.

»Na ja, ich weiß nicht. Ich habe das dreißig Jahre ziemlich gut hinbekommen, sie zu kontrollieren.«

»Komm, Eva«, protestierte er. »Das glaubst du doch nicht wirklich! Wenn du das dreißig Jahre hinbekommen hast, dann allenfalls deshalb, weil du sämtliche Gefühle mit all deiner Kontrolle wie ein Paket fest zugeschnürt hast und keine Verlockung groß genug war, um die Knoten zu lösen.«

Okay, damit waren wir erneut an dem Punkt angelangt, den ich bereits im Gespräch mit Laura erreicht hatte. Es erschien mir, als liefe ich in einem riesengroßen Kreis. Ich bewegte mich voran, strampelte, marschierte – und kam am Ende trotzdem nicht vom Fleck.

»Vielleicht«, grummelte ich.

»Und wie gehst du mit diesem Kontrollverlust um?«

»Gar nicht.«

Harald sah mich fragend an, schwieg und stapfte langsam durch den weichen Sand.

»Na ja, ich versuche, die Gefühle zu kontrollieren, was mir zugegebenermaßen nicht gelingt. Längerfristig muss ich eine Lösung finden, ich weiß nur noch nicht welche.«

»Welche Lösungsmöglichkeiten gibt es denn?«

»Ich sehe lediglich drei: davonrennen, die Gefühle unterdrücken oder den Gefühlen nachgeben und damit die Kontrolle aufgeben. Nichts davon klingt vielversprechend und die größte Angst habe ich vor der letzten.«

»Ich denke, dass ich dir, angesichts deines Berufs, nicht erklären muss, dass Angst ein schlechter Ratgeber ist.«

»Ja, als Psychotherapeutin ist mir das bewusst. Aber als Mensch ist es verlockend bequem, der Angst nachzugeben und auf das Verlassen der Komfortzone zu verzichten.«

Harald lachte verschmitzt. »Hey, mal ehrlich: Wie viele Menschen gibt es, bei denen das anders ist? Ganz wenige, vermute ich. Wahrscheinlich wären die meisten wesentlich glücklicher, wenn sie häufiger ihrer Angst die Stirn bieten würden. Doch die Bequemlichkeit ist ein machtvoller Gegner.«

»Ja, das ist sie. Dafür gewährt sie Sicherheit und Zuflucht.«

»Und killt das Lebensglück«, machte er meine Selbstbeschwichtigung gleich wieder zunichte. »Wie ist das mit dem Davonrennen? Warum hast du davor weniger Angst?«

»Hm. Beim Davonrennen bin ich zwar auf der Flucht vor meinem Lebensglück, aber dafür auch vor vernichtendem Unglück geschützt. Und im Hinblick auf meine Erfahrungen wiegt das schwer.«

»Ja, das kann ich nachvollziehen. Und wie reagiert deine Selbstachtung darauf?«

Ich stieß ein sarkastisches Lachen aus. »Welche Selbstachtung? Die hat sich bei mir vor dreißig Jahren verabschiedet.«

Er schenkte mir einen Blick voller Güte und Warmherzigkeit. »Hat sie nicht, Eva. Ohne Selbstachtung hättest du nie erreicht, was du erreicht hast. Vielleicht spürst du sie nicht, doch sie ist immer noch vorhanden. Da bin ich mir ganz sicher!«

Dankbar betrachtete ich ihn. Das Zusammensein mit ihm fühlte sich wohliger und hilfreicher an als all die Unterstützungsversuche meiner damaligen Therapeuten. Und natürlich hatte er recht. Meine Selbstachtung versteckte sich gut vor mir, aber wenn es sie nicht gäbe, wäre ich längst in sozialer Isolation gelandet oder hätte Schlimmeres mit meinem Leben angestellt.

»Okay, zurück zu deiner Frage. Meine Selbstachtung erzählt mir beim Davonrennen, dass ich ein erbärmlicher Feigling bin.«

Zufrieden nickte er mir zu. »Ja, die Antwort glaube ich dir. Und was ist mit dem Unterdrücken der Gefühle? Was macht diese Lösung wenig vielversprechend?«

»Dass sie unrealistisch ist. Die Gefühle, die da sind, durch pure Gedankenkraft zu unterdrücken, erscheint mir unmöglich. Das Einzige, was vielleicht funktionieren könnte, ist, sie durch eine emotional risikolose Ablenkung in den Hintergrund zu drängen – in der Hoffnung, dass sie sich abschwächen. Und das kommt mir momentan verdammt reizvoll vor.«

»Darüber scheinst du bereits intensiv nachgedacht zu haben.«

»Habe ich.«

Er musterte mich prüfend, lief ein paar Schritte und blieb schließlich abrupt stehen. »Wenn dir das reizvoll erscheint, warum hast du es dann nicht schon längst ausprobiert?«

»Wegen der Gefahr, dadurch etwas Kostbares zu zerstören. Etwas, das mich zwar in tiefe Zweifel stürzt und mir die Kontrolle raubt, das ich aber trotzdem noch nicht zu verlieren bereit bin. Weil es mir eine Ahnung davon vermittelt, wie das Leben sein könnte, wenn ich eine andere wäre, eine andere Geschichte hätte. Das ist zugleich schmerzhaft und wunderschön.«

»Hm, interessant.« Er hielt inne und starrte derart angestrengt übers Meer, als fände er dort die Weisheit der Menschheit, die ich im Moment dringend brauchen könnte. »Obwohl du behauptet hast, dein Aufnahmevermögen an Schmerz sei erschöpft, möchtest du diesen zusätzlichen Schmerz also nicht missen.«

»Was folgerst du daraus?«

»Ich folgere gar nichts. Ich stelle nur fest, dass ich das interessant finde. Fürs Folgern bist du zuständig, schließlich bist du die Expertin für dein Leben.«

Auch wenn in meinem Kopf Chaos herrschte und ich kaum wusste, wie ich all die losen Gedankenenden verknüpfen sollte, die mir dieses Gespräch beschert hatte, lachte ich lauthals auf. »Du bist sicher, dass du nicht Therapeut bist? Von dir könnte manch einer – mich eingeschlossen – eine ganze Menge lernen. Sofern du dich noch einmal beruflich verändern magst, ich würde sofort mit dir zusammenarbeiten.«

»Nein, danke«, wehrte er schmunzelnd ab, »ich bin lieber Hobby-Philosoph.«

»Okay, Mister Hobby-Philosoph. Du hast mir reichlich Stoff zum Nachdenken mitgegeben. Da werde ich die nächsten Tage einige Stunden zum Sortieren brauchen.«

»Ich weiß nicht, Eva. Sortieren klingt auch schon wieder nach Kontrolle. Vielleicht wäre eine Runde ›Vertrauen und Spüren‹ besser.«

Unwillkürlich eroberte ein Grinsen mein Gesicht. »Du hast nicht zufällig eine ältere Verwandte, die Lotte heißt und auf Menorca spirituell arbeitet.«

»Nicht, dass ich wüsste«, gab er lächelnd zurück.

Unerwartete Tiefen im Meer

Als wir von unserem Spaziergang zurückkehrten, befand ich mich in einem seltsamen Zustand. Auf der einen Seite fühlte ich mich aufgewühlt und auf der anderen von einem tiefen Frieden erfüllt. Ich beschloss, etwas zu tun, was selten genug vorkam: Die Gedanken beiseitezuschieben und einfach nur die Anwesenheit auf diesem herrlichen Strand zu genießen. Außerdem lockte mich das Wasser nun schon seit Stunden und ich konnte es kaum erwarten, endlich darin einzutauchen.

Klaus hatte mich bei meiner Rückkehr prüfend gemustert und sich danach wieder Lydia zugewendet, die ihn intensiv mit Beschlag belegte. Doch Georg ergriff seine Chance, als ich mein T-Shirt auszog, den Sonnenhut ablegte und mich auf den Weg zum Meer begab.

»Ich komme mit«, rief er und warf mir aus seinen tiefblauen Augen einen heißen Blick zu.

Ich nickte und lief weiter. Nach ein paar Schritten im außerordentlich kühlen Nass erreichte das Wasser meine Oberschenkel und ich japste nach Luft. Zwar war es jetzt im September von den langen Sommermonaten gut erwärmt, aber im Vergleich zu den herrschenden Außentemperaturen erschien es mir geradezu eisig.

Georg näherte sich von hinten und spritzte mich mit einem spöttischen »Angsthase!« nass. Mit einem spitzen

Schrei spritzte ich zurück, doch er ließ sich nur mit Schwung in die sanften Wellen fallen und tauchte prustend wieder daraus auf.

»Komm!«, forderte er mich auf und reichte mir die Hand. Zögerlich ergriff ich sie. Trotz des kalten Wassers fühlte sich sein Händedruck warm und behaglich an. Sinnlich, auf eine ungefährliche, rein körperliche Art. Obwohl ich mir gerade erst vorgenommen hatte, meine Gedanken abzustellen, kehrten sie hämisch grinsend zurück. Ob das klappen könnte mit dem Projekt »Ablenkung«? Würden die ausufernden Gefühle für Klaus schrumpfen, wenn ich mich mit Georg einließe? Könnte ich über diesen Trick in mein altes beherrschtes Leben zurückkehren und die Kontrolle zurückgewinnen? Oder hatte Harald recht, dass Kontrolle lediglich eine Illusion war? Ich wusste es nicht, und es trieb mich beinahe in den Wahnsinn, nicht eine einzige Antwort auf diesen bunten Strauß aus Fragen zu kennen.

Georg zog mich weiter, und der Kampf meines Körpers gegen die aufsteigende Kälte zwang mich in die Realität zurück. Mit einem beherzten Durchatmen tauchte ich unter, japste einmal laut auf und begann dann hektisch zu schwimmen, um mich möglichst schnell an die Wassertemperatur zu gewöhnen. Ich war eine sichere und geübte Schwimmerin, und schon nach wenigen Sekunden wechselte ich in einen ruhigen Rhythmus und kraulte los. Schlagartig gab es nichts mehr außer mir und dem Meer. Ich schwamm weg vom Strand und verlor mich in der blauen Unendlichkeit, die vor mir lag. Georg und alles um mich herum hatte ich vergessen. Erst, als mir die Puste ausging, stoppte ich, legte mich auf den Rücken und schaute zum Ufer, von dem ich mich überraschend weit entfernt hatte. Georg war ein gutes Stück hinter mir zurückgeblieben und arbeitete sich langsam zu mir vor. Als er mich schließlich erreichte, drehte er sich ebenfalls schweratmend in Rückenlage.

»Mann, Eva«, stieß er nach einer Weile mühsam hervor, »trainierst du für die Olympischen Spiele oder was wird das hier?«

»Sicher nicht«, lachte ich. »Sorry, das war bei mir schon immer so. Wenn ich im Meer bin, vergesse ich alles. Dann existiert für mich nur noch dieses Element und ich tauche buchstäblich komplett darin ein.«

»Das habe ich gemerkt«, stellte er süffisant fest. »War es schön mit Harald?« Schlagartig hatte sein Tonfall auf lauernd gewechselt.

»Es war interessant«, erwiderte ich knapp.

»Inwiefern?«

»Mit ihm kann man sich gut unterhalten. Intensiv unterhalten. Er nennt sich selbst Hobby-Philosoph und es gibt einiges an spannenden Gedankengängen zu entdecken, wenn man mit ihm redet.«

»Stehst du auf ihn?«

»Nein, bestimmt nicht«, lachte ich. »Aber ich schätze ihn und seine Nähe empfinde ich als wohltuend.«

»Und was ist mit meiner Nähe?«, fragte er keck.

Nachdenklich wandte ich den Kopf in seine Richtung und versank für einen Moment in seinen Augen, die mich herausfordernd musterten. »Da bin ich mir noch nicht sicher«, murmelte ich.

»Bedeutet?«

»Okay. Reden wir Klartext! Was willst du von mir, Georg? Warum flirtest du mit mir?«

»Vielleicht, weil ich dich attraktiv finde?«

»Vielleicht. Nur, warum habe ich dann das Gefühl, dass es darum geht, Klaus zu provozieren?«

»Was genau ist das mit euch?«

Ich warf ihm einen spöttischen Blick zu. »Du beantwortest eine Frage mit einer Gegenfrage.«

»Stimmt«, antwortete er lachend. »Wenn ich deine Frage beantworte, beantwortest du danach meine?«

»Schon wieder eine Frage«, gab ich gespielt empört zurück.

»Schon wieder keine Antwort«, erwiderte er grinsend.

»Noch mal auf Anfang. Warum flirtest du mit mir?«

»Also gut. Weil ich dich wirklich attraktiv finde und ja, auch weil ich das Gefühl habe, dass es Klaus provoziert.«

»Wieso macht dir das Spaß?«, wollte ich wissen, während ich mit leichtem Fußschlagen anfing, mich Richtung Ufer schaukeln zu lassen.

Georg tat es mir gleich und dachte nach. »Es ist nicht einfach mit Klaus und mir. Er hat mir eine riesige Chance gegeben, dadurch dass er mir die Zeichnungen für

Feodora und Fritzchen anvertraut hat. Das geschah zu einem Zeitpunkt, an dem mein Leben zusammengebrochen war, und es hat mich wahrscheinlich sogar gerettet. Dafür bin ich ihm dankbar, sehr dankbar. Nur, die Verhältnisse zwischen uns sind unausgewogen. Das kratzt vermutlich an meinem Ego. Er ist der Chef, kreiert die Geschichten, ist mein Auftraggeber. Die Leser lieben ihn, und ich bin eben der Mann im Hintergrund. Er ist es, der im Blickpunkt der Öffentlichkeit steht. Auch sonst hat er all das, was ich mir immer gewünscht habe und mir verwehrt geblieben ist: Familie, Menschen, zu denen er gehört, finanzielle Unabhängigkeit, innere Stärke, Krisenfestigkeit oder – wie heißt das so schön auf Neudeutsch – Resilienz. Ich hingegen bin der, der es verkackt hat. Das haftet an mir wie Kaugummi. Oft habe ich das Gefühl, dass er mir nicht vertraut. Und aus lauter Trotz fange ich an, mich so zu benehmen, dass er mir tatsächlich nicht vertrauen kann. Ziemlich schräg, oder?«

»Ziemlich schräg, ziemlich menschlich und umwerfend ehrlich. Wow! Wieso outest du dich derart offen vor mir und rückst dich selbst in ein kritisches Licht?«

»Keine Ahnung.« Sein freches Grinsen war zurückgekehrt. »Schieb es auf deine psychotherapeutische Ausstrahlung oder darauf, dass niemand da ist, der uns hören kann. Ich würde jedes einzelne Detail davon leugnen, sowie jemand anderes dabei ist.«

Wir drehten uns auf den Bauch und machten eine Zeit lang Strecke, um dem Ufer näherzukommen.

Als die ersten Badenden in Sichtweite gelangten, ließ er sich wieder genüsslich treiben und fragte: »Also, was ist das mit Klaus und dir?«

»Vor allem eines: kompliziert.«

»Wieso?«

»Ich finde, du solltest das Klaus fragen und nicht mich. Er ist dein Freund. Ich mag mich nicht einmischen in das, was ihr euch erzählt oder nicht erzählt.«

»Klingt geheimnisvoll. Wenn du so wenig preisgeben magst, muss es da ja einiges geben. Gut, die offizielle Version ist, dass ihr Freunde seid, aber ich spüre da eine gewisse sexuelle Energie oder womöglich sogar mehr. Falls ihr eine Beziehung habt, warum darf das niemand wissen? Ihr seid doch beide ungebunden oder sehe ich das falsch?«

»Nein, das siehst du nicht falsch. Und wir haben keine Beziehung.«

Genervt stöhnte er auf. »Eva, du wirfst mir absolut unverdauliche Häppchen hin. Was habt ihr dann und wieso ist es kompliziert?«

»Hör zu, ich weiß deine Ehrlichkeit riesig zu schätzen. Und dennoch: Bitte frag das Klaus!«

»Okay, meinetwegen. Muss ich Klaus auch fragen, ob ich mit dir schlafen darf?«

»Wie bitte?« Aufgebracht funkelte ich ihn an. Doch als meine Augen auf seine trafen, brach die Empörung in sich zusammen. Wie konnte ich wütend sein wegen einer Frage, die ich mir selbst die ganze Zeit stellte? Aus

Motiven, die zwar nichts anderes als Selbstschutz waren, aber die ich trotzdem als unehrenwert empfand.

»Die Frage ist provokativ, ich weiß. Allerdings sind wir keine vierzehn mehr. Ich stehe auf dich. Und hey, du spürst es doch ebenfalls, dass es da eine besondere Anziehung zwischen uns gibt.«

»Ja, die gibt es. Eine körperliche Anziehung. Und eine Anziehung unter Leidensgenossen, unter vom Leben Gebeutelten. Ich spüre, dass in dir Anteile hausen, die genauso kaputt sind wie vieles in mir. Das hat eine tröstliche Seite. Ich fühle mich weniger beschädigt in deiner Nähe, normaler. Und nein, du müsstest Klaus nicht fragen. Ich bin diejenige, die es mit ihm zu klären hätte.«

»Würdest du es denn wollen?«

»Ich weiß es nicht. Wenn ich es täte, zöge es gewaltige Konsequenzen nach sich. Konsequenzen, bei denen ich nicht sicher bin, ob ich sie zu tragen bereit bin. Ich brauche Zeit, Georg. Und, um eines von Anfang an unmissverständlich klarzustellen, es wäre keine Beziehung, keine Bindung, nichts, was mit dem Herzen zu tun hat. Eine körperliche Angelegenheit unter Freunden.«

»Wow! Sagen so etwas sonst nicht immer die Männer?«

»Möglich. Ich sagte doch schon, dass ich kaputt bin. Hier hast du den Beweis.«

Als wir an den Strand zurückkehrten, hatten die anderen bereits damit begonnen, ihre Sachen zusammenzusammeln. Über dem Spaziergang mit Harald und dem aufwühlenden Badegang mit Georg war mir völlig entgangen, dass die Sonne mittlerweile einiges an Kraft eingebüßt hatte und der Spätnachmittag angebrochen war. Klaus beobachtete mich genau, während ich an Land kam. Lydia sprach unter Einsatz aller körperlichen Waffen auf ihn ein, doch er nahm sie gar nicht zur Kenntnis. Stattdessen studierte er beim Näherkommen mein Gesicht, wie wenn er mich bis in die tiefsten Schluchten meiner Seele durchdringen wollte. Das schien mir keine gute Idee zu sein angesichts der Grauen, die dort hausten. Ich wich seinem Blick aus, griff nach trockenen Klamotten und verschwand rasch in einer der Umkleidekabinen. Verzweifelt versuchte ich, mich zu sammeln. Wie sollte diese Phase meines Lebens bloß enden? In Windeseile hatte sich die griechische Komödie wieder in eine Tragödie verwandelt, und ich fühlte mich, als gleite ich unaufhaltsam auf einen Abgrund zu, der mich ins Nichts reißen und verschlingen würde. Ich lehnte mich an die Wand, schloss die Augen und atmete tief durch. Ein und aus, ein und aus.

Nachdem ich mich halbwegs gesammelt hatte, schlenderte ich zurück zu meiner Liege, packte die Sachen und folgte den anderen, die bereits auf mich warteten. Was für ein Nachmittag!

Erster Abend der Erkenntnisse

Die Heimfahrt absolvierten wir schweigend. Lydia hatte anscheinend keine Lust mehr, sich weiterhin an Klaus die Zähne auszubeißen. Ich war mit den Gedanken an die ungewöhnlichen Gespräche mit Harald und Georg beschäftigt, während Klaus bedrückt und in sich gekehrt wirkte.

Bei der Ankunft verständigten wir uns darauf, eine Ruhestunde einzulegen und uns danach bei Alexios zu treffen. Alles andere wäre uns nach dem wundervollen Abend, den er uns bereitet hatte, wie Verrat erschienen.

Pünktlich zur verabredeten Zeit traf ich in der Taverne ein und begegnete dort Harald, der bereits seinen gestrigen Platz am Kopfende eingenommen hatte. Kurz schmunzelte ich, dann setzte ich mich ebenfalls an dieselbe Stelle wie am Vorabend. Wir Menschen waren einfach Gewohnheitstiere, da führte kein Weg dran vorbei. Gespannt schloss ich eine innerliche Wette ab, ob der Rest der Truppe das genauso handhaben würde. Ich wurde nicht enttäuscht, denn am Ende fanden wir uns in derselben Konstellation ein wie am Tag zuvor. Und das galt nicht nur für uns, sondern ebenso für unsere neugewonnenen Düsseldorfer Freunde, die uns gut gelaunt zuwinkten.

Klaus scannte mich mit einem intensiven Blick, den ich mit einem zaghaften Lächeln erwiderte. Ich hatte mich heute nicht um ihn gekümmert, kaum ein Wort mit ihm gewechselt und vermisste unsere freundschaftliche Nähe. Lediglich der Gedanke, dass das in erster Linie Lydias Klettenallüren geschuldet war, linderte mein schlechtes Gewissen. Doch wenn ich ehrlich war, lag es nicht an der spärlich miteinander verbrachten Zeit, dass sich Gewissensbisse in mir regten. Vielmehr zerrten die Überlegungen, mich durch einen Sturz in ein Abenteuer mit Georg von der Liebe zu Klaus zu befreien, an der klaren Ausrichtung meines moralischen Kompasses. Immer noch fehlte mir der Mut für diesen Schritt, war mir das Risiko zu groß und trotzdem sehnte ich mich nach der Erlösung, die dieser Ausweg zu bieten versprach. Von diesen Gedankengängen konnte Klaus nichts ahnen, aber allein das Ausmaß der empfundenen Scham ließ mich ihm gegenüber anders auftreten. Und ich war überzeugt davon, dass ihm das nicht verborgen blieb. Ich musste dringend mit ihm reden – nur wie und vor allem mit welchem Inhalt und Ziel? Als er mein zaghaftes Lächeln mit einem tiefen Strahlen erwiderte, das einen ganzen Schwall an Wärme aus seinen Augen entsendete, hätte ich am liebsten laut »Verdammt!« ausgerufen. Ich war erleichtert, dass Alexios in diesem Augenblick freudig an den Tisch trat und unsere Wünsche aufnahm.

Der Abend folgte demselben Verlauf wie der vorherige. Nachdem wir die Mahlzeit beendet hatten, tauchten Alexios und Helena mit einer Flasche Ouzo auf und leisteten uns Gesellschaft. Kurz wurde unsere Runde unterbrochen, als die Düsseldorfer zahlten und sich für heute verabschiedeten.

»Kenne mer ons villecht us de Berje, us Berschtesjaden?«[9]

»Nein, tut mir leid, dort habe ich nie Urlaub gemacht.«

»Nix för onjot. Ech kenn ehr Jesecht. Dat fällt mer bestemmp noch en. Jode Nacht!«[10]

Dankenswerterweise variierte ihre Wortwahl nicht allzu sehr und so langsam »groovte« ich mich ein. Klaus warf mir einen amüsierten Blick zu und ich grinste ihn breit an. Ich war gespannt, wie die Geschichte weitergehen würde.

Eine Weile unterhielten wir uns entspannt, scherzten, lachten, bis Harald das Wort ergriff.

»Ich habe einen Wunsch, einen ungewöhnlichen Wunsch. Teilweise kennen wir uns gar nicht. Und selbst die, die sich kennen, wissen in einzelnen Fällen nicht viel voneinander. Das würde ich gerne ändern. Gestern Abend sagte ich bereits zu Eva, dass ich im Hinblick auf das, was mir in meinem Leben widerfahren ist, keine Lust mehr auf unverbindlichen, zeittötenden Small Talk habe. Stattdessen würde ich euch lieber richtig

---

9 Kennen wir uns vielleicht aus den Bergen, aus Berchtesgaden?

10 Nichts für ungut. Ich kenne Ihr Gesicht. Das fällt mir bestimmt noch ein. Gute Nacht!

kennenlernen, nicht die schönen Vorzeigefassaden, sondern die echten Menschen dahinter. Euch mit euren Sorgen und Nöten. Wir werden hier einiges an Zeit miteinander verbringen, und Ehrlichkeit macht es intensiver und bereichernder. Deshalb mein Vorschlag: Jeder von uns erzählt von sich – der Reihe nach – anhand von zwei Fragen: Was läuft gerade gut in meinem Leben? Und was läuft schlecht? Ich mache gerne den Anfang. Was haltet ihr von der Idee?«

Die Reaktionen der anderen entsprachen der versammelten Vielfalt am Tisch. Helena begann nervös ihre Hände zu kneten, Klaus nickte zögerlich und Lydia kniff empört die Augenbrauen zusammen. Anne wirkte begeistert – als ob sie nur auf diesen Moment gewartet habe. Georg zuckte gleichgültig mit den Schultern und in mir tobten schwere Stürme. Was bei mir momentan schlecht lief, konnte ich unmöglich preisgeben, nicht wenn Klaus mithörte.

Alexios erhob sich schwerfällig. »Macht ihr Jungen das. Für mich alten Mann ist das nichts. Ich bin müde, gehe zu Bett. Kali nichta!« Wir beantworteten leise murmelnd seinen Abschiedsgruß.

»Wozu soll das gut sein?«, stieß Lydia aufgebracht hervor. »Ich meine, wir sind eine Urlaubsgesellschaft, keine Therapiegruppe! Ich möchte selbst entscheiden können, wem ich was erzähle und wem nicht!«

»Mir gefällt die Idee, ich bin dabei«, brachte sich Anne mit zufriedenem Gesichtsausdruck ein. In unterschiedlicher Lautstärke und mit stark variierender

Begeisterung stimmten die anderen, mich eingeschlossen, mit »Ich auch« zu.

Die Blicke, die Lydia in die Runde schoss, wurden eine weitere Nuance wütender, doch Harald gelang es, sie zu beschwichtigen. »Wenn alle einverstanden sind, würde ich dir gerne ein Angebot machen. Du bleibst bei uns, hörst zu, was wir zu berichten haben, und entscheidest am Ende, ob du dich anschließen möchtest oder nicht. Was meinst du und was sagt der Rest dazu?«

Lydia wanderte mit den Augen über die Gesichter, traf überall auf Zustimmung und schien sich etwas zu beruhigen. »Okay, meinetwegen«, erklärte sie, weiterhin leicht gereizt.

»Prima, dann fange ich an. Was läuft gerade gut in meinem Leben? ...«

Er berichtete von all den Ereignissen, die ich bereits kannte, und betonte, wie glücklich er war, sich aus der Krise befreit zu haben und nun auf einem ganz anderen Level jeden Tag genießen zu können.

»Tja, bleibt die Frage, was schlecht läuft. Erinnert ihr euch an Momo und die Zeitdiebe? Diese Geschichte gibt präzise mein Leben wieder. Ich bin nur durch den Alltag gehetzt, habe gearbeitet für das vermeintlich Schöne, das irgendwann auf mich warten und zu mir kommen würde. Das Schöne war nach fünfundzwanzig Berufsjahren ein Burn-out. Auf dem Weg dorthin wurde mir meine Zeit gestohlen. Nein, sie wurde mir nicht gestohlen. Ich habe sie mir selbst gestohlen oder bereitwillig stehlen lassen. In dem Lebensabschnitt, in dem andere eine Frau gefunden, eine Familie gegründet und Freundschaften geschlossen haben, bin ich der Karriere hinterhergehechelt. Nun bekomme ich all die Zeit zurück, Zeit im Überfluss, doch es ist niemand da, mit dem ich sie teilen könnte. Versteht mich nicht falsch: Es geht mir gut allein und ich weiß mich zu beschäftigen. Erst heute habe ich zu Eva gesagt, dass ich Kontrolle ohnehin für eine Illusion halte und dass ich versuche, mein Segel so in den Wind zu bringen, dass ich mich den herrschenden Verhältnissen anpassen kann. Dennoch existiert eine tiefe Sehnsucht in mir, eines Tages irgendwo anzukommen. Bei einem Menschen und an einem Ort. Stattdessen ist die Einsamkeit meine ständige Begleiterin. Und ich habe keine Ahnung, ob sich das jemals ändern wird. Obwohl ich mich in Gelassenheit übe, nagt es an mir. Ein Traum, der sich in Nebel hüllt, und ich wünsche mir nichts mehr, als dass sich der Nebel lichtet.«

Benommen saß ich da. So viel ungeschminkte Ehrlichkeit musste ich mir sonst in den Therapiestunden mit Patienten oder Klienten mühselig erarbeiten. Harald schenkte sie uns und machte damit das großartige Angebot, uns ebenfalls zu zeigen. Ich war berührt von seinen Erzählungen und sah, dass es den anderen genauso erging. Eine lange Zeit schwiegen wir, bis sich die besinnliche Atmosphäre spürbar verflüchtigte.

»Anne, magst du als Nächste berichten«, fragte er behutsam und richtete seinen Blick auf den Platz gegenüber.

»Gerne«, gab sie zurück und räusperte sich. »Was soll ich sagen? Über die Frage, was bei mir im Moment gut läuft, müsste ich eine Weile nachdenken. Beim Schlecht-Laufen habe ich einiges in petto. Vor knapp zwei Jahren bin ich beim Schneeschippen ausgerutscht und habe mir den Unterschenkelknochen gebrochen. Es war ein komplizierter Bruch, der mehrfach operiert werden musste. Ich habe wochenlang im Krankenhaus gelegen und war danach in der Reha. Erst nach Monaten konnte ich mich wieder halbwegs normal bewegen. Mein lieber Göttergatte wusste in dieser harten Zeit nichts Besseres zu tun, als ein Verhältnis mit seiner fünfundzwanzigjährigen Assistentin zu beginnen. Er hat es geschickt vor mir verheimlicht, und ich war so dumm, nichts zu merken. Als sie schwanger wurde, musste er allerdings Farbe bekennen. Mit völliger Emotionslosigkeit hat er mir eröffnet, dass er sich von mir scheiden lassen will – nach dreißig gemeinsamen Jahren.«

Sie schnaubte frustriert auf und Lydia, die mir bislang nicht besonders empathisch erschienen war, legte mitfühlend ihre Hand auf Annes Unterarm.

»Aber das ist noch nicht mal das Schlimmste. Ich wollte unbedingt Kinder haben. Doch immer, wenn wir darüber sprachen, hat er mir erklärt, was sie für eine Einschränkung bedeuten würden und dass wir es ohne sie viel besser hätten. Jetzt bin ich fünfzig und der Zug ist für mich definitiv abgefahren, während er auf einmal anfängt, meinen Traum zu leben. Das macht mich unfassbar wütend. Es ist einfach so ungerecht. Allein der

Gedanke daran schnürt mir schon die Luft ab. Ich habe Gefühle in mir, für die ich mich schäme und die mich innerlich vergiften. Fantasien, in denen ich ihn schlage, ihm ein Messer in die Brust ramme oder mit einer Pistole auf ihn ziele. Es ist, als würde mich der Hass zerfressen. Ich weiß, wie sehr ich mir damit schade, aber ich komme nicht dagegen an.«

»Du kommst *bis jetzt* nicht dagegen an«, warf ich ein.

Dankbar lächelte sie mich an. »Ja, du hast recht. Ich komme *bis jetzt* nicht dagegen an. Wahrscheinlich brauche ich Zeit, um das zu verdauen. Tja, und mein persönliches Desaster hat noch mehr in petto. Mein Mann ist ein äußerst erfolgreicher Manager.« Kurz musterte sie Harald. »Das kommt dir sicher bekannt vor. Die Fassade, von der du vorhin gesprochen hast, war ihm ebenfalls immens wichtig. Auch wenn das wie ein Relikt aus den Fünfzigern klingen mag, wollte er, dass ich nicht arbeite, sondern stattdessen den gesellschaftlichen Verpflichtungen nachkomme: für ein schönes Haus sorge, Partys organisiere, mich in der Wohltätigkeit engagiere und so weiter. Aus Liebe habe ich dumme Kuh seinem Wunsch nachgegeben. Glaubt mir, ich mache mir selbst deswegen die größten Vorwürfe. Tja, und dem aktuellen Scheidungsrecht sei Dank, habe ich keinen Anspruch auf Unterhalt von seiner Seite. Die Tatsache, dass wir keine Kinder haben, spielt ihm voll in die Karten. Zwar wird er nicht darum herumkommen, mir im Zuge der Zugewinngemeinschaft eine ganze Menge Geld aus unserem Vermögen zu zahlen, doch er kämpft mit harten Bandagen, würde mich am liebsten mittellos ausmustern. Er türkt Unterlagen, verheimlicht Besitztümer, unternimmt zweifelhafte Geldtransfers, und ich tue mich schwer damit, Nachweise zu erbringen. Es war immer er, der sich um die Finanzen gekümmert hat. Meine Anwälte versuchen, meine Interessen bestmöglich zu vertreten. Jedoch weiß momentan keiner, wie erfolgreich sie sein werden. Ich habe keinerlei Planbarkeit, was die Zukunft angeht.« Sie stieß ein sarkastisches, raues Lachen aus. »Ihr seht, ich bin der Inbegriff einer naiven, gutgläubigen Frau, die man mühelos übers Ohr hauen kann.«

Betroffenes Schweigen breitete sich in unserer Runde aus. Klaus war der Erste, der sich wieder fasste.

»Ja, vielleicht warst du gutgläubig, zu gutgläubig. Doch dafür warst du auch fürsorglich, selbstlos, herzlich, am Wohlbefinden anderer interessiert. Das sind eine Menge liebenswerter Eigenschaften.«

»Mag sein. Und was habe ich davon? Eine Fünfundzwanzigjährige bekommt mein Leben geschenkt, das ich immer haben wollte, aber nie führen durfte. Und ich sitze vor einem riesigen Scherbenhaufen.«

»Die Frage finde ich tatsächlich interessant«, schaltete ich mich ein. »Was hast du davon? Ich meine das ganz ernst. So schrecklich das alles klingt: Was hast du davon? Was ist am Ende dein Gewinn?«

Für einen Moment sah die gutmütige Anne aus, als wolle sie mir mit ausgefahrenen Krallen ins Gesicht springen, doch dann erschien ein erstaunter Ausdruck auf ihrer Miene. »Du hast recht. Die Frage ist gar nicht so verkehrt. Also gut, was ist mein Gewinn?«

Sie wandte den Kopf ab und starrte über das dunkle Wasser, das lediglich von den Lichtern weniger vorbeiziehender Boote erleuchtet wurde.

»Dass ich zum ersten Mal in meinem Leben richtig wütend bin. Die ruhige, liebe Anne ist wütend und wird bis aufs Blut kämpfen, um den Mistkerl von Ehemann nicht so einfach davonkommen zu lassen. Ich wehre mich gegen etwas, zum ersten Mal überhaupt. Und ich bin überrascht, wie viel Kraft in mir steckt. Ich habe üble Fantasien, für die ich mich schäme, die mir aber auch ein Gefühl von unbändiger Lebendigkeit vermitteln. Ich sitze in einer winzigen Wohnung, muss jeden Cent umdrehen, weil meine Anwälte mir für die Scheidungszeit nur einen kleinen Sofortanteil aushandeln konnten, und gleichzeitig bin ich plötzlich frei. Keiner sagt mir mehr, was ich zu tun oder zu lassen habe. Wie ich zu sein habe. Ich bin mit meinem Mann zusammengekommen, als ich zwanzig war. Seitdem war ich in erster Linie eines: seine Frau. Nun kann ich entdecken, wer ich noch bin. Ich denke sogar schon darüber nach, mich selbstständig zu machen.« Bei diesem Gedanken begann sie zu lächeln. Sie reckte ihren Hals, straffte den Rücken und schien von einer Welle der Energie erfüllt zu werden.

»Ich habe seit Jahren ehrenamtlich in Seniorenheimen geholfen, kann gut mit älteren Menschen. Ich mag es, mich mit ihnen zu unterhalten, spazieren zu gehen, mit ihnen zu basteln oder Gesellschaftsspiele zu machen. So viele Ältere sind einsam. Oft wären die gestressten Kinder froh, wenn sich jemand ein paar Stunden in der Woche um sie kümmern würde – als ihre Gesellschafterin und ihr Kummerkasten. Etwas in der Art würde ich gerne aufziehen. Ich bräuchte kaum Startkapital und Kontakte habe ich bereits.« Ein weiteres Mal schweifte ihr Blick über die glitzernde Wasseroberfläche. »Darüber habe ich nie zuvor gesprochen. Bislang habe ich mir immer eingeredet, ich sei größenwahnsinnig und hätte unrealistische Träume. Aber beim Aussprechen merke ich, dass das überhaupt nicht stimmt. Ich könnte das schaffen, ich muss mich nur trauen!«

Tränen glitzerten in ihren Augen, die sie in einer hektischen Bewegung wegwischte. »Wie es aussieht, ist mir doch etwas eingefallen, was in meinem Leben gut läuft oder zumindest gut laufen kann, wenn ich ein bisschen was dafür tue. Wenn ich mutig bin und über meinen Schatten springe.« Ein glückliches Strahlen breitete sich in ihren Zügen aus, das zunehmend Fahrt aufnahm, je länger es dauerte. Spontan und unabgesprochen begannen wir zu applaudieren, was das Leuchten, das sie plötzlich aussandte, intensivierte.

»Danke fürs Zuhören«, murmelte sie sichtlich gerührt und wie von einer schweren Last befreit. Erstaunt beobachtete ich, wie sich ihr Aussehen in den letzten Minuten verändert hatte. Ihre bernsteinfarbenen Augen glühten. Traurigkeit und Schutzbedürftigkeit waren zumindest für den Moment verschwunden und machten einer neuen kraftvollen Energie Platz.

Wie eben schon hielt eine weitere besinnliche Pause Einzug. Abermals war es Harald, der sie beendete.

»Helena, magst du auch mitmachen?«, fragte er die Frau, die erneut zu seiner Rechten saß, und schenkte ihr einen beinahe liebevollen Blick.

Ich bewunderte ihn für sein Timing. Es war der perfekte Augenblick, um die schüchterne Gastronomin einzubinden, der es bestimmt Schwierigkeiten bereiten würde, sich zu öffnen. Vermutlich würde es nie mehr leichter sein als jetzt – nach der wunderbaren Veränderung, die wir gerade miterleben durften.

»Warum nicht?«, antwortete sie zögerlich und zupfte mit den Fingern am Saum ihrer Bluse. »Was läuft gut bei mir? Ich bin in Deutschland geboren und großgeworden, habe also zwei Welten, in denen ich mich sicher bewegen kann. Gleichzeitig fühle ich mich manchmal entwurzelt. In Deutschland bin ich die Griechin und hier die Deutsche. Ich habe den Luxus, im Paradies zu leben. Dort, wo andere Urlaub machen. Und ich habe Arbeit. Das ist auf Korfu und allgemein in Griechenland keine Selbstverständlichkeit. Im Sommer manage ich die Taverne und im Winter vertreibe ich Waren von der Insel nach Deutschland, beliefere den Einzelhandel mit haltbaren Produkten: Wein, Olivenöl, Honig, Marmelade, getrocknete Kräuter. Mich plagen keine Sorgen um mein Auskommen. Das Haus gehört uns und was wir einnehmen, reicht für das Wichtigste. Deswegen möchte ich nicht jammern.«

Sie schwieg eine Weile, als müsse sie erst Anlauf nehmen für das, was sie auf dem Herzen hatte. Mit einem verstohlenen Blick versicherte sie sich, dass ihr Vater nicht entgegen seiner Ankündigung, ins Bett zu gehen, irgendwo in Hörweite unterwegs war.

»Trotzdem mache ich mir Gedanken, was die Zukunft bringen wird. Papa will sich zur Ruhe setzen und ich kann das Restaurant unmöglich allein führen. Verkaufen können wir nicht, weil es gleichzeitig unser Zuhause ist. Allenfalls bestünde die Möglichkeit, die Taverne zu verpachten, doch bis jetzt zeigt niemand Interesse daran. Ihr seht ja, dass das hier nicht gerade eine touristische Hochburg ist. Für uns trägt es sich, weil uns das Gebäude gehört, aber für einen Pächter sähe das anders aus. Einfach dichtmachen können wir auch nicht, weil wir die Sommereinnahmen brauchen.«

Erneut legte sie eine Pause ein und ich hatte den Eindruck, dass wir noch gar nicht beim eigentlichen Thema angelangt waren, was sich umgehend bestätigte.

»Und ich fühle mich einsam. Fast alle, die hier wohnen, sind alt. Ich habe kaum Gesellschaft und sehne mich nach Anschluss. Ich bin fünfunddreißig, habe mir immer Familie gewünscht – einen Mann, Kinder, ein ganz normales Leben. Doch ich kann Papa nicht allein zurücklassen und irgendwo anders hingehen. Meine Mutter ist bei der Geburt gestorben und Papa hat mich großgezogen.« Kurz schweiften meine Gedanken ab. Also kein Familienbetrieb mit der Mama in der Küche. Für Alexios war es sicher hart gewesen, im Alleingang ein Restaurant zu managen und gleichzeitig ein kleines Mädchen großzuziehen. Kaum war diese Überlegung aufgetaucht, bestätigte Helena sie auch schon.

»Bestimmt war das für einen alleinstehenden Mann mit eigener Gastronomie in der Großstadt oft herausfordernd, aber er hat es hinbekommen, war jederzeit für mich da und hat mich behandelt wie eine Prinzessin. Jetzt braucht er mich. Ich kann ihn nicht im Stich lassen, das weiß ich. Trotzdem bin ich nicht glücklich.«

»Wieso seid ihr damals nach Korfu zurückgegangen?«, erkundigte sich Harald sanft.

»Papa hatte Sehnsucht nach der Heimat und ich fühlte mich verpflichtet, ihm zur Seite zu stehen. Dieses Haus hier gehört seit Generationen uns. Als meine Großmutter gestorben ist, wollte er es übernehmen und dafür sorgen, dass es nicht dem Verfall preisgegeben wird.«

»Und wenn dein Leben ein Wunschkonzert wäre«, schaltete sich Klaus ein, der Helena nachdenklich musterte, »was wäre dann die Lösung all deiner Probleme?«

»Dass ich mich in einen Mann verliebe, der Lust hat, mit mir diese Taverne zu betreiben. Jemand, der neue Ideen mit mir realisiert und das Geschäft so erweitert, dass es zukunftsfähig ist und auf sicheren Beinen steht«, antwortete sie wie aus der Pistole geschossen. »Und der mit Papas manchmal etwas rauem Charme gut umgehen kann. Jemand, der Kinder mag und nicht Jahre braucht, um zu wissen, dass ich die Richtige bin. Jemand, dem ich mich so nah fühle, dass es für ein gemeinsames Leben reicht.«

Ich beobachtete Harald und nahm wahr, dass er an Helenas Lippen hing. Bereits am Vorabend hatte ich das Gefühl gehabt, dass ihm die junge Frau gefiel. Das wäre ja ein Ding! Harald war auf der Suche nach einem Menschen und einem Ort zum Ankommen, und Helena suchte jemanden, der bei ihr und ihrem Ort ankommen wollte.

Unser Gespräch vom Nachmittag pulsierte wieder in meinem Inneren. Was, wenn er mit seiner Theorie zum Loslassen der Kontrolle recht hatte? Was, wenn das Leben ihn, den Schiffbrüchigen, absichtlich hier an Land gespült hatte, damit zwei Menschen genau das finden konnten, was sie suchten. Ich glaubte nicht an das Schicksal, auch nicht an höhere Fügung, dennoch musste ich zugeben, dass das eine merkwürdige Begegnung war.

Harald wirkte momentan nicht ansprechbar. Deswegen übernahm Klaus nach einem Zwinkern in meine Richtung, das einen Großteil unserer Vertrautheit wiederherstellte, die Gesprächsführung. »Eva, wie sieht's aus? Magst du?«

Ich schluckte schwer. Die letzten Minuten oder Stunden – ich hatte jegliches Zeitgefühl verloren – war ich so tief in die Geschichten der anderen eingetaucht, dass ich keine Überlegungen mehr angestellt hatte, was ich wie preisgeben konnte und wollte. Andererseits war es vielleicht gerade ein Vorteil, mich spontan ins Erzählen zu stürzen und einfach zu schauen, was in mir aufstieg. Intuition statt Kontrolle. Amüsiert lächelte ich in mich hinein. Haralds Worte hatten stärkeren Eindruck bei mir hinterlassen, als ich es mir bewusst gemacht hatte.

»Augen zu und durch«, sprach ich mir selbst Mut zu. »Alles rund um meinen Job läuft perfekt bei mir. Ich bin erfolgreich in meiner Arbeit, habe viele Patienten und Klienten, stehe wirtschaftlich sicher da und liebe, was ich tue. Das Vorher-Nachher zu sehen, macht mich glücklich. Beobachten zu dürfen, wie Menschen zurück in ihre Kraft kommen, Pläne schmieden, Traumata überwinden, ist eine große Gnade, für die ich jeden Tag dankbar bin. Ich bin unabhängig und solide aufgestellt, lebe in einer wunderschönen Wohnung, an der ich hänge und die für mich ein einzigartiger Rückzugsort ist. Meine Festung, in der mir nichts was anhaben kann. Ich habe langjährige enge Freunde, auf die ich mich immer verlassen kann und an deren Alltag ich Anteil nehmen darf. Das ist eine ganze Menge Gutes.«

So weit, so schön. Und nun? Irgendetwas musste ich auspacken. Alle anderen hatten es auch getan, und es wäre unfair, sie anzulügen. Ich inhalierte mit einem tiefen Atemzug die salzige Meeresluft und versuchte, mich davon beruhigen zu lassen. Vor Monaten hatte ich einen Entschluss gefasst – den Entschluss, meinen Freunden von meiner Vergangenheit zu erzählen. Ich hatte ihn bislang nicht in die Tat umgesetzt, außer bei Laura. Vielleicht war jetzt der passende Moment. Na ja, genau genommen waren es nicht meine Freunde – von

Klaus abgesehen –, doch möglicherweise machte es gerade das leichter. Mit einer hohen Wahrscheinlichkeit würde ich die meisten nie wiedersehen. Zumindest könnte ich entscheiden, keinen wiederzusehen, wenn ich das wollte. Damit waren die Würfel gefallen.

»Ich weiß, dass ich als Psychotherapeutin eine hervorragende Arbeit leiste und dass ich vielen Menschen bei der Bewältigung ihrer Traumata geholfen habe. Mein Thema ist, dass ich selbst seit dreißig Jahren ein Trauma habe, das ich *nicht* auflösen kann. Ich war in Therapie deswegen und habe darüber hinaus alles versucht, was bei meinen Patienten wunderbar funktioniert. Aber an mich komme ich nicht ran. Und bislang ist es auch niemandem sonst gelungen. Als Teenager habe ich die beiden wichtigsten Menschen in meinem Leben verloren, meinen großen Bruder und seinen besten Freund, mit dem ich nach jahrelanger heimlicher Liebe frisch zusammengekommen war. Das habe ich bis heute nicht verarbeitet, und seitdem sorge ich dafür, dass ich andere auf Abstand halte. Das, was für die meisten die schönste Sache der Welt ist, ist für mich ein unaussprechliches Wort, vor dem ich mehr Angst habe als vor irgendetwas sonst. Und ich habe keine Ahnung, wie ich diese Angst besiegen soll.«

Nun war ich es, die Stille in der Runde ausgelöst hatte. Meine Reisegefährten starrten stumm und betreten auf die Tischplatte. Nur Klaus sah mir direkt in die Augen. Ich erkannte darin etwas Wissendes – er war nicht überrascht (was mich auch gewundert hätte) –

und zugleich einen riesigen Schwall Trost, der mich überschüttete und meinen ganzen Körper mit Wärme zu versorgen schien. Wenn ich das hässliche Wort zulassen würde, dann nähme ich es in seinem Blick wahr, genauso wie eine gehörige Portion Angst, wie es mit uns weitergehen sollte. Zumindest dieses Gefühl teilten wir eindeutig!

»Was hast du noch nicht getan?«, durchschnitt Harald die Stille.

Irritiert betrachtete ich ihn. »Was meinst du?«

»Du hast eben gesagt, was du alles schon versucht hast, um dein Trauma zu überwinden. Mich würde interessieren, was du noch nicht probiert hast.«

»Spielst du auf unser Gespräch von heute Mittag an?«

Er wackelte mit den Augenbrauen. »Ich spiele auf gar nichts an. Aber wenn du da einen Zusammenhang siehst, hat es wohl etwas damit zu tun.«

Trotz der Bitterkeit, die gerade in mir wütete, brachte er mich mit dieser Aussage zum Lachen. »Du Hobby-Philosoph, du! Du solltest wirklich umsatteln zum Hobby-Psychologen!«

Außer einem amüsierten Zucken seiner Mundwinkel erntete ich keine weitere Reaktion.

»Okay, also gut. Was ich tatsächlich noch nicht ausgiebig probiert habe, ist, die Kontrolle loszulassen, das Leben geschehen zu lassen. Höchstens ein bisschen, bei dem einen oder anderen ungewöhnlichen Experiment.« Ich vermied es, Klaus anzusehen. »Doch am Ende auch da nur in einem Rahmen, der kontrollierbar schien.«

Kontrollierbar schien, dachte ich, *aber nicht kontrollierbar war – wie ich hatte lernen müssen.*

»Was hast du außerdem noch nicht probiert?«, hakte er erneut nach.

Keine Ahnung, worauf er hinauswollte. Verwirrt ließ ich meinen Blick durch die Runde wandern und stellte fest, dass ein paar der neuen Noch-nicht-Freunde wissend lächelten. Klaus starrte mich an, wie wenn er gespannt auf die Antwort lauern würde, allerdings fiel mir keine sinnvolle ein.

»Nimm diese Frage heute Abend einfach mit«, forderte mich Harald auf. »Das Leben wird sie dir beantworten – früher oder später.«

Nächtliche Ehrlichkeit

Nach meinen Erzählungen fühlte ich mich komplett ausgepumpt und gleichzeitig merkwürdig erleichtert. Doch nicht nur ich war erledigt. Den Reisegefährten schien es genauso zu ergehen. Wir entschieden, das Beisammensein aufzulösen und die restlichen Lebensberichte am nächsten Abend auf uns wirken zu lassen.

»Drehst du eine Runde mit mir?«, fragte Klaus in sanftem Tonfall, nachdem wir uns erhoben hatten.

Lydia nahm das zwar mit missmutigem Gesichtsausdruck zur Kenntnis, aber die Aggressivität, die sie mir gegenüber die ganze Zeit an den Tag gelegt hatte, war verschwunden. Wahrscheinlich hatte sie meine Geschichte mehr mitgenommen als erwartet.

»Sehr gerne«, erwiderte ich – dankbar, dass Klaus für mich da sein wollte.

Georg, Anne und Lydia verabschiedeten sich Richtung Feriendomizil, während Harald und Helena sitzen blieben und sich ein weiteres Glas Ouzo einschenkten. Ein leises Lächeln schlich sich auf mein Gesicht angesichts dessen, was sich da zaghaft zu entwickeln schien.

»Wie geht es dir jetzt?«, fragte Klaus einfühlsam, nachdem wir ein paar Schritte am Wasser entlang spaziert waren.

»Ich weiß es nicht so recht. Ganz gut, denke ich. Ich hatte es mir im Vorfeld schlimmer vorgestellt, meine Geschichte zu erzählen. Aber als ich einmal begonnen hatte, ging es plötzlich wie von selbst. Für mich ist es eine neue Erfahrung, offener damit umzugehen. Ich habe sie dreißig Jahre unter Verschluss gehalten. Nun merke ich, dass es hilft, sie freizulassen.«

»War es das erste Mal, dass du sie geteilt hast?«

»Nein. Am 30. Juni war der dreißigste Todestag und an diesem Tag habe ich Laura alles erzählt. Sie war die Erste, die ich eingeweiht habe.«

»Verstehe«, murmelte er.

Ich spürte, dass er getroffen war und dass er überlegte, warum ich mich ihm nicht anvertraut hatte. Doch ich konnte ihm keine passende Erklärung liefern, die mich nicht in irgendeiner Form in Bedrängnis gebracht hätte. Ohne darauf zu reagieren, ließ ich seinen Kommentar in der Luft hängen.

Mehrere Minuten stapften wir schweigend nebeneinander her, bis er sich nach einem Räuspern erkundigte: »Was ist damals geschehen?«

Ich merkte ihm an, dass er mit der Unsicherheit kämpfte, ob er diese Frage stellen durfte, aber für mich fühlte sich der Moment perfekt an. Den anderen gegenüber hatte ich heute die Tür in meine Vergangenheit ein Stück weit geöffnet, und der Zeitpunkt, sie für Klaus komplett aufzumachen, erschien mir stimmig.

»Es gab einen Autounfall. Leo, mein Bruder, und Oliver, mein Freund und gleichzeitig Leos bester Freund, wollten Pizza holen. Ein Lastwagen hat ihnen die Vorfahrt genommen. Sie waren sofort tot.«

»Das ist schrecklich«. Klaus blieb stehen und zog mich in seine Arme. »Es tut mir unendlich leid für dich, Eva.«

Ich ließ mich in die Umarmung fallen, genoss die Nähe seines Körpers und schmiegte mich eng an ihn. Es war ein Moment, nur ein winziger Moment, aber in dieser Sekunde fühlte ich mich geborgen und sicher. Ich gab mich meinen Gefühlen hin, ohne sie einzusperren oder zwanghaft kontrollieren zu wollen.

»Das ist erst die halbe Geschichte«, flüsterte ich. »Leo hatte keine Lust zu fahren. Er wollte Tiefkühlpizza in den Ofen schieben. Doch ich habe ihn angebettelt, frische Pizza zu holen, weil die so viel leckerer sei. Insgeheim hoffte ich, während seiner Abwesenheit eine Runde mit Oliver knutschen zu können. Ich hatte nicht damit gerechnet, dass er Leo begleiten würde. Die beiden sind gestorben, bevor ihr Leben richtig begonnen hat, weil ich auf Pizza vom Italiener bestanden habe.«

Ein markerschütterndes Schluchzen entrang sich meiner Brust. Klaus presste mich fester an sich und streichelte mit seiner Hand zärtlich und beruhigend meinen Hinterkopf. Die Wärme seiner Handflächen legte sich wie Balsam über die schmerzenden Wunden.

»Ich vermisse sie so sehr«, stammelte ich. »Nach dreißig Jahren reißt es mir immer noch das Herz aus dem Leib, dass sie nicht mehr da sind. Und meine Eltern sind in ihrem Leid versunken. Sie haben alle Lebenslust verloren. Ich musste nur in ihre Gesichter sehen, um wieder und wieder daran erinnert zu werden, was ich angerichtet habe. Sie sind früh gestorben, und ich bin mir sicher, dass es der Kummer war, der sie krank gemacht hat. Der Lastwagenfahrer hat sich ein paar Wochen nach dem Unfall das Leben genommen, weil er die Schuld, die er sich gab, nicht ertragen konnte. Du siehst also: Ich ziehe eine Schneise der Verwüstung hinter mir her.«

Klaus setzte seine Streicheleinheiten fort und umschloss meine komplette Existenz mit seiner Wärme und seinem Mitgefühl. Überrascht stellte ich fest, dass es einen Unterschied machte, diese Geschichte in einer Umarmung preiszugeben. Von Laura hatte ich mich angenommen, geschätzt und verstanden gefühlt, aber bei Klaus kam eine weitere Zutat hinzu. Durch die körperliche Nähe und die Art, wie er mich auffing, konnte viel von dem Schmerz aus mir abfließen. Es war, als löse sich ein Teil davon durch seine Berührungen auf. Still stand ich da und spürte in mich hinein, realisierte verblüfft, welche Veränderungen sich gerade in mir vollzogen.

»Ich kann keine Schneise der Verwüstung entdecken«, flüsterte er nach einer Zeit, die mir wie eine Ewigkeit erschien. »Stattdessen sehe ich eine Verkettung unglücklicher Umstände, die einigen Menschen alles genommen hat. Eine hässliche Laune des Lebens, in der niemand einen Sinn erkennen kann. Und ich glaube, dass das für uns Menschen am schlimmsten ist, wenn etwas vollkommen sinnlos erscheint. Wir brauchen einen Grund, einen tieferen Sinn, genauso dringend wie die Luft zum Atmen. Wenn uns das verwehrt wird, ist das Einzige, was die benötigte Struktur wiederherstellen kann, die Zuweisung von Schuld. Doch auch Schuld ändert nichts. Weder macht sie Dinge ungeschehen, noch hilft sie irgendjemandem weiter.«

Er hielt inne und verstärkte sein Streicheln. »Wahrscheinlich kann ich mir all diese Worte sparen. Ich vermute, du hast deinen Patienten schon oft Ähnliches erzählt. Trotzdem helfen dir diese ganzen Weisheiten nicht, wenn es um dich selbst geht, richtig?«

»Genau.« Es tat unfassbar gut, mich verstanden zu fühlen, mich nicht rechtfertigen zu müssen für das, was ich empfand, sodass mir beinahe ein wohliges Stöhnen entglitten wäre.

*

Geraume Zeit später lagen wir eng umschlungen in meinem Bett. Ich konnte mich nicht daran erinnern, jemals so gierig mit Klaus geschlafen zu haben wie in dieser Nacht. Es war, als hätte ich mich in einen Rausch gesteigert, der alles mitriss und mich für ein paar Augenblicke frei und gesund fühlen ließ. Während wir sonst nach der Verschmelzung unserer Körper auf die jeweiligen Matratzen sackten, hielten wir uns dieses Mal fest umklammert. Ich konnte es zulassen, auch wenn ich mir bewusst machte, dass es eine einmalige Ausnahme darstellte. Klaus' Fingerspitzen strichen sacht über meinen Rücken und hinterließen eine wohlige Spur.

»Hast du deshalb keine Familie?«, fragte er in die Dunkelheit, die nur von einem silbern schimmernden Mond ein wenig erhellt wurde.

»Ja.«

»Weil du Angst hast, du könntest erneut jemanden verlieren, den du liebst?«

»Ja. Zum einen das. Ich glaube nicht, dass ich den Schmerz ein weiteres Mal ertragen könnte. Aber auch wegen Leo und Oliver.«

»Denkst du, du hast es nicht verdient, zu leben, während sie das nicht mehr können?«

»Ich denke, ich habe es nicht verdient, glücklich zu sein. Und ich habe das Gefühl, sie zu verraten, wenn ich außer ihnen noch jemanden liebe.«

»Und das hast du die ganzen Jahre durchgehalten?«

»Ich war nie ernsthaft in Versuchung«, erwiderte ich knapp.

»Verstehe«, murmelte er mit belegter Stimme, und ich realisierte, wie sich sein Körper versteifte.

Ein unbehagliches Schweigen breitete sich zwischen uns aus, bis Klaus gepresst weiterfragte: »Gehst du davon aus, dass das für den Rest deines Lebens so bleiben wird?«

»Das weiß ich nicht.«

Geräuschvoll atmete er aus und stieß aufgebracht »Eva!« hervor.

»Ich weiß es wirklich nicht. Mein Verstand unternimmt jedenfalls alles, um diesen Zustand beizubehalten.«

»Und dein Herz?«, raunte er.

»Hatte bislang nie eine Chance.«

Schweigen. Für eine ganze Weile.

»Wie lief das konkret bei dir? Du hattest doch Beziehungen in der Vergangenheit.«

»Ja, solange sie schön unverbindlich blieben. Sowie einer der Männer das schreckliche Wort mit ›L‹ in den Mund genommen hat, habe ich es beendet.«

»Folglich war unser Deal tatsächlich die ideale Lösung für dich.« Ich hörte eine Mischung aus Begreifen und Frust in seiner Stimme.

»Ja, das war mein Grund, in deinen Vorschlag einzuschlagen.«

»Verstehe«, murmelte er ein weiteres Mal.

Exklusivitätsklausel mit Fragezeichen

Als ich am nächsten Morgen aufwachte, war Klaus verschwunden. Für einen Augenblick bedauerte ich es, ihn nicht in meiner Nähe zu wissen, doch dann schüttelte ich genervt den Kopf. Es war gut, dass er nicht mehr hier war. Höchste Zeit, wieder zu einer klaren Deal-Konformität zurückzukehren!

Nach einem deutlich kürzeren Frühstück als am Vortag beschlossen wir, eine größere Besichtigungstour zu starten. Kérkyra (Korfu Stadt) und das Achilleion lockten uns genug, um eine längere Fahrtzeit in Kauf zu nehmen. Harald kündigte an, sich auszuklinken. Er war mit Helena verabredet, was ihm einige lästernde Kommentare aus der Gruppe einbrachte.

Erneut auf zwei Autos verteilt machten wir uns eine halbe Stunde später auf den Weg. Da es sich Lydia trotz der etwas versöhnlicheren Atmosphäre nicht nehmen ließ, sich neben Klaus zu setzen, bot ich mich als Fahrerin des zweiten Fahrzeugs an. Dankend akzeptierten die anderen – froh, dass sie ungehindert das Panorama der vorbeiziehenden Landschaft genießen konnten. Anne saß auf dem Beifahrersitz und Georg bombardierte mich aus dem Fond mit heißen Blicken, die ich bestmöglich zu ignorieren versuchte.

Nach einer knappen Stunde hatten wir die Ausläufer der Inselhauptstadt erreicht und stellten die Autos ab. Den Rundgang begannen wir mit einem Besuch der neuen venezianischen Festung. Von deren Plateau aus boten sich spektakuläre Aussichten auf das Umland sowie die vor unseren Füßen liegende Stadt, die von hier aus wie ein riesiges Spielzeugland wirkte. Auch über das Meer und die scheinbar mitten darin angesiedelte alte Festung ließen wir beeindruckt die Blicke schweifen. Abgerundet wurden die Eindrücke durch die gigantischen Kreuzfahrtschiffe, die im Hafen vor Anker lagen. Korfu Stadt gilt als Unesco-Weltkulturerbe, und angesichts der kulturellen Vielfalt, die von hier oben erkennbar wurde, wunderte mich das nicht.

Im Anschluss schlenderten wir durch die zauberhafte Altstadt mit schmalen Gassen, kleinen Plätzen, zahlreichen Geschäften und der typischen mediterranen Atmosphäre, die ich so liebte. Nach der Enge, die zwischen den Häuserschluchten mit all ihren französischen, britischen und venezianischen Gebäuden geherrscht hatte, war es faszinierend, sich plötzlich auf der Spianáda wiederzufinden, einer riesigen Parkanlage, die früher als Exerzierplatz gedient hatte.

Vom Besuch der alten Festung, die an deren anderen Ende lag, sahen wir ab, da sich nach unserem gut zweistündigen Spaziergang mittlerweile ordentliche Hungergefühle in uns breitgemacht hatten. In einem Café ganz in der Nähe fanden wir den perfekten Ort für einen ausgiebigen Mittagssnack. Herrliche Blicke auf den Jachthafen und das an dieser Stelle azurblaue Meer luden zum Verweilen ein.

Georg, der mich bereits den kompletten Stadtrundgang über heftig angeflirtet hatte, was ich angesichts meines aufgewühlten Zustands nicht abgewehrt hatte, griff sich den Stuhl neben mir und Anne setzte sich über Eck. Wie immer hatte Lydia Klaus mit Beschlag belegt. Wiederholt kitzelten kleine Stiche mein Herz, die sich gefährlich nach Eifersucht anfühlten, und ich gab alles, um sie so stoisch wie möglich zu ignorieren.

Seit dem ereignisreichen gestrigen Tag, der mir neben der ungewöhnlichen Strandwanderung mit Harald ein verstörend ehrliches Gespräch mit Georg und atemberaubenden nächtlichen Sex mit Klaus eingebracht hatte, fühlte ich mich ohnehin wie eine Femme fatale. Dabei lag mir das im Grunde meiner Seele so fern wie der Nordpol dem Südpol. Doch in dem merkwürdigen Murmeltier-Film war schon lange nichts mehr wie früher.

Während ich mich in Annes Richtung drehte, fehlte mir die Kraft, Georg von der neuerlichen Eroberung meiner Stuhllehne abzuhalten. Ich ließ ihn gewähren und beschäftigte mich lieber mit der Frau neben mir.

»Wie geht es dir heute, nach deinen intensiven gestrigen Offenbarungen?«, fragte ich sie.

»Hervorragend«, erklärte sie mit feurig funkelnden Augen. »Ich bin euch so dankbar. Über all das zu sprechen, hat mir einen wirklichen Durchbruch beschert. Ich habe in der Nacht stundenlang wach gelegen und Pläne geschmiedet.«

»Das klingt wunderbar. Und was war das Ergebnis deiner nächtlichen Kreativsitzung?« Schmunzelnd betrachtete ich sie.

»Viel. Ich weiß jetzt, wie ich mein Unternehmen nennen werde. Es wird ›Seniorenspaß‹ heißen mit dem Slogan: ›Wir machen Senioren glücklich!‹ Und ich habe darüber nachgedacht, wie die Webseite aussehen soll und wie ich Kunden gewinnen kann. Ich bin mir sicher, dass ich von den Heimen jede Menge Unterstützung erhalten werde. Und wenn das Ganze erst mal läuft, würde ich es gerne als Netzwerk betreiben – zusammen mit anderen Frauen und Männern, die mir eine Vermittlungsprovision zahlen für die Aufträge, die ich ihnen erteile.«

Sprachlos starrte ich sie an. »Das hast du dir alles heute Nacht ausgedacht? Das ist ja ein vollständiges Geschäftskonzept.«

»Ja, da haben sich beim Erzählen Tore geöffnet, die nur darauf gewartet haben. Irgendwo in meinem Kopf waren die Ideen schon da. Ich habe mir einfach nicht die Erlaubnis erteilt, solche ›Spinnereien‹ zuzulassen.«

»Beeindruckend«, staunte ich.

Klaus hatte sichtlich interessiert unser Gespräch verfolgt und mischte sich nun ein. »Gestern hatte ich befürchtet, du würdest Eva gleich die Augen auskratzen, als sie dich gefragt hat, was dir deine Misere Gutes gebracht hat.«

Sie lachte schallend auf. »Ja, das hätte ich tatsächlich am liebsten getan. Aber nach ein paar Sekunden habe ich gemerkt, dass die Frage Potenzial hat.«

»Weißt du, was ich glaube?«, schob ich nachdenklich ein. »Du bist in Wirklichkeit eine kraftvolle Macherin, du hast es nur bislang nicht gewusst. Vielleicht hat dir auch dein Mann eingeredet, es nicht zu sein. Und wenn du das jetzt feststellen und erleben darfst, dann hatte die schreckliche und sicher unglaublich schmerzhafte Situation eine Menge Gutes.«

»Absolut. Und dadurch, dass ich das erkannt habe, hat sich sogar die Wut auf meinen Mann verändert. Es ist keine verbitterte, frustrierte Wut mehr, sondern eher eine kämpferische. Und das fühlt sich – ehrlich gesagt – fantastisch an. Dem Mistkerl werde ich's zeigen!«

Laut prustete ich los. »Ja, das wirst du!«, und mit einem spitzbübischen Lächeln ergänzte ich: »Also kann ich jetzt wirklich Urlaub machen und muss dich nicht therapieren?«

Mit einem Lachen warf sie den Kopf in den Nacken. »Das war daneben von mir, bitte entschuldige! Nein, lass uns einfach Urlaubsfreundinnen sein, wenn du magst. Und wenn wir am Ende feststellen, dass wir darüber hinaus Alltagsfreundinnen werden wollen, spricht doch auch nichts dagegen, oder?«

»Ganz und gar nicht«, gab ich zurück und freute mich, dass die veränderte Anne die Nacht überdauert hatte. Ich war optimistisch, dass das auch in Zukunft so bleiben würde!

Nach einem köstlichen Mittagessen spazierten wir zu den Autos, um uns auf die nächste Ausflugsetappe zu begeben. Das Achilleion, ein kleiner Palast, der von Kaiserin Sissi im 19. Jahrhundert als Sommerresidenz in Auftrag gegeben worden war, wartete auf uns. Ich war nicht versessen auf historische Gebäude, ließ mich lieber von landschaftlichen Schönheiten oder pittoresken Städtchen verführen, doch die Aussicht durch den anscheinend traumhaften Garten zu flanieren, lockte auch mich.

Nur kurz schlenderte ich durch die Räumlichkeiten. Danach erkundete ich die Außenanlagen. Ich genoss es, für ein paar Minuten allein zu sein und mich durch die üppige Natur treiben zu lassen. Rund um das Achilleion boten sich fantastische Panoramen. Durch Palmen und riesige Zypressen hindurch das Blau des Meeres schimmern zu sehen, fühlte sich nach perfektem Urlaubsfeeling an. Im Bereich der siegreichen Achilles-Statue konnte ich über Korfu Stadt hinweg bis zum nördlichen Gebirge schauen, an dessen östlicher Seite wir logierten. Umwerfend schön!

Eine Stunde nach der Ankunft versammelten wir uns am Parkplatz, um die Heimfahrt anzutreten. Erneut eilte Lydia auf die Beifahrertür von Klaus' Wagen zu, doch dieses Mal stoppte er sie.

»Lydia, es gibt etwas Dringendes, das ich gerne mit Eva besprechen würde. Könntest Du bitte im anderen Auto mitfahren?«

Erschrocken fuhr sie zusammen und warf mir einen irritierten Blick zu, in dem kurz wieder die alte Ablehnung aufblitzte.

Klaus betrachtete mich durchdringend. »Einverstanden, Eva? Es ist wirklich wichtig.«

Nervös zuckte ich die Achseln und begab mich zur Beifahrertür. »Klar«, erklärte ich und setzte mich in den Wagen.

Er ließ die Reisegefährten vorausfahren und startete dann ebenfalls den Motor.

»Was gibt's, Klaus?«, erkundigte ich mich voller Unruhe, was auf mich warten würde. Wenn er vor den anderen um ein Gespräch bat, musste es etwas Grundlegendes sein. Außerdem konnte ich gerade nichts von seiner sonst so präsenten Lässigkeit entdecken.

»Können wir das vielleicht irgendwo bei einer Tasse Kaffee bereden?«

»Natürlich«, bestätigte ich, während meine Nervosität ins Unermessliche stieg. Wollte er unseren Deal beenden? Mir erklären, dass er sich in Lydia verliebt hatte? Mich wegen Georg zur Rede stellen? Mir seine Liebe gestehen?

Himmel! Angesichts dieser Vielzahl an Möglichkeiten wurde mir aufs Neue bewusst, auf was für ein gefährliches Abenteuer ich mich eingelassen hatte. Auch dieses Mal wusste ich nicht, welche der Optionen für mich die grauenvollste wäre. Dass mir keine einzige davon gefiel, war jedoch das Schlimmste.

Erneut kämpften wir uns durch das Gewirr der Gassen von Korfu Stadt. Als wir wieder ruhigeres Gebiet erreicht hatten, fuhr Klaus bei einem direkt am Meer gelegenen Café kurz vor Ipsos auf den Parkplatz.

»Was magst du?«, fragte er, nachdem wir uns gesetzt hatten und eine Kellnerin sich nach unseren Wünschen erkundigte.

»Einen Milchkaffee, bitte.«

»Zwei Milchkaffee«, erhöhte Klaus.

Obwohl es ein Leichtes gewesen wäre, die traumhafte Aussicht auf das in der Sonne glitzernde Wasser und die palmengesäumte Strandpromenade meine Aufmerksamkeit erobern zu lassen, wollte mir das nicht gelingen. Zu sehr drückte die Ungewissheit dieses Zusammenseins auf meine Stimmung.

»Also, schieß los! Was müssen wir bereden?« Nervös nestelte ich an der Tischdecke herum.

Normalerweise hätte Klaus das mit einem kleinen Scherz kommentiert, sich darüber lustig gemacht und damit mein Herz um ein paar Pfunde erleichtert, doch nun sah er mich ernst und abweisend an.

»Erinnerst du dich an das Gespräch, das wir an meinem Geburtstag in der Küche hatten?«

»Natürlich. Aber da haben wir über einiges gesprochen. Was meinst du genau?«

»Ich spreche von Sodom und Gomorra.«

»Sodom und Gomorra?« Irritiert musterte ich ihn. Worauf wollte er hinaus?

»Ja. Wir hatten davon geredet, dass wir nicht im moralischen Sodom und Gomorra landen wollen. Und hatten festgestellt, dass wir Redebedarf haben, sowie es einen konkreten Anlass gibt.«

»Einen konkreten Anlass?« Ich befand mich immer noch im »Ich verstehe gar nichts«-Land und war ziemlich froh, dass die nette junge Kellnerin gerade auftauchte, um den Kaffee zu servieren. Gedankenverloren starrte ich in die Tasse, ohne echte Ordnung in meinem Kopf herstellen zu können.

»Ein konkreter Anlass im Sinne von: Eine dritte Person taucht auf und interessiert sich für einen von uns. Du erinnerst dich? Da stand die Frage im Raum, welche Verpflichtung dann zwischen uns besteht und welche Freiräume wir einzuräumen bereit sind. Wo das Dürfen endet oder auch, wo der Deal an sich endet ...«

Mein Herz begann auf einen unbekannten, unfassbar schnellen Song zu klopfen. Würde er mir jetzt tatsächlich eröffnen, dass er sich in Lydia verliebt hatte oder dass er zumindest ein Verhältnis mit ihr beginnen wollte? Ich hatte das Gefühl, dass sich mir die Kehle zuschnürte. Die Vorstellung, wie er eine andere Frau in den Armen hielt, fühlte sich an wie Gift, das langsam durch meinen Hals rann – ganz egal, wie heftig ich seit Monaten gegen diese Liebe ankämpfte, und egal, wie sehr ich sie mir verbot.

»Richtig«, murmelte ich atemlos.

»Ich habe mir über dieses Thema intensiv Gedanken gemacht und möchte mit dir darüber reden.«

Mehr als ein endlos in die Länge gezogenes »Okay« brachte ich nicht hervor, während ich damit zu kämpfen hatte, dass mir nicht der Angstschweiß ausbrach.

»Ich denke, jetzt ist der Zeitpunkt gekommen, die Sache anzugehen. So wie ich das sehe, steht ein entsprechender Anlass unmittelbar bevor.«

Meine Güte, Klaus, komm endlich zum Punkt! Mittlerweile nestelten meine Finger nicht mehr an der Tischdecke herum. Sie hatten sich komplett in sie verkrampft.

»Keine Ahnung, was das mit Georg und dir ist ...« *Danke, danke, danke!*, schickte ich gen Himmel. Nichts mit Lydia! Meine Erleichterung war derart groß, dass ich beinahe laut aufgejubelt hätte, bis mein Verstand mich wieder kopfschüttelnd zur Räson brachte. »... und worauf es hinausläuft. Dass er dich am liebsten sofort in sein Bett zerren würde, ist unverkennbar. Wie es bei dir aussieht, weiß ich nicht. Das ist nicht so einfach zu beurteilen. Jedenfalls unternimmst du erstaunlich wenig, um seinem Treiben Einhalt zu gebieten. Dafür, dass wir gerade erst gestern auf eine, wie ich finde, sehr innige Weise das Bett geteilt haben, wundert es mich, wie aufgeschlossen du heute auf seine Annäherungsversuche reagierst.« Sein Blick hielt mich umklammert, als sei er aus Beton gegossen.

»Ich wollte dich nur wissen lassen, dass ich für klare Verhältnisse bin. Unsere Freundschaft plus setzt für mich voraus, dass es für jeden von uns die einzige Freundschaft mit einem Plus ist. Kurzgesagt: Wenn du dich auf Georg einlassen willst, ist das dein gutes Recht.

Keine Verpflichtung, Dürfen statt Müssen. Aber unser Deal ist damit beendet. Zu allem anderen bin ich nicht bereit und nicht in der Lage.«

Stumm starrte ich ihn an – unfähig zu ergründen, was seine Ansprache in mir auslöste. Orientierungslos griff ich nach dem mittlerweile abgekühlten Kaffee und leerte ihn in einem Zug. Logisch, dass Klaus eine Antwort erwartete. Bloß: Welche wollte ich ihm geben? Ich hatte ja selbst noch keine Entscheidung gefällt in meinem ganz persönlichen Drama-Dreieck zwischen Davonrennen, Gefühle durch eine Affäre unterdrücken und Liebe zulassen.

Während ich darüber nachdachte, stellte ich fest, dass es gar kein Dreieck mehr war. Eine der Möglichkeiten hatte sich gerade eben in Luft aufgelöst. Wenn ich mich mit Georg einlassen würde, wäre das Ergebnis dasselbe wie beim Davonrennen. Denn in diesem Fall würde Klaus unser Arrangement beenden, wie er mir soeben verkündet hatte.

Folglich blieben nur zwei Varianten. Entweder konnte ich mich mit Georgs Hilfe von Klaus lösen oder mich mit Haut und Haaren in meine Gefühle fallenlassen. Und bei der zweiten Option hatte ich immer noch mit der Ungewissheit zu kämpfen, wie es um seine Empfindungen stand. Meine Verwirrung schwang sich zu neuen Gipfeln auf. Ich war nicht mal in der Lage, die Frage zu beantworten, ob ich die Reduzierung des Entscheidungsraums als positiv oder negativ empfand.

Klaus beobachtete mich weiterhin mit einem starren, undurchdringlichen Gesichtsausdruck und inzwischen ungeduldig hochgezogenen Augenbrauen. »Also?«

Ich musste Zeit gewinnen. »Du möchtest folglich eine Exklusivitätsklausel in unserem Deal.«

»So ist es.« Nicht das leiseste Schmunzeln erschien auf seinem Gesicht.

»Alles klar. Dann weiß ich Bescheid.«

»Mehr willst du mir dazu nicht sagen?«

»Im Moment kann ich dir nicht mehr dazu sagen.«

»Verstehe.«

Langsam begann ich, dieses »Verstehe« zu hassen. Es war schön für ihn, dass er verstand, allerdings hätte ich mir davon ebenfalls ein winziges Portiönchen gewünscht!

»Klaus, was möchtest du von mir hören?«

»Vielleicht, dass du es gar nicht in Erwägung ziehst, etwas mit Georg anzufangen? Nur so als Idee ...« Er griff zu Sarkasmus. Das entsprach nicht seiner Art. Offensichtlich war er gewaltig angefressen, und ich konnte es ihm nicht einmal verdenken.

»Hey, wir wollten ehrlich zueinander sein. Ich werde dir hier nichts versprechen, was ich am Ende nicht halten kann.«

»Aber wieso ist Georg eine Option für dich? Ich verstehe das nicht. Was fehlt dir bei unserem Deal?«

»Mir fehlt überhaupt nichts. Es ist einfach alles irgendwie aus dem Ruder gelaufen. So viele Fragezeichen. Grenzen, die verschwimmen oder sich auflösen.

Wenn wir hier schon in Griechenland sind: Ich fühle mich wie Odysseus auf den Weltmeeren, auf einer endlosen Irrfahrt, von der ich nicht weiß, ob, wann und wo sie endet. Du weißt, wie fragil meine Balance ist – spätestens seit gestern kennst du meine Geschichte. Und unser Deal kippt mich permanent aus der Balance. Ich will dich nicht verlieren, aber ich habe auch keine Ahnung, wie lange ich noch so weitermachen kann.«

Klaus klang wieder deutlich versöhnlicher, als er zurückgab: »Gut, also warten wir ab, wie sich die Dinge entwickeln. Auf jeden Fall bist du jetzt im Bilde, was meine Position angeht.«

Stumm nickte ich.

Zweiter Abend der Erkenntnisse

Aufgewühlt rannte ich durch mein Zimmer. Wie ein Raubtier im Käfig zog ich meine Bahnen, wusste kaum wohin mit der aufgestauten emotionalen Energie. Am liebsten wäre ich draußen joggen gegangen, um mich auszutoben, aber ich wollte im Moment nicht das Risiko eingehen, jemandem zu begegnen. Immer weiter lief ich hin und her, schüttelte mich, atmete, versuchte alles, was mir einfiel, um mich zu beruhigen. Nicht eine Maßnahme half.

Die Lage spitzte sich zu, schlitterte einer Entscheidung entgegen und ich fühlte mich erneut wie in einem Hollywood-Streifen. Doch dieses Mal hatte er nichts mit einem zumindest theoretisch süßen, kleinen, pelzigen Wesen und einer harmlosen Wiederholungsschleife zu tun. Nein! Stattdessen befand ich mich in einem Bus mit einer Bombe, auf das Ende einer nicht fertiggestellten Brücke zurasend, oder im Dschungel, von Bösewichtern gejagt, ohne Hoffnung auf einen Ausweg. Zwar waren die Menschen um mich herum keine Bösewichter und es tickte auch keine echte Bombe in meinem Leben, dennoch spürte ich eine gewaltige Sprengkraft in den Ereignissen der letzten Monate. Kurz überlegte ich mir, ob ich mich am heutigen Abend von den anderen separieren wollte, kam jedoch am Ende zum Ergebnis, dass mir

Ablenkung guttäte. Die Geschichten von Klaus, Georg und Lydia standen an und vielleicht würde ich darin ein wenig Erkenntnis finden, die ich mir zunutze machen konnte.

Bedingt durch den ausgedehnten Tagesausflug trafen wir uns heute später zum Abendessen als an den vorangegangenen Tagen. Die Dämmerung hatte eingesetzt, und die letzten Strahlen der Sonne, die hinter dem die Bucht begrenzenden Hügel verschwunden war, tauchten die Szenerie in ein stimmungsvolles Licht. Der Himmel erstrahlte in wundervollen Gelb- und Rosétönen, was eine geradezu magische Atmosphäre schuf.

Harald und Helena saßen nebeneinander an dem Tisch, der zu unserem Stammtisch avanciert war, und befanden sich mit geröteten Wangen in lebhaftem Austausch. Ich fragte mich, ob ich mich überhaupt dazugesellen sollte, doch als ich im Hintergrund die näherkommenden Stimmen der anderen hörte, durchbrach ich mein Zögern. Mit strahlenden Gesichtern begrüßten mich die beiden. Sie sahen glücklich aus und ich hätte zu gerne gewusst, was ihnen der heutige Tag beschert hatte.

Klaus, der sich mir erneut gegenübersetzte, warf mir einen langen, prüfenden Blick zu, den ich intensiv erwiderte. Jeder von uns versuchte, herauszufinden, wo wir standen, ob sich etwas zwischen uns verändert hatte. Und beide schienen wir nicht zu einem Ergebnis zu kommen, denn wir wendeten uns nach einer Weile mit versteinerten Mienen voneinander ab.

Während die abendlichen Mahlzeiten für mich bislang Genuss pur bedeutet hatten, konnte ich mich dieses Mal nicht entspannen. Klaus und ich mieden ein Gespräch, Harald war mit Helena beschäftigt, die heute von einer jungen Aushilfskellnerin vertreten wurde und deshalb mit uns aß, sodass mein einziger Ansprechpartner zu meiner Linken saß – Georg. Klaus' Ansage ließ mich mehr denn je zweifeln, wie ich mich Georg gegenüber verhalten sollte. Diese Unsicherheit sorgte dafür, dass ich mich wortkarg und verschlossen gab. Unglücklicherweise schien das Georgs Flirttrieb weiter zu befeuern, was die ganze Veranstaltung zunehmend anstrengend gestaltete.

Deswegen war ich geradezu erleichtert, als die Düsseldorferin zu ihrer abendlichen Fragerunde auftauchte und herauszufinden versuchte, woher sie Klaus kennen könnte. Das musste man ihr lassen: Hartnäckig war sie! Und wenn man ihren Worten glauben wollte (gesetzt den Fall, dass ich sie überhaupt richtig verstand), lag sie nachts wach und grübelte, wo sie sich bereits begegnet sein könnten. Der Tipp des Tages war eine Kreuzfahrt auf dem Nil. Doch auch diese Hoffnung, das Rätsel endlich gelöst zu haben, zerstörte Klaus mit einem freundlichen: »Da war ich bislang nicht«. Mit dem beinahe schon ritualisierten »äwwer ech kenn Se, dat fällt mer bestemmp noch en« verabschiedete sie sich.

Nach ihrem Abgang ergriff Harald wieder die Initiative und forderte die Fortsetzung unserer Gesprächsrunde vom Vortag. »Wer von euch mag den Anfang machen, Klaus oder Georg«, fragte er und ließ seinen Blick zwischen den beiden Männern hin und her schwenken, die die ganze Zeit Dreh- und Angelpunkt meiner Gedanken waren.

»Ich fange an«, erklärte Georg mit einem entschlossenen Rucken seines Körpers. Seine sonst so verwegene, herausfordernde Miene wurde ernst.

»Tja, großes Fragezeichen: Was läuft gut bei mir? Viel fällt mir da nicht ein.« Er sah Klaus direkt an und alles Provozierende, das er nun schon seit Tagen zur Schau trug, war verschwunden. »Eigentlich gibt es da nur eine Sache: meine Arbeit als Kinderbuch-Illustrator. Dieser Mann da drüben hat mir eine echte Chance gegeben. Dadurch, dass ich seine zauberhaften Geschichten illustrieren durfte, habe ich ins Leben zurückgefunden. Es ist mehr als ein Job. Es ist ein Halt für mich und vermittelt mir das Gefühl, wieder etwas Sinnvolles zu tun. Und ja, das zweite Gute ist, dass ich bereits fünf Jahre trocken bin. Beides hängt miteinander zusammen.« Ein heiseres, freudloses Lachen entfuhr seiner Kehle.

»Damit wären wir auch schon beim entgegengesetzten Part. Bei dem, was nicht gut läuft. Vor sieben Jahren hat mich meine Frau verlassen, weil sie einen anderen hatte.« Er drehte sich zu Anne. »Es gibt also nicht nur männliche Mistkerle. Wie sagt man eigentlich zu einem weiblichen Mistkerl?«

Mit einem breiten Grienen schaute er uns an, erntete jedoch ausschließlich ratloses Achselzucken.

Anne brachte sich in die Runde ein. »Hey, das ist ja spannend, dass es dafür keine weibliche Form gibt. Und generell fällt mir gerade auf, dass ich keine Vokabel für eine Frau finde, die gleichbedeutend wäre mit Mistkerl oder dem A-Wort. Faszinierend, nicht wahr? Mir fallen lediglich Formulierungen ein wie Schlampe, Schnepfe, Zicke oder dumme Kuh. Die stehen aber allesamt nicht für so richtig übles Verhalten.«

Georg grinste sie schief an: »Da siehst du mal – nix mit Emanzipation für den Mann!«

Eine Weile lachten und scherzten wir quer durcheinander, bis Harald das Ganze beendete und Georg das Wort erteilte.

»Okay, zurück zu meiner Ex. Sie hat mich aus dem Nichts abgeschossen, ohne Vorwarnung. Ich hatte damals noch einen festen Job als Grafikdesigner in einer kleinen Agentur. Das bedeutete viel Projektgeschäft und häufiges ›bis in die Nacht arbeiten‹. Sie hatte also reichlich Zeit für sich, und ich Idiot habe tatsächlich nicht mitbekommen, wie sie die nutzt. Irgendein stinkreicher Heini, den sie im Büro kennengelernt hat, hat sich an sie rangemacht. Keine Ahnung, ob es seine Kohle war, die tollen Dinge, die er ihr bieten kann, oder echte Liebe – jedenfalls hat sich mich sitzen lassen. Mann, ich habe sie wirklich geliebt und mich hat das alles komplett umgehauen. Ich habe angefangen zu trinken. Erst ein Bier am Abend, dann zwei, dann ein halber Kasten und irgendwann reichte nicht mal mehr das. Ich habe umgestellt auf Wodka. Billigen Fusel, egal was, Hauptsache Alkohol. Hauptsache, den Schmerz für eine Weile nicht spüren, die Einsamkeit, das Gefühl, ein Total-Versager zu sein. Es kam, was kommen musste, nach sechs Monaten war nicht nur die Frau weg, sondern der Job genauso. Wenn ich nicht das Haus meiner Eltern und ein paar finanzielle Rücklagen gehabt hätte, wäre ich auf der Straße gelandet, mit einer letzten Flasche Trost unter der Brücke.«

Schweigende Betroffenheit erfüllte die Runde, während Georg sein Wasserglas auf dem Tisch hin und her drehte und gedankenverloren hineinstarrte. Damit hatten wir die Erklärung erhalten, warum er Abend für Abend vor einem Glas Wasser saß, obwohl wir anderen uns köstlichen Wein schmecken ließen. Meine Güte, musste das hart sein für ihn! In diesem Moment bewunderte ich ihn für seine Selbstkontrolle.

»Trotz allem habe ich wohl unverschämtes Glück gehabt. Harald war in dieser Phase ein Hammer-Freund. Wenn er nicht gewesen wäre, hätte mich nichts mehr vom Totalabsturz abhalten können. Er hat mich erst zum Doc geschleift, dann zu den anonymen Alkoholikern. Er ist sogar zu den ersten Sitzungen mitgegangen, um sicherzustellen, dass ich nicht sofort wieder abhaue. Und das, obwohl er damals in seinem Manager-Wahnsinn für so etwas gar keine Zeit hatte. Außerdem hat er den Kontakt zu Klaus hergestellt. Hier an diesem Tisch sind also gleich zwei von meinen Schutzengeln. Alles soweit in Ordnung, und trotzdem kann ich mir nie hundertprozentig sicher sein, ob ich mir vertrauen darf, ob ich nicht irgendwann erneut durchdrehe. Ich sitze in meinem Haus allein, höre in die Stille und frage mich, wie lang ich sie aushalten kann und was sie mit mir anstellt. Ich wünsche mir Gesellschaft, eine Frau in meinem Leben, lachen, kuscheln, Sex, Geborgenheit, und habe gleichzeitig keine Ahnung, ob ich mich darauf überhaupt noch mal einlassen kann. Ganz schön kaputt, oder? Vor allem für jemanden, der eigentlich tolle Startbedingungen hatte – liebevolle Eltern, eine gute Ausbildung, solide Verhältnisse. Tja, hab's verkackt!«

»Du hast es nicht verkackt«, entgegnete Klaus und bedachte ihn mit einem Blick, der zwischen Mitgefühl und Missbilligung hin und her schwankte.

»Wie man's sieht«, grummelte Georg lapidar. Jetzt wandte er sich an mich. »Was sagt denn unsere Psychotherapeutin dazu?«

Ein bitteres Lachen entwand sich meinem Inneren. »Erstens durftet ihr gestern alle einen Eindruck gewinnen, wie kaputt ich selbst bin. Zweitens, ganz ehrlich, was meint ihr, wie oft ich solche Geschichten höre? Wahrscheinlich ist es für mich schon längst normaler, wenn die Menschen – mit deinen Worten gesprochen – etwas verkacken, als wenn sie ein heiles, glückliches Leben führen. Meine Maßstäbe für Normalität haben sich über die Jahre ziemlich verschoben. Und ja, ich denke tatsächlich, dass du Glück hattest, weil viele diese Schutzengel nicht haben, von denen du geredet hast. Sie stehen komplett allein da, ohne dass sich jemand um sie kümmern würde. Häufig passiert sogar das Gegenteil: Dass sich andere noch an ihrem Leid weiden, weil sie sich dadurch eine Winzigkeit besser fühlen können als sonst. Also würde ich sagen: Eine Menge Gründe, um für die Chance dankbar zu sein und sie zu nutzen. Und gleichzeitig komme ich mir bei diesen Worten vollkommen unglaubwürdig vor, weil ihr genau wisst, dass ich das selbst nicht hinkriege.«

Ich ließ den Blick auf die flackernden Windlichter schweifen, die erneut eine mystische Stimmung erzeugten. Und vielleicht war ja auch die Dynamik, die sich in unserer Gruppe entfaltete, irgendwie mystisch. Meine Augen wanderten zu Klaus. »Möglicherweise finden wir einen kompetenteren Ratgeber zum Thema ›Verkacken oder nicht‹. Wenn es unter uns einen gibt, der sein Leben mit einer bewundernswerten Lässigkeit im Griff hat, dann ist das ja wohl Klaus. Also dürfen wir eventuell eine Runde von ihm lernen.«

Er brach in schallendes Gelächter aus. »Eva, ist das dein Ernst? Bewundernswerte Lässigkeit und alles im Griff? Es schmeichelt mir, dass du mich nach ein paar freundschaftlichen Monaten so siehst, aber ich kann dir versichern, dass ich vom Zustand ›lässig‹ und erst recht von ›Leben im Griff‹ weit entfernt bin.«

Verwundert betrachtete ich ihn. Da meinte ich, ihn zu kennen, hatte mich von seiner Lässigkeit fast in den

Wahnsinn treiben lassen und nun behauptete er, dass sie gar nicht existierte? Kein winziges Atom von mir bekam das auf die Reihe.

»Dann ist es jetzt wohl an dir, deine Geschichte zu erzählen«, schaltete sich Harald ein.

»Sieht so aus«, begann Klaus. »Okay. Anscheinend sehen ohnehin schon alle, was in meinem Leben gut läuft. Leidenschaftlicher Musiker, der ausschließlich das spielt, was ihm Spaß macht. So erfolgreich als Kinderbuchautor, dass ich es selbst kaum glauben kann. Reizende erwachsene Kinder, ein gesundes Enkelkind. Ein schönes Haus im Grünen. Ansehnliche Mieteinnahmen durch zahlreiche Immobilien und finanzielle Unabhängigkeit. Das wären die Stichpunkte. Klingt bilderbuchmäßig, wie ein modernes Märchen. Ist es auch. Aber das ist nur die eine Seite der Medaille.« Er sammelte sich, warf mir einen Blick zu, als wolle er sich noch mal überlegen, ob ich das Kommende wirklich hören sollte.

»In meiner Biografie gibt es genauso Einschnitte, die ich mir anders gewünscht hätte. Ich trete jetzt offiziell dem Klub der Verlassenen an diesem Tisch bei. Meine Ex-Frau hat mir ebenfalls diese Erfahrung beschert. Es ist schon zehn Jahre her und im Gegensatz zu euren Geschichten ...«, er deutete auf Anne und Georg, »... lief es bei mir sauberer ab. Sie hat ein ehrliches Gespräch mit mir geführt und erzählt, dass sie sich verliebt habe. Erst nachdem sie unsere Ehe beendet hat, hat sie sich auf den Mann eingelassen. Das finde ich auch heute noch fair und mutig von ihr. Dennoch hat es mich tief verletzt und ins Nichts gestürzt. Aber ich hatte immer die Musik und gerade in dieser Zeit habe ich gespielt und komponiert wie ein Verrückter. Die Musik hat mir geholfen, die Strukturen, die es in meinem Leben nicht mehr gab, zu kompensieren. In den Liedern, die ich geschaffen habe, habe ich meine Ordnung zurückgewonnen. Deswegen bin ich nie so weit abgestürzt, wie es Georg eben berichtet hat.«

»Danke für das Kompliment, Kumpel«, warf Georg ein, doch er zog dabei eine ironische Grimasse und prostete Klaus mit seinem Wasserglas zu.

»Kein Ding«, schmunzelte Klaus. »Viele Jahre glaubte ich, dass ich mit all der bunten Vielfalt, die ich im Alltag genießen darf, keine Liebe bräuchte. Mittlerweile bin ich mir da nicht mehr sicher. Ich dachte, Sex würde reichen. Nicht gerade mit wechselnden Partnerinnen, dafür bin ich nicht der Typ. Aber vielleicht mit einer Partnerin, die mich erotisch anzieht, und mit klar abgesteckten Grenzen. Freundschaft, Sex, nur keine Beziehung. Inzwischen frage ich mich, ob das ein zukunftstaugliches Konzept ist, ob ich nicht doch jemanden in meinem Leben haben will, mit dem ich zusammen bin, richtig zusammen bin. Abends gemeinsam einschlafen, morgens nebeneinander aufwachen, als fest verbundenes Paar den Alltag gestalten. Nicht bloß Freundschaft und Sex. Stattdessen Liebe – mit aller Vertrautheit und Zugehörigkeit. Sich zueinander bekennen ohne Fragezeichen, ohne angezogene Handbremse, in guten wie in schlechten Zeiten.

Was, wenn ich mir etwas vorgemacht habe? Was, wenn ein Freundschaft-plus-Sex-Arrangement die Leere in meinem Inneren nicht wirklich füllt, sondern nur oberflächlich zukleistert? Was, wenn sich mein Herz nach etwas viel Größerem sehnt? Nach dem wunderschönen Wort mit fünf Buchstaben, das für einige unter uns Angst und Schrecken verbreitet. Ja, an dem Punkt stehe ich gerade.«

Während seines lauten Sinnierens hatte er in die Ferne gestarrt, die eigentlich gar keine war, angesichts der uns umgebenden Dunkelheit. Nun sah er mich direkt an, und sein Tonfall klang süffisant und herausfordernd, als er fragte: »Klingt das für dich immer noch nach Lässigkeit und ›alles im Griff‹, Eva?«

Sein Blick bohrte sich in mein Herz, das wie wild klopfte. Das, was er gesagt hatte, genügte ohnehin schon, um mich zu verwirren und mehr Fragen aufzuwerfen, als zu beantworten. Doch die an mich gerichtete Äußerung stürzte mich in völlige Hilflosigkeit. Die Erkenntnis, dass er sich nach Liebe sehnte, befeuerte meinen inneren Konflikt mit einer neuen brandgefährlichen Zutat. Sehnte er sich nach einer Liebesbeziehung mit mir? Richteten sich seine Gedanken auf Lydia? Oder ging es eher um eine abstrakte Vorstellung von Liebe irgendwann mit irgendwem?

Ich zuckte nur mit den Achseln und bot damit Lydia eine Chance, die sie sich nicht entgehen lassen wollte. Mit einem betörenden Augenaufschlag himmelte sie ihn an. »Also mir macht das Wort Liebe keine Angst. Ich hätte sie sehr gerne in meinem Leben. Gemeinsam einzuschlafen, zusammen aufzuwachen und zueinander zu gehören, das klingt für mich wundervoll.«

Da Klaus den Blickkontakt nicht erwiderte, wanderten ihre Augen zu mir und sie betrachtete mich triumphierend. Angesichts dessen, was Klaus über seine Einstellung zur Liebe verraten, und was ich im Gegensatz dazu offenbart hatte, war sie sich nun anscheinend endgültig sicher, die besseren Karten zu haben. Gut möglich, dass sie die tatsächlich hatte! Ein kleiner Stich erschütterte mein Herz.

»Lydia, wenn du gerade so schön dabei bist«, meldete sich Harald, »willst du dann gleich weitermachen oder nicht?«

»Hm, eigentlich nicht.«

Georg mischte sich ein. »Hey, komm schon. Sogar wir harten Kerle haben hier den ultimativen Seelen-Striptease hingelegt, und du möchtest dich aus der Affäre ziehen? Was hast du zu verlieren? Du bist Single, das ist unübersehbar, aber dafür bist du beruflich Ms. Super-Erfolgreich.«

Lydia warf ihm einen vernichtenden Blick zu. Okay, die zwei konnten sich nicht sonderlich leiden. Auch das war unübersehbar. Doch insgeheim stimmte ich ihm zu. Ganz offensichtlich war sie eine erfolgreiche Karriere-Frau. Ihre Klamotten waren vom Feinsten, ihr Erscheinungsbild gepflegt, alles roch nach Geld, und sie war nicht die erste und nicht die letzte erfolgsverwöhnte

Frau, die solo war. Allerdings hatte ich das Gefühl, dass sie einer von den Menschen war, denen der äußere Schein derart viel bedeutete, dass es einem Totalabsturz gleichkommen würde, ihn aufzugeben – selbst wenn das in unserer Generation noch nicht so verrückte Blüten trieb wie im Social-Media-Irrsinn und Influencer-Gedöns der Jüngeren.

»Was weißt du denn schon?«, stieß sie wütend hervor.

»Na, jedenfalls, dass du Single bist«, giftete er zurück.

»Könnten wir bitte freundlich miteinander umgehen?«, ging Klaus mit beruhigenden Gesten dazwischen. »Lydia, wenn du nichts erzählen magst, ist das in Ordnung. Wir würden uns jedoch freuen, wenn du es tätest. Es ist ein merkwürdiges Gefühl, viel voneinander zu wissen, während eine Person im Dunkeln bleibt.«

Ein schräges Lächeln zog sich über sein Gesicht. »Na ja, momentan sitzen wir alle tageszeitbedingt ziemlich im Dunkeln, aber das erleichtert die Sache auch eindeutig, finde ich.«

Lydia griff nach ihrem nahezu vollständig gefüllten Weinglas und leerte es in einem Zug.

»Meinetwegen. Dann bekommt ihr eben das ultimative Geständnis. Ihr habt es nicht anders gewollt. Den Part, was bei mir gut läuft, spare ich mir, denn da gibt es nichts. Okay, ich will nicht undankbar sein: Ich bin gesund und ich habe wunderbare und immer noch rüstige Eltern. Das war es auch schon mit den positiven Dingen.«

»Hey«, tröstete Klaus mit beruhigender Stimme und legte fürsorglich den Arm um sie.

Sie quittierte das mit einem dankbaren Lächeln. Alles Herausfordernd-Flirtende hatte sich zumindest für den Moment aus ihrer Mimik verabschiedet.

»Also, weiter im Text. Ja, Georg, klar bin ich Single und danke für den Hinweis, dass das unübersehbar ist.« Ein spöttischer Blick blitzte aus ihren Augen in seine Richtung, worauf er mit abwehrend erhobenen Händen und einem knappen »Entschuldigung« reagierte.

»Mit dreißig Jahren habe ich mein erstes Burger-Restaurant eröffnet und es lief wie geschmiert. Die meisten Deutschen lieben Burger, nur nicht den Papp-Fraß der amerikanischen Ketten. Sorry, wenn ich das abfällig formuliere. Das ist nun mal mein Empfinden. Bei mir gab es von Profihand gebackene, schmackhafte Brötchen, die ich gemeinsam mit einer Bäckerei entwickelt habe, selbstgemachte Soßen, feine Pattys vom Metzger, frische Salate und Gemüse, durchgängig in Bio-Qualität. Der Erfolg hat mich umgehauen und war derart groß, dass ich mich rasch getraut habe, den nächsten Laden zu eröffnen. Und die Zahl der Filialen wuchs. Ich habe fast rund um die Uhr gearbeitet, bin am späten Abend todmüde ins Bett gefallen und am Morgen in aller Frühe aufgestanden. Zeit für einen Mann oder gar für Familie war keine vorhanden, nicht mal für Freunde. Da ähneln sich unsere Geschichten, Harald.«

Dieser nickte zustimmend und nun war er es, der sich vorbeugte und Lydia quer über den Tisch tröstlich die Hand auf den Unterarm legte.

»Nur der Ausgang war nicht derselbe. Nicht wie bei dir ein Burn-out. Okay, vielleicht wäre der noch gekommen. Doch eine andere Katastrophe ist dieser Möglichkeit zuvorgekommen. Ich bin Köchin, keine Betriebswirtin, und habe schon früh gemerkt, dass ich mit den ganzen finanziellen Angelegenheiten, mit Steuern und Buchhaltung überfordert bin. Deswegen habe ich das in die Hände des Steuerberaters meines Vertrauens gelegt. Tja, und das war wohl der Falsche. Ich will euch nicht mit Details langweilen, aber das Ende vom Lied ist, dass mein Unternehmen Anfang des Jahres schnurstracks in die Insolvenz gewandert ist. Alles, was irgendwie ging, habe ich aufgefahren, um es zu retten. Im Nachhinein weiß ich, dass das eine grenzenlose Dummheit war, doch nun kann ich es nicht mehr rückgängig machen. Nicht nur das Unternehmen ist weg, sondern auch mein Privatvermögen, das ich mir über fünfzehn Jahre aufgebaut habe. Ich habe also die ultimative Leistung vollbracht, Insolvenz und Privatinsolvenz anmelden zu müssen. Das einzig Gute, das mich ein Stück weit gerettet hat, ist die Tatsache, dass ich vor langer Zeit meinen Eltern ein Haus geschenkt habe, das auf sie eingetragen ist und deshalb nicht in die Konkursmasse fiel.« Sie stockte und auf ihren Wangen erschien ein sarkastisches Grinsen, das eine schmerzhafte Ähnlichkeit zum Joker aufwies.

»Hurra, mit fünfundvierzig Jahren wohne ich wieder bei meinen Eltern, habe kein Geld, musste mir sogar diesen Urlaub von ihnen sponsern lassen und hoffe auf den Märchenprinzen, der mich aus meinem verdammten Leben rettet. Georg, ich würde sagen: Ich hab's ebenfalls verkackt!«

Mit einer zackigen Bewegung griff sie nach der Weinflasche, füllte ihr Glas und kippte den Inhalt in einem einzigen Zug schwungvoll in ihren Mund.

»Hey, das ist keine Lösung«, raunte ihr Georg zu, und inzwischen klang auch seine Stimme verständnisvoll und weich. »Mach bitte nicht meine Fehler! Ich kann davon nur abraten.«

»Danke dir. Nein, das werde ich nicht tun. Aber in diesem Moment ist es, denke ich, erlaubt, mal über die Stränge zu schlagen. Ich schäme mich zutiefst für meine Dummheit. Und je heftiger ich mich schäme, desto mehr versuche ich, die glorreiche Fassade aufrechtzuerhalten.«

Die sonst so stille Helena ergriff zaghaft das Wort. »Ich finde nicht, dass es etwas zum Schämen gibt. Ich bin fast mein ganzes Leben in der Gastronomie tätig, habe damals in Deutschland bei meinem Vater bereits einiges mitbekommen. Aus diesem Grund weiß ich, wie zahlreich die wirtschaftlichen Gefahren sind, die dort lauern. Ich habe schon so oft Gastronomen scheitern sehen. Deswegen bin ich der Meinung, dass du stolz sein darfst, wie weit du gekommen bist!«

Gerührt schaute Lydia sie an. »Das ist lieb von dir. Danke. Ja, ich war tatsächlich stolz. Nur momentan habe ich nicht mal ansatzweise einen Plan, wie es weitergehen soll. Meine Eltern haben darauf bestanden, dass ich diesen Urlaub nicht absage, und ich hatte gehofft, dass mir durch den Abstand von zu Hause vielleicht neue Ideen kommen. Aber da herrscht Fehlanzeige.«

»Worauf hättest du denn Lust?«, hakte Anne nach, die sich bislang aus allen Gesprächen herausgehalten und aufmerksam gelauscht hatte.

»Da gibt es nicht viel. Klar muss ich irgendwie Geld verdienen, um die Schulden abzutragen und mich irgendwann aus dem Insolvenzverfahren zu befreien. Nur ist das nicht so einfach. Ich bin Köchin mit Leib und Seele. Schon als kleines Mädchen habe ich es geliebt, in der Küche zu hantieren und die wildesten Experimente zu machen. Doch die Arbeitsmarktlage ist in diesem Bereich zur Zeit katastrophal. Obendrein wird es die ultimative Herausforderung, aus der Selbstständigkeit in ein Angestelltenverhältnis zu wechseln. Mir wieder sagen lassen zu müssen, was ich wann wie zu tun habe – davor graust es mir, ehrlich gesagt. Natürlich wird mir nicht anderes übrig bleiben, aber ich habe mich noch nicht an den Gedanken gewöhnt.«

»Was heißt das jetzt? Willst du weiterhin als Köchin arbeiten oder nicht?«, erkundigte sich Anne.

»Ich kann ja sonst nichts«, gab Lydia kleinlaut zu. »Am liebsten würde ich erneut einen kleinen Burger-Laden eröffnen. Bloß einen einzigen und auf gar keinen

Fall expandieren. Allerdings braucht man dazu Startkapital und das habe ich nicht. In meiner Lage kann ich das Thema Bankfinanzierung abschreiben. Ich bekomme auf Jahre hinaus keinen Cent mehr.«

»Und wenn du einen Deal mit Freunden eingehst?«, schlug Klaus vor. »Dass das mit den Burger-Läden läuft, hast du bewiesen. Also ist der Markt da. Dass du es kannst und deine Qualität stimmt, ist ebenfalls belegt. Das klingt doch nach einem Super-Investment.«

Lydia lachte gequält auf. »Schöne Idee. Du hast nur einen Punkt in meiner Schilderung überhört. Ich habe keine Freunde.«

»Du hast uns«, antwortete er ganz ruhig.

»Was willst du damit sagen?« Leichenblass geworden starrte sie ihn an.

»Wie gesagt: Ich halte das für ein Super-Investment. Ich habe bereits weitaus gefährlichere Dinge gemacht und ja, ich habe dabei auch schon Geld verloren. Ich sehe hier im Hinblick auf deine Expertise und deine Erfahrung so gut wie kein Risiko.«

»Tut mir leid, ich kann dir nicht folgen. Wie soll so etwas funktionieren?«

»Och, da gibt es bestimmt viele Wege. So was müsste man mit einem Steuerberater besprechen – einem fähigen Steuerberater! Spontan würde mir Folgendes einfallen: Jemand kauft oder pachtet eine entsprechende Immobilie, begleicht die Verbindlichkeiten nach außen und verpachtet an dich weiter. Und anstelle einer Pacht, die du ja zunächst nicht aufbringen kannst, zahlst du einen Anteil vom Umsatz. Und wenn der Laden läuft, ist das für den Investor ein gutes Geschäft und du erhältst die Chance, dich zu sanieren.«

Ein vorsichtiges Leuchten war in Lydias Augen erschienen, während Klaus gesprochen hatte.

»Das klingt wie ein Kapitel aus einem Märchenbuch. Nur, wer macht so etwas? Und wo finde ich einen solchen Investor?«

Fragend ließ Klaus seine Blicke in die Runde schweifen. »Hätte jemand Lust, unter die Gastronomen zu gehen?«

Harald rutschte auf seinem Stuhl hin und her. Ihm war klar, dass wir um seine finanziellen Möglichkeiten wussten. »Prinzipiell schon, allerdings denke ich gerade über andere Konzepte nach«, druckste er herum. Ich hatte eine vage Vorstellung davon, was das für Konzepte sein könnten.

»Eva?«, brachte Klaus mich ins Spiel.

»Ich finde die Idee reizvoll, aber im Moment fordert mich meine Wohnung in Sachen Kreditraten genug. So große Spielräume habe ich nicht.«

Anne und Georg schauten sich lachend an, bis Georg trocken hervorbrachte: »Dass wir beide dafür zur Zeit nicht infrage kommen, dürfte selbsterklärlich sein.«

Aller Augen richteten sich gespannt auf Klaus. Er war nicht nur der Ideengeber, sondern zugleich der letzte, der übrig blieb, um seinem eigenen Vorschlag Leben einzuhauchen. Doch statt auf die Blicke zu reagieren und die unausgesprochenen Fragen zu beantworten, starrte er nachdenklich ins Nichts und nahm überhaupt nicht wahr, dass er am Zug war.

Leise sprach ich ihn an: »Klaus?«

Er zuckte zusammen und schien aus einer anderen Welt aufzutauchen. »Lasst mich da eine Nacht drüber schlafen. Ich glaube, ich habe eine Idee.«

»Echt jetzt? Du hast eine Idee?« Lydia himmelte ihn an, als wäre sie fünf Jahre alt und er der Weihnachtsmann. Auch ihr Gesichtsausdruck zeigte die Unschuld einer Fünfjährigen. Sämtliche Flirtallüren waren daraus verschwunden.

»Ja, allerdings ist sie noch unausgegoren. Und ich müsste ein paar Telefonate führen. Bitte mach dir erst mal keine Hoffnungen! Da könnte was gehen. Aber genauso gut könnte es ein Luftschloss sein, das sich in Wohlgefallen auflöst.«

»Egal. Danke, Klaus. Im Moment greife ich nach jedem kleinen Strohhalm.«

Spaziergänge mit mehr Fragezeichen

An diesem Abend war ich es, die Klaus abfing, als die Runde auseinanderging.

»Laufen wir wieder ein Stück?«

»Klar«, antwortete er, doch es klang nach wie vor verletzt.

»Das war ein ganz schön intensiver Tag«, begann ich, während wir am Meer entlang schlenderten.

»Ja, das war es.«

»Ich habe das Gefühl, dass du sauer bist. Und dass ich dich falsch eingeschätzt habe. Was die Lässigkeit angeht, meine ich.«

Klaus stieß einen tiefen Seufzer aus. »Schon okay, Eva. Und genau genommen habe ich keinen Grund, sauer zu sein. Wahrscheinlich hast du mich gar nicht falsch eingeschätzt. Für mich hat sich tatsächlich alles lässig angefühlt, als wir uns kennengelernt haben. Nur: Jetzt tut es das nicht mehr.«

»Was hat sich denn verändert?«, fragte ich mit bangem Herzen, ohne dass ich hätte sagen können, was ich gerne hören würde.

»Meine Träume haben sich verändert. Aus ›ich will auf keinen Fall eine Beziehung‹ wurde ›ich wünsche mir irgendwann eine Beziehung‹.«

Wieder stand sie im Raum, diese unausgesprochene Frage: *Eine Beziehung mit mir oder mit irgendeiner Frau?*, doch lieber hätte ich mir die Zunge abgebissen, als sie laut auszusprechen.

Eine andere Frage hingegen musste ich stellen, und ein klitzekleiner Teil in mir wünschte sich, dass sich mit der dazugehörigen Antwort meine inneren Kämpfe auflösen würden. Ein erschreckend großer Teil fürchtete das jedoch mehr als alles sonst auf der Welt.

»Und was bedeutet das für unseren Deal?«

»Tja, das weiß ich nicht so genau. Derzeit besteht ja kein Anlass, ihn zu beenden. Es sei denn, du kommst zu dem Ergebnis, dass Georg dir eher das bieten kann, was du suchst.«

»Und was ist mit Lydia?« Ich biss mir derart heftig auf die Unterlippe, dass ich spürte, wie sie aufsprang.

»Sie ist zweifellos eine attraktive Frau und an einer echten Beziehung interessiert. Aber ehrlich gesagt beschäftigt mich dieses Thema gerade nicht. Ich sollte erst mal selbst klarziehen, wie ich weitermachen will. Und ich bin nicht unbedingt der Typ, der direkt von einem Bett ins nächste hüpft.«

Spontan wollte mir ein »Ich auch nicht!« entweichen, bis mir bewusst wurde, dass das im Hinblick auf meine Überlegungen in Georgs Richtung eine glatte Lüge wäre. Wo war ich nur gelandet? Und was war aus mir geworden, dass ich derart in Versuchung geriet, meine Werte zu verraten?

»Und jetzt?«, fragte ich ratlos, weil ich über keine Orientierung mehr verfügte, an welchem Punkt dieses Gespräch angelangt war.

»Eva, das scheint dir noch nicht aufgefallen zu sein: Du bist die mit den Karten in der Hand! Du entscheidest zwischen Georg oder mir. Und solange du kein klares Statement abgibst, ruht unser Deal. Mehr kann und will ich dazu nicht sagen.«

Am nächsten Morgen ließ uns erstmals die griechische Sonne im Stich. Es regnete zwar nicht, doch dicke Wolken hingen über dem Meer und schienen damit verschmelzen zu wollen. Ein spürbarer Wind trieb höhere Wellen als sonst zum Ufer, die sich mit einem deutlichen Klatschen im Flutsaum brachen. Definitiv kein Badewetter!

Beim Frühstück, das zu meiner Freude trotzdem im Freien möglich war, beratschlagten wir, wie wir den Tag verbringen wollten. Klaus, der stiller war als üblich und mir eindeutig aus dem Weg ging, erklärte, dass er im Ferienhaus bleiben wolle, um geschäftliche Angelegenheiten zu klären. Dabei handelte es sich bestimmt unter anderem um die Idee, die er am Vorabend angedeutet hatte. Ein leichtes Grummeln im Magen fragte mich, ob das etwas werden könnte zwischen Lydia und ihm, obwohl oder gerade weil er gestern ausweichend reagiert hatte. Das Grummeln bekam Gesellschaft von einem innerlichen Augenrollen, als sie ebenfalls verkündete, ein paar Dinge erledigen zu wollen. Auch Harald kündigte an, in Avlaki zu bleiben, und ich hatte eine ungefähre Vorstellung davon, was ihn hier hielt.

Blieben noch Georg, Anne und ich. Wir diskutierten eine Weile und entschieden uns schließlich für eine Wanderung nach Agios Stefanos. Einer der schönsten Wanderwege Griechenlands würde uns dorthin führen, und wir hatten den Luxus, direkt vom Ferienhaus loslaufen zu können.

Eine halbe Stunde später starteten wir. Sicherheitshalber hatte ich einen Badeanzug untergezogen und ein Handtuch in den Rucksack gesteckt, denn man wusste ja nie, wie sich das Wetter entwickeln würde. Vielleicht klarte es im Laufe des Tages auf, dann hätte ich die Möglichkeit, mir eine ausgiebige Schwimmrunde zu gönnen.

Einträchtig und schweigend liefen wir hintereinander her. Ich war erleichtert, dass wir zu dritt waren und mit Anne sozusagen ein Anstandswauwau für Ordnung sorgen konnte. Tatsächlich benahm sich Georg wie ein guter Freund von uns beiden und hielt sich mit Blicken oder sonstigen Anzüglichkeiten zurück.

Nachdem wir das Ende »unseres« Strandes erreicht hatten, führte ein Weg durch dichten Wald, der nach einer kurzen Strecke auf einen zweiten Strandabschnitt stieß, von dessen Existenz ich bislang keine Ahnung gehabt hatte. Fasziniert blieb ich stehen und sog die idyllische Atmosphäre dieses abgelegenen Ortes mit der fantastischen Aussicht über das Meer in mich auf.

Doch mir war bewusst, dass weitere traumhafte Strände auf uns warteten. Dieser Zipfel von Korfu war weitestgehend von menschlichem Zugriff verschont geblieben – wenn man von dem schmalen Pfad absah, der ihn zumindest für Spaziergänger erschloss. Aber es gab weder Straßen noch Siedlungen. Die Buchten waren entweder zu Fuß oder von der Wasserseite aus erreichbar.

Obwohl wir gemächlich liefen, trafen wir schon eine knappe halbe Stunde später auf die östliche Seite der Landzunge. Akoli Beach lag in seiner ganzen einsamen Pracht vor uns. Anscheinend hatten wir Glück, dass hier gerade keine Ausflugsschiffe anlegten. Der weiße Kies, das türkisgrüne Wasser und die sich im Hintergrund abzeichnenden albanischen Bergen schufen ein unglaubliches Panorama, das meine Seele durchatmen ließ und mit frischer Kraft betankte. Ohne große Worte setzten wir uns an den Strand und genossen die Atmosphäre.

Nach einer weiteren Wegstrecke durch den Wald hatten wir endgültig den Teil des Pfades erreicht, der uns mit überwältigenden Aussichten direkt am Ufer entlang nach Agios Stefanos führte. Als wir in dem kleinen Hafendörfchen eintrafen, standen die Zeiger meiner Armbanduhr bereits auf ein Uhr mittags und wiesen damit die perfekte Zeit für einen genüsslichen Mittagssnack aus. Wir suchten uns eine der unmittelbar am Hafen gelegenen Tavernen aus und streckten genießerisch alle viere von uns. So winzig das Örtchen war, so traumhaft war die Lage!

»Georg, du hast ja gestern von deiner Arbeit als Illustrator gesprochen«, eröffnete Anne das Gespräch, während wir auf das Essen warteten. »Was machst du denn sonst noch neben den Büchern, die du mit Klaus gestaltest.«

»Das hast du nett formuliert«, lachte er. »Klingt fast, als wären wir gleichberechtigte Partner.«

»Stell dein Licht nicht unter den Scheffel!«, intervenierte ich. »In den letzten Monaten habe ich miterlebt, wie viel Wert Klaus auf dein Urteil legt und wie gern er deinen Rat einholt, wenn er irgendwo feststeckt. Ich denke, dass du für ihn ein gleichberechtigter Partner bist. Warum macht ihr nicht zusammen Veranstaltungen? Du könntest während der Signierstunde kleine Bildchen skizzieren von Feodora und Fritzchen oder sogar von den Kindern, die dabei sind. Ich habe gehört, wie sensationell gut und schnell du zeichnen kannst. Geh doch mal mit raus an die Front!«

»Wenn Klaus mich nicht fragt ...«, winkte er lapidar ab.

Ich rollte genervt mit den Augen. »Hey, du Diva! Vielleicht fragt er dich nicht, weil er nicht einfach deine Zeit vereinnahmen will oder weil er denkt, dass du das nicht möchtest. Keine Ahnung! Dafür kann es tausend Gründe geben. Das wirst du allenfalls herausfinden, wenn du mit ihm redest.«

»Jawoll, Frau Oberlehrerin«, antwortete er salutierend und zwinkerte Anne frech zu, die daraufhin in schallendes Gelächter ausbrach. Überrascht stellte ich fest, wie hübsch ihre Bernsteinaugen funkelten, während sie ausgelassen lachte. Auch Georg starrte für einen Moment verzückt in ihre Richtung.

»Mir fällt da spontan was ein«, murmelte sie gedankenverloren vor sich hin. »Wenn ich meine Selbstständigkeit starte, würde ich gerne nicht nur Einzelbetreuung für Senioren anbieten, sondern genauso Gruppenkurse – Singen, Basteln, Tanzen und womöglich Zeichnen. Wie wäre es, wenn du dich da einbringst? Vielleicht könnten wir sogar über Großeltern-Enkel-Nachmittage nachdenken oder Kooperationen zwischen Seniorenheimen und Kindergärten. Dann hätten beide was davon.«

»Wow, bei dir ist ja eine geballte Ladung Kreativität durchgebrochen!«, staunte Georg.

»Ja, tatsächlich. Seit ich mir die Erlaubnis erteilt habe, diesen Weg für realistisch zu halten, fliegen mir die Ideen nur so zu. Also, was meinst du?«

»Das klingt echt gut. Das würde mir Spaß machen, und ich hätte das schöne Gefühl, eine zweite sinnvolle Tätigkeit auszuüben. Ja, lass uns daran tüfteln, wenn wir wieder in der Heimat sind.«

Auf einmal konnte ich mich nicht mehr bremsen und nun war ich es, die lauthals loslachte. »Mensch, Leute, wir sind gerade drei Tage hier und es entsteht eine Kooperation nach der anderen. Als wir uns auf dem

Flughafen kennengelernt haben, dachte ich: sechs Gestrandete auf dem Weg nach Korfu. Und jetzt schaut nur, was sich seitdem entwickelt hat.«

»Stimmt, das ist beeindruckend«, gab mir Anne recht. »Aber ihr wisst schon, wem wir das zu verdanken haben, oder?«

»Absolut«, entgegnete ich nickend und grinste. »Da hat Harald einen unglaublichen Riecher besessen und eine ganze Lawine losgetreten. Wer weiß, was noch alles passiert in den kommenden eineinhalb Wochen ...«

Auch auf dem Rückweg ließen wir uns Zeit und genossen das harmonische Miteinander. Erst am späten Nachmittag kamen wir in Avlaki Beach an. Mittlerweile hatte sich das Blau den Himmel zurückerobert und die Temperaturen reagierten sofort. In angenehmer Wärme stapften wir am Strand entlang, während die tief stehende Sonne funkelnde Perlen über das Wasser jagte und uns blendete. Wir waren bereits auf der Höhe von Alexios' Taverne angelangt, als mein Blick auf die zwei Menschen fiel, die vor dem Eingang zu unserem Ferienhaus standen und sich eng umschlangen. Ich kniff die Augen zusammen, weil ich nicht glauben wollte, was ich sah. Ich blinzelte und starrte erneut. Doch egal, wie oft ich das Bild fixierte, es blieb dasselbe. Klaus und Lydia hielten sich aneinander fest.

Anne stieß mir den Ellenbogen in die Rippen und flüsterte: »Schau mal.« Nicht nötig, geschaut hatte ich schon – mehrfach!

Während wir am Näherkommen waren, lösten sich die beiden langsam voneinander. Ich hatte das Gefühl, gleich zu explodieren. Da hatte Klaus die beleidigte Leberwurst gespielt, weil ich ihm keine klare Auskunft gegeben hatte, wie ich mein Verhältnis zu Georg einordnete, und nun schnappte er sich weniger als vierundzwanzig Stunden später Lydia. Ich spürte, wie mein Puls im Hals hämmerte und sich mein Magen zusammenzog. Mein ganzer Körper schien aus Adrenalin und Wut zu bestehen. Am liebsten hätte ich Lydia eigenhändig von Klaus weggezerrt und ins Meer gestoßen. Eine heiße Röte schoss mir ins Gesicht. Ich musste die Hände zu Fäusten ballen, um nicht die Beherrschung zu verlieren.

Ohne den geringsten Anflug eines schlechten Gewissens drehte sich Klaus in unsere Richtung. »Hi. Na, schönen Ausflug gehabt?«

Zum Glück war ich nicht auf mich allein gestellt und Georg sprang mit zufriedenem Gesichtsausdruck ein. Klar, für ihn musste sich das nach freier Bahn bei mir anfühlen! »Kann man wohl sagen. Und wie es aussieht, habt ihr die Zeit zu zweit ausgiebig genutzt, würde ich mal behaupten.«

»Ja, haben wir«, antwortete Klaus knapp, während Lydia strahlte wie eine Glühbirne mit tausend Watt. Gab es so was überhaupt? Egal! Vermutlich funkelten ihr Glück und meine Wut um die Wette. Nur gut, dass es nicht dunkel war, sonst wäre die Feuerwehr angerückt, um einen vermeintlichen Brand zu löschen.

Ich wollte hier weg und ich brauchte Abkühlung. Ohne mich weiter um die Mitreisenden zu kümmern, drehte ich mich um, stapfte zum Strand und schmiss die Klamotten ab. Ich lobte mich für die Eingebung, einen Badeanzug unter der Kleidung zu tragen. Mich ins Wasser zu stürzen, war das Einzige, was mir im Moment in den Sinn kam. Nein, nicht für immer, aber um mir bei einer ordentlichen Runde den Frust von der Seele zu schwimmen. Bei jedem Zug, den ich dem Elend davonkraulte, schnaubte ich wie ein Walross – so aufgebracht war ich. *Mistkerl, Mistkerl, Mistkerl,* lautete der Rhythmus, der durch mein Inneres hallte.

Er wäre nicht der Typ, der direkt von einem Bett zum Nächsten springt, hatte er behauptet. Eine Lüge! Ich wäre diejenige, die die Karten in der Hand hielte. Von wegen! Gerade einen Tag war ich ohne ihn unterwegs gewesen und schon hatte er sich umorientiert. Ich schwamm und schwamm und schwamm, als hinge mein Leben davon ab. Erst, als ich so langsam befürchtete, mich der Fahrrinne zu nähern, in der die großen Schiffe ihre Bahnen zogen, stoppte ich schweratmend und legte mich auf den Rücken. Ich sah zum Ufer und erschrak, wie weit es entfernt lag. Nicht, dass mir das Angst bereitet hätte, dazu war ich eine zu gute Schwimmerin, aber es irritierte mich, dass ich nicht bemerkt hatte, wie lange ich durchs Meer gepflügt war. Einen winzigen Punkt machte ich am Strand aus, wie wenn da jemand stünde und zu mir schaute.

Gemächlich kraulte ich Richtung Land. Es dauerte eine ganze Weile, bis ich dort wieder Details ausmachen konnte und merkte, dass es Klaus war, der mich beobachtete. Als ich in unmittelbarer Reichweite des Ufers anlangte, drehte er sich um und verschwand. Toll! Feigling! Empört legte ich die letzten Meter zurück, doch die wilde Jagd durchs Wasser hatte mich so weit erschöpft, dass ein Teil der Wut sich in ein Gefühl der grenzenlosen Enttäuschung verwandelt hatte. Die Restwut sorgte dafür, dass ich einen Entschluss fasste: Heute würde ich mit Georg flirten, und zwar nach allen Regeln der Kunst und notfalls bis zum Äußersten!

Flirtmarathon mit ungeplantem Finale

Bewusst ging ich an diesem Abend nicht direkt zum Restaurant. Ich hatte kurz durch das Gartentor gespäht und festgestellt, dass Harald und Helena – wie üblich – beieinandersaßen. Sonst war noch niemand aus unserer Reisegruppe vor Ort. Nicht mal die Düsseldorfer Freunde konnte ich entdecken.

Abwartend lungerte ich im Garten herum, tat so, als würde ich mich unglaublich für die Flora interessieren und schnupperte scheinbar genießerisch an den Blüten. Doch meine Sinne waren ausschließlich darauf fixiert, Georg beim Verlassen seiner Haushälfte abzufangen. Heute wollte ich nichts dem Zufall überlassen. Unbedingt musste ich bei ihm sitzen!

In dem Moment, als er aus der Tür trat, schlenderte ich gemächlich auf ihn zu und hakte mich bei ihm unter.

»Na, Georg, war ein schöner Tag, oder?«

»Sehr schön«, antwortete er und musterte mich angesichts meiner plötzlichen Annäherung überrascht.

»Wollen wir rübergehen?«, fragte ich, während ich – wie selbstverständlich – weiterhin untergehakt neben ihm her stolzierte.

Ein kurzer Blick über die Schulter sagte mir, dass Klaus aufgetaucht war und den Weg hinter uns herlief. In mir tönte ein stilles Triumphgeheul. *Na warte, mein*

Lieber, du wirst heute noch dein blaues Wunder erleben! Der zurechnungsfähige Teil meines Verstandes erklärte mir, dass ich mich absolut lächerlich aufführte, aber der in mir tobende Zorn war viel zu groß, um sich davon beeindrucken zu lassen.

Der Extra-Einsatz, Georg bereits vor der Tür abzufangen, wäre gar nicht nötig gewesen, denn wir landeten ohnehin auf denselben Plätzen wie sonst. Auch Klaus begab sich direkt zu seinem Stammplatz. Um so besser! Auf diese Art konnte er meine Vorstellung des heutigen Abends wenigstens frontal genießen. Kurz schoss mir durch den Kopf, dass das allerdings den unangenehmen Nebeneffekt beinhaltete, dass ich mir seine ebenfalls anschauen musste. Das wiederum gefiel mir überhaupt nicht ...

Für einen klitzekleinen Moment durchzuckten mich Zweifel, als mir bewusst wurde, dass Klaus ohne Lydia hier aufgeschlagen war. Also schienen sie ihre Zeit in getrennten Zimmern verbracht zu haben. Andererseits, was sagte das schon? Wahrscheinlich brauchte sie einfach länger, um sich in Schale zu werfen.

Anne und Lydia trafen kurz darauf gemeinsam ein und die Runde war komplett. Bevor sie sich setzte, legte Lydia ihre Hand auf Klaus' Schulter. Nachdem sie Platz genommen hatte, strahlten die beiden einander an. Ich spürte Übelkeit in mir aufsteigen. Verdammt! Meine Mission war es, ihm eine bühnenreife Vorstellung zu bieten, und nicht, sie mir von ihm bieten zu lassen!

Helena brachte die Karten, doch ich nahm meine nicht zur Kenntnis, hakte mich stattdessen erneut bei Georg unter und lehnte den Kopf an seine Schulter. »Na, was gibt es Feines?«, fragte ich, als sei ich nie zuvor hier gewesen.

Auf Georgs Gesicht erschien ein breites Grinsen. Wahrscheinlich war ihm klar, was ich für eine Show abzog und warum, aber wenn er der Nutznießer davon sein würde, wieso nicht? Zwischen uns waren die Fronten ohnehin geklärt. Er wusste, dass ich keine Beziehung mit ihm wollte, also bestand keine Verletzungsgefahr.

Er hielt die Karte in die Mitte, sodass wir beide hineinschauen konnten, zog seinen Arm unter mir hervor und schlang ihn um meine Schultern. »So geht's besser«, lachte er.

Zu gern hätte ich einen Blick auf Klaus geworfen, doch das hätte meine zur Schau getragene Coolness unterminiert. Deswegen strahlte ich lieber Georg an und bestätigte seine Aussage mit einem in anzüglichem Ton hervorgebrachten »Stimmt!«.

Nachdem Helena unsere Bestellung aufgenommen hatte, platzte Lydia heraus: »Ich muss euch etwas erzählen!«

Sämtliche Augen richteten sich gespannt auf sie, einschließlich meiner. Allerdings lag in meinem Blick nicht nur Spannung, sondern auch eine gehörige Portion funkelnder Wut.

»Ich bin wieder im Geschäft«, stieß sie aus.

Begeisterter Jubel erklang, und ich würgte mir zumindest ein tonloses »Toll!« hervor.

Annes Miene leuchtete vor Freude und wissbegierig fragte sie: »Wie das?«

Lydia betrachtete Klaus auf eine unverschämt liebevolle Weise. »Klaus wird eine passende Immobilie kaufen oder pachten, um ein gemeinsames Konzept hochzuziehen. Und ich werde für die Gastronomie sorgen mit Burgern und mehr. Er bekommt dafür einen Teil des Umsatzes, sodass ich mir das trotz meiner prekären Lage leisten kann. Wir müssen das juristisch noch so eintüten, dass es konform ist mit den Bedingungen des Insolvenzverfahrens, aber das kriegen wir hin. Wenn alle Stricke reißen, stellt er mich als Restaurantleiterin ein, dann funktioniert es auf jeden Fall.«

Erstaunte und begeisterte Kommentare machten die Runde, bis Harald interessiert nachfragte: »Und was wird das für ein Konzept sein?«

»Mir spukt schon ewig ein Gedanke im Kopf herum, doch bislang war er nicht ausgegoren«, erklärte Klaus. »Ich würde gerne einen Kultur-Treffpunkt schaffen, und zwar in stilvollem Rahmen. Teilweise gibt es ähnliche Projekte in anderen Städten, aber meistens sind die entsprechenden Locations eher einfach gehalten. Nur selten kann man dort eine richtige Mahlzeit einnehmen. Was ich mir vorstelle, ist ein Ort, der sowohl mit leckerem Essen als auch mit kulturellen Angeboten aufwartet. Livemusik, Lesungen, Comedy, Kabarett und vieles mehr. Außerdem wünsche ich mir seit Langem eine feste

Anlaufstation für ›Best of Frogs‹. Momentan tingeln wir, müssen schauen, wo wir auftreten können und mit den dortigen Gegebenheiten zurechtkommen. Erheblich schöner wäre es, einen Raum zu haben, in dem alles perfekt für unsere Ansprüche eingerichtet ist und in dem wir die Kreativität nach unserem Gusto ausleben können.«

Sein Blick huschte zu Georg. Als er realisierte, dass dieser mich immer noch im Arm hielt, wanderten seine Augenbrauen genervt eine Etage höher. Nach einem kurzen Zögern fuhr er dennoch fort. »Ich denke nicht nur an Musik, sondern auch an Kunst. Wir könnten deine Illustrationen ausstellen, Georg, Kunstnachmittage veranstalten, Events mit Karikaturen anbieten, Firmenfeiern ausrichten und tausend weitere Sachen, die uns einfallen. Ich hätte gerne meine Freunde an Bord. Mit den Bandkollegen habe ich im Lauf des Tages ausführliche Telefonate geführt ...« Meine Gedanken schlugen Purzelbäume. Wenn er heute derart viel telefoniert und organisiert hatte, hatte er dann überhaupt Gelegenheit, etwas mit Lydia anzufangen? Unwillig schob ich die Überlegungen beiseite, doch der Samen eines Fünkchens Hoffnung war gesät. »... und sie haben begeistert zugestimmt. Ich würde mich freuen, wenn du dabei wärst, Georg. Den kompletten Gastro-Bereich wird Lydia managen. Ich denke, dass Burger wunderbar zu dem Konzept passen. Vielleicht auch Steaks und Salate. Tja, das ist der Stand der Dinge.«

Mit ehrfürchtigem Staunen betrachteten wir ihn. Nach und nach stellten wir unsere Fragen – okay, nicht wirklich wir, sondern eher die anderen –, und die frisch gebackenen Geschäfts- (und Liebes-?) -partner beantworteten sie geduldig.

Lydia legte Klaus ein weiteres Mal die Hand auf die Schulter. »Ich kann es noch gar nicht glauben. Als ich hierhergekommen bin, war mein Leben ein Trümmerhaufen. Euch davon zu erzählen, war das Letzte, was mir in den Sinn gekommen wäre. Dass jetzt ausgerechnet das dafür gesorgt hat, dass ich wieder eine Perspektive habe, ist unfassbar.«

»So ist das oft«, murmelte Harald. »Nur, wenn wir in die völlige Offenheit gehen – anderen und uns selbst gegenüber –, hat das Leben eine Chance, uns Geschenke zu machen.«

»Ui, das solltest du als Kalenderspruch einreichen«, scherzte Georg.

»Keine schlechte Idee«, erwiderte Harald mit einem Grinsen. »Das könnte ein weiteres Geschäftsfeld für mich werden.«

»Wieso ein weiteres Geschäftsfeld?«, hakte ich nach und war froh, mich für einen Moment von Klaus und Lydia ablenken zu können.

»Nun ja, auch bei mir sind ein paar Konzepte für die Zukunft entstanden. Aber das ist noch nicht spruchreif. Deswegen bitte ich euch um ein wenig Geduld.«

»Es hat nicht zufällig etwas zu tun mit einer reizenden jungen Frau und einer zauberhaften Taverne in Griechenland?«, lästerte ich.

»Abwarten«, gab er schmunzelnd und geheimnisvoll zurück.

Nachdem die zahlreichen Schüsseln, Platten und Teller von unserem wie immer reich gefüllten Tisch verschwunden waren, tauchte Alexios mit der obligatorischen Flasche Ouzo auf, und auch Helena gesellte sich zu uns. Wie jeden Abend wurde der Garten durch ein Meer an Windlichtern erhellt, und magische Schatten tanzten über unsere Gesichter. Ich war froh, dass die Dunkelheit Schutz spendete und mein aufgewühltes Innenleben vor den Blicken der anderen verbarg. Am Chaos in mir hatte sich nichts verändert. Lydia und Klaus verzichteten auf Zärtlichkeiten, aber dennoch herrschte zwischen ihnen eine unübersehbare Vertrautheit, die mich beinahe um den Verstand brachte. Die Gespräche liefen weiter und vieles kreiste um die Zukunftspläne, die geschmiedet worden waren.

Als Lydia plötzlich nach Klaus' Hand griff, sie fest umklammerte und mit liebevoller Miene kundtat: »Ich werde Klaus für immer und ewig dankbar sein für dieses sensationelle Angebot«, legte sich ein Schalter in mir um.

Ich hielt es nicht mehr aus. Eine Welle aus Eifersucht überschwemmte mich, stach mit eisigen Nadeln ins Herz und schnürte mir derart die Luft ab, dass ich zu ersticken glaubte. Eifersucht, verdammt noch mal Eifersucht! Bei all dem Irrsinn, der in mir tobte, wurde mir eines in dieser Sekunde mit absoluter Klarheit bewusst: Diese Emotion konnte ausschließlich dort existieren, wo es reichlich Liebe gab. Mehr als jemals zuvor spürte ich, dass es hier nicht nur um ein winziges Quäntchen des unerwünschten Gefühls ging. Nein, das Herz quoll mir buchstäblich über vor Liebe – so sehr, dass es sich anfühlte, als würde es platzen. Das unsägliche Wort aus meinem Sprachschatz zu tilgen, brachte nichts, solange es mein Herzschlag unaufhörlich klopfte. Lie-be, Lie-be, Lie-be. Ich musste es beenden. Jetzt! So schnell wie möglich: Raus aus dem Murmeltier-Film!

»Hast du Lust auf einen Strandspaziergang?«, wandte ich mich abrupt an Georg.

Er fixierte mich erstaunt, erhob sich aber umgehend. Mit einem hochzufriedenen Blick warf er in die Runde: »Wir sind dann mal weg.«

Ich wagte es nicht, Klaus anzusehen, drehte mich um und lief ein paar Schritte zum Strand. Georg folgte mir, zog mich eng an seine Seite und ich ließ es geschehen. Stumm schlenderten wir im Schneckentempo am Flutsaum entlang und lauschten dem sanften Plätschern der Wellen. Nicht einmal das konnte mich beruhigen. Mein Herz fuhr Achterbahn und ich wurde hart in die Kurven gedrückt, unfähig, auch nur für einen Moment durchzuatmen. Das Blut rauschte in meinen Ohren und ich wünschte, es würde mir die Schwärze einer Ohnmacht bescheren. Doch ich blieb bei Bewusstsein. Ich wollte es endgültig hinter mich bringen: die Liebe in mir durch ein Intermezzo mit Georg verjagen, den Deal beenden und Klaus in das Nichts verbannen, aus dem er in meine Welt getreten war. Endlich wieder Kontrolle haben, wieder Herrscherin in meinem Universum sein und die Eva aus der Parallelwelt dorthin zurückbeamen, wo sie hingehörte – in eine andere Zeit, in ein anderes Leben, weg aus der Wirklichkeit.

»Sollen wir auf dein Zimmer gehen?«, fragte ich in die Stille der Nacht.

Ich hörte, wie Georg erstaunt einatmete. Unmittelbar danach erklang ein heiseres »Unbedingt!«

In deutlich rascherem Tempo, als wir den Strand eben entlanggeschlendert waren, drehten wir um und näherten uns unserem Domizil. Als wir auf der Höhe von Alexios' Taverne anlangten, lösten unsere Freunde gerade die Runde auf. Ich spürte, dass Klaus mich ansah, vermied es jedoch, seinen Blick zu erwidern. Noch ein wenig schneller zog ich Georg hinter mir her. So lange hatte ich darauf gewartet, eine Entscheidung zu treffen, nun wollte ich sie vollziehen. Jede Sekunde, die verstrich, kam mir vor wie vertane Zeit auf dem Weg zum großen Finale, das mich von allen Qualen befreien sollte. Fast rannten wir ins Obergeschoss.

Georg schloss die Tür und schaute mich aus dunklen, gierigen Augen an. »Eva, endlich!«, stieß er hervor.

Ungestüm riss er mich in seine Arme, presste seinen Körper an mich und begann, mich wild und leidenschaftlich zu küssen. Dieser Kuss war herrlich, eine Wohltat! Kein noch so kleines, lästiges Gefühl schlich sich in mein Herz. Er war unkompliziert, frei und fand unter Beteiligung einer einzigen Dimension meines Selbst statt – dem Körper. Seele und Verstand hatten Ausgang, durften sich erholen, durchatmen. All die Last der vergangenen Monate fiel von mir ab. Nur dieser Moment war wichtig, sonst nichts. Ich gab mich dem Kuss hin, während meine Hände auf Georgs Rücken rauf und wieder runter wanderten, was ihm ein genießerisches Stöhnen entlockte.

Und genau dieses Stöhnen ließ mich aus dem Rausch erwachen. Meine Seele war zurückgekehrt. Offensichtlich hatte sie keine Lust auf Ausgang.

Es war der falsche Mann, der hier stöhnte!

Egal, was ich auf der Jagd nach Erlösung unternehmen, durch wie viele Betten ich mich schwingen würde, es blieb eine vollkommene Wahrheit: Ich liebte Klaus. Nicht nur die Eva aus dem Paralleluniversum, sondern ich, die reale Eva, Psychotherapeutin aus Tübingen auf der verzweifelten Suche nach Kontrolle in ihrem Leben.

Ich konnte nicht davonrennen. Es gab keinen Ausweg. Unabhängig davon, ob ich mit ihm zusammen wäre oder nicht, würde es mir das Herz zerreißen, wenn das Schicksal entscheiden würde, ihn mir zu nehmen, wie es das mit Leo und Oliver getan hatte. Die Zeit bis dahin zu genießen, war das Einzige, was ich tun konnte. Und zumindest ein besonders wagemutiger Teil in mir wünschte sich, dass sie so schnell wie möglich begann, falls es nicht ohnehin schon zu spät war.

Ich entwand mich aus Georgs Armen und betrachtete ihn atemlos. »Tut mir leid, Georg. Ich kann nicht.«

Ein weiteres, dieses Mal klagendes Stöhnen entfuhr ihm. »Eva, das ist nicht dein Ernst.«

»Es tut mir wirklich leid. Ich wollte dich nicht an der Nase herumführen. Mir ist gerade klar geworden, dass ich mir etwas vormache. Und nicht nur mir, dir genauso. Ich hätte dich benutzt, und das hast du nicht verdient. Bitte verzeih mir!«

Er strich mir sanft mit der Hand über die Wange. »Du liebst Klaus, richtig?«

»Ja.«

»Ich wusste es. Aber ich hatte gehofft, ich könnte das ändern.« Mit einem herausfordernden Grinsen ergänzte er: »Oder dich zumindest für eine heiße Affäre gewinnen.«

Mit einem erheiterten Kopfschütteln betrachtete ich ihn, dankbar dafür, dass er es mir so leicht machte. »Ich hatte auch gehofft, du könntest an meinen Gefühlen etwas ändern. Das war ein ziemlich kindischer, unreifer und vollkommen unrealistischer Plan. Sorry, Georg.«

Ich sah ihn ein letztes Mal entschuldigend an, zuckte hilflos mit den Schultern und verschwand aus seinem Zimmer.

Küss keinen Frosch, denn ...

Auf leisen Sohlen huschte ich aus dem Haus und warf einen verstohlenen Blick in den Garten. Niemand zu sehen. Auch in unserer Haushälfte war nichts zu hören. Ich begab mich direkt ins Bad, ließ mehrere Hände gefüllt mit eiskaltem Leitungswasser über das Gesicht strömen und putzte mir die Zähne, als könne ich damit die Scham, die ich für diesen Kuss empfand, wegwischen.

Lautlos schloss ich die Badezimmertür und schlich durch mein Zimmer auf die Terrasse. Einfach ein paar Minuten durchatmen. Meine Augen suchten das Meer ab, wanderten in die Ferne über das dunkle Wasser hinweg, auf dem der Mond funkelnde Effekte kreierte und die Dunkelheit durchbrach. Mein Puls normalisierte sich. Doch erst eine halbe Stunde später hatte ich das Gefühl, wieder klar denken zu können.

Und nun? Ich fühlte mich viel zu aufgewühlt, um zu schlafen. Sollte ich gleich mit Klaus sprechen oder lieber morgen früh? Die feige Bequemlichkeit und die nackte Angst riefen mir zu: »Morgen früh«, aber mein aufgeregt hüpfendes Herz konnte nicht warten. Es wollte Klarheit schaffen, endlich! Eilig lief ich zu Klaus' Zimmer und öffnete langsam die Tür. Nichts als Leere empfing mich. Wo steckte er? Hoffentlich nicht bei Lydia? Das wäre die

Krönung, wenn es für die schlussendlich gewonnene Einsicht über die Unausweichlichkeit meiner Liebe jetzt zu spät wäre. Im Erdgeschoss hielt ich inne und lauschte, ob ich verräterische Laute aus ihrem Raum hören könnte, doch es blieb still.

Der Garten lag verlassen vor mir. Ich untersuchte jeden Winkel, um sicherzugehen, dass Klaus sich nicht in eine versteckte Nische zurückgezogen hatte. Erst, als ich kurz davor war, aufzugeben, entdeckte ich eine zusammengerollte Gestalt auf einer der Liegen. Mit heftig klopfendem Herzen schlich ich mich näher heran.

»Klaus?«, wisperte ich fragend.

»Nein«, kam es zurück von der Person, die ich momentan von allen am wenigsten treffen wollte.

»Oh, Lydia, entschuldige. Ich suche Klaus. Ist er nicht bei dir?«

»Wenn er nicht gerade einen Tarnumhang besitzt, eher nicht«, entgegnete sie süffisant.

»Wieso nicht?«, brachte ich mühsam mit bebender Stimme hervor. »Seid ihr jetzt ein Paar oder seid ihr kein Paar?«

»Mensch, Eva, du hast echt nicht alle Latten am Zaun. Glaub mir, wenn wir zusammen wären, dann würde das ganz anders aussehen. Ja, ich habe mich an Klaus rangemacht, weil ich auf eine kindliche Weise hoffte, er könne mich aus meinem Desaster retten. Wie der glänzende Prinz auf seinem edlen Ross. Das war albern, unreif und ziemlich verzweifelt. Doch damit ist Schluss. Ich werde mein Leben wieder in den Griff bekommen, und zwar allein. Das, was Klaus beruflich für mich getan hat, ist mehr als genug, und ich werde ihm dafür immer und ewig dankbar sein. Keine Bange: Die Jagd auf ihn ist beendet. Zumindest, was mich angeht.«

»Aber, aber, aber, Klaus, ich dachte ...«, stammelte ich.

»Eva, ich glaube, dir würde es verdammt guttun, endlich mit dem Denken aufzuhören. Mach schon, schnapp ihn dir! Ich schätze mal, er ist am Strand.«

Einen Moment stand ich ratlos da, beschäftigt damit, die neuen Informationen zu verarbeiten. Dann machte ich auf dem Absatz kehrt, verließ das Grundstück und begab mich zum Meer.

Dunkelheit umfing mich, doch der Mond spendete ausreichend Licht, um zumindest die Schatten der Umgebung erkennen zu können. Ich beschloss, am Wasser entlangzuwandern. Selbst wenn ich dabei nicht auf Klaus treffen würde, täte es mir gut, einen Teil des aufgestauten Adrenalin-Überschusses abzubauen.

Am Ende der Bucht tauchte plötzlich ein undefinierbarer Umriss aus dem eintönigen Grau auf. Mein Herz schlug schneller. Mir wurde bewusst, dass ich hier mutterseelenallein umherschlich. Der Konsum von zu vielen Horror-Filmen in der Jugend weckte Bilder, die mich gruseln ließen. Trotzdem wanderte ich weiter. Ich musste wissen, ob Klaus hier war. Mich würde schon keine wilde Bestie überfallen.

Noch ein paar Schritte, dann hatte ich Gewissheit. Auf einer quergestellten Liege saß der Mann, den ich gesucht hatte, obwohl ich mir alles andere als sicher war, ob ich ihn auch finden wollte. Angst überfiel mich in Schüben.

Das Knirschen der Kieselsteine hatte mich angekündigt, lange bevor ich ihn entdeckt hatte. »Na, sensationellen Sex gehabt?«, fragte er in die Stille, als ich wenige Meter von ihm entfernt innehielt. Seine Stimme klang spöttisch und verletzt, wie ich mit einem gewaltig schlechten Gewissen feststellte. Gleichzeitig schaffte die verletzte Einfärbung Raum für ein Fünkchen Hoffnung.

Behutsam setzte ich mich neben ihn und hielt dabei einen respektablen Abstand ein. Das, was vor mir lag, war schon schwer genug. Da half das Gefühl einer persönlichen Sicherheitszone. »Ich hatte keinen Sex«, erwiderte ich.

»Nein?« Seine Verwunderung schien derart groß zu sein, dass er den Kopf mit einer Mischung aus Überraschung und Erleichterung in meine Richtung drehte.

»Nein.«

»Wie das?«, fragte er nun deutlich neutraler, obwohl er immer noch angefressen wirkte.

»Ich konnte nicht.«

»Wieso?«

»Weil ich ihn nicht liebe.«

Er stieß ein zynisches Lachen aus. »Mich liebst du genauso wenig und trotzdem schläfst du mit mir.«

»Das ist etwas anderes.«

»Ah ja? Inwiefern?«

Ich stockte. Warum konnte ich nicht einfach freiheraus offenbaren: »Klaus, dich liebe ich«? Stattdessen stammelte ich und redete um den heißen Brei herum, denn ich fürchtete seine Antwort. Und das Schlimme war: Ich wusste nicht, ob ich vor einem »Eva, ich liebe dich auch« oder einem »tut mir leid, Eva, ich liebe dich nicht« mehr Angst hatte. Die verschiedenen Anteile in mir tummelten sich in wildem Widerstreit.

»Das ist etwas anderes, weil es, als ich angefangen habe, mit dir zu schlafen, keinen Mann gab, den ich liebte. Ich kann nicht mit Georg schlafen, solange es in meinem Leben jemanden gibt, den ich liebe.«

Klaus erstarrte. Sein kompletter Körper versteifte sich. »Jemanden, den du liebst?«, raunte er mit brüchiger Stimme.

Plötzlich spürte ich Wut in mir aufsteigen. Wut, dass ich die Kontrolle verloren hatte. Wut, dass dieser vermeintlich perfekte Deal mich ins Chaos gestürzt hatte. Wut, dass es mir nicht gelungen war, mich vor der Liebe zu schützen.

»Dieser beschissene Deal!«, stieß ich aus und fühlte mich, als ob mich eine Planierraupe mit ihren riesigen Gummiketten in den Kies drücken würde.

»Eva«, flüsterte er, »was meinst du damit?«

»Dass er nicht funktioniert hat, der blöde Deal. Ich habe es dreißig Jahre lang geschafft, mich in keinen Mann zu verlieben. Und jetzt schleichst du dich durch ein Hintertürchen in mein Leben und kaperst es, bringst alles durcheinander, was bislang wunderbar in Balance war.« Ich blickte starr geradeaus und traute mich nicht, Klaus anzusehen.

Er hingegen rutschte dicht zu mir. Behutsam legte er eine Hand an meine Wange und drehte meinen Kopf in seine Richtung. Seine Augen eroberten meinen Blick. Im hellen Mondlicht glänzten sie wie Jade-Sterne.

»Bedeutet das, dass du dich in mich verliebt hast?«, fragte er mit einer Stimme, so weich und tief, dass mich eine Gänsehaut überzog.

»Nein«, erwiderte ich. Sofort ließ er zusammenzuckend von mir ab. »Ich habe mich nicht nur in dich verliebt. Viel schlimmer: Ich liebe dich so sehr, dass es wehtut.«

Klaus stieß ein wohliges, erleichtertes Seufzen aus, das mir durch Mark und Bein fuhr. Mit einer zärtlichen Bewegung zog er mich auf die Liege und berührte mit den Fingerkuppen jedes einzelne Fältchen in meinem Gesicht. Seine Augen formten ein Meer aus Liebe. »Ach, Eva«, raunte er. »Darauf warte ich seit Monaten, du Kobold! Du hast schon lange mein Herz erobert.«

Unsere Blicke versanken ineinander. Dabei verschmolzen die Eva aus dem Paralleluniversum und die Eva aus der Realität miteinander. Die lachenden Mienen von Leo und Oliver tauchten in mir auf. Plötzlich spürte ich mit absoluter Gewissheit, dass sie guthießen, was gerade passierte und dass sie mich ermunterten, diesem neuen, unbekannten Weg zu folgen.

Klaus' Kopf senkte sich und seine Lippen berührten meine. Als wir uns küssten, veränderte sich alles. Es war ein Kuss, der sich jenseits der Grenzen von Sex abspielte, ein Kuss der Liebe, der mein Herz vereinnahmte und den Verstand willenlos mitriss. Er bedeutete Heilung, nach Hause kommen, loslassen, freiwerden und Vergebung. Vergebung für mich selbst und – wie mir in diesem Augenblick bewusst wurde – Vergebung für Leo und Oliver, dass sie mich mit all dem Schmerz und all der Schuld zurückgelassen hatten. Erst jetzt erkannte ich, dass sich meine Wut auch gegen sie gerichtet hatte, weil sie sich aus dem Staub gemacht hatten – selbst wenn das sicher das Letzte war, was sie sich gewünscht hätten. Aber, wann sind Gefühle schon rational?

Dieser Kuss, der sich anfühlte wie ein erster Kuss, obwohl ich die vielen zuvor nicht mal zählen konnte, diente als Geburtshelfer für neue Eigenschaften: Mut und Zuversicht. Es fühlte sich an, als wäre ich wieder komplett – so komplett wie die Eva vor dem 30. Juni vor dreißig Jahren. Nur auf einem höheren, reiferen Niveau. Schlagartig wurde mir klar, was Harald an unserem ersten Abend der Erkenntnisse gemeint hatte: Mich der Liebe hinzugeben und zu schauen, was dann passiert, war das, was ich noch nicht probiert hatte. Jetzt war ich bereit dazu!

Mitten in der Nacht lagen wir eng umschlungen in meinem Bett. Statt der unzähligsten Wiederholung der Endlosschleife standen die Zeichen auf Happy End.

Wenn mir jemand erzählt hätte, dass trotz monatelangen Miteinander-Schlafens plötzlich alles neu und unbekannt sein könnte, hätte ich demjenigen (zumindest innerlich) einen Vogel gezeigt. Aber genau so fühlte es sich nun an – als wären wir gerade erst zusammengekommen und befänden uns im Rausch der frischen Verliebtheit. Gut, in gewisser Weise war es ja so. Doch dass der Unterschied im Erleben zwischen einem Freundschaft-Plus-Deal und einer erfüllten Liebe ein derart gigantischer sein würde, haute mich geradezu um. Aufgewühlt schmiegte ich mich an Klaus und wusste kaum, wie ich den unbändigen Gefühlscocktail, der in mir hin und her schwappte, bewältigen sollte. Vor lauter Überforderung rannen mir lautlose Tränen über die Wangen.

Entsetzt fragte Klaus: »Eva, was ist los?«, umschlang mich mit beiden Armen und küsste mir die feuchten Rinnsale weg. »Man merkt, dass du am Meer bist, du schmeckst nach Salz«, versuchte er es mit einem kleinen Scherz, und ich kicherte wie ein Teenager. Auch das schien neu zu sein: Heute Abend – eigentlich eher gestern Abend, denn Mitternacht war längst vorbei – hatte ich mich aufgeführt wie ein durchgeknallter Teenager und nun wie ein sehr verliebter.

»Nichts ist los«, flüsterte ich und schwieg für einen Moment. »Okay, stimmt nicht wirklich. Im Grunde genommen ist ganz viel los. Ich bin aufgewühlt, ängstlich und glücklich. Viel zu viel auf einmal. Dreißig Jahre habe ich keinen ernst gemeinten Beziehungsversuch gewagt und hätte nie gedacht, es eines Tages zu tun. Jetzt liege ich hier mit dir und wünsche mir nichts sehnlicher als eine Beziehung.«

»Hey, du Kobold, findest du nicht, dass wir schon längst eine Beziehung haben? Bereits seit Monaten?«

»Na ja, nicht offiziell, wie du weißt. Und weil ich mir ein radikales Beziehungsverbot ausgesprochen hatte, habe ich all meine Kraft dafür aufgewendet, die aufkeimenden Gefühle für dich zu unterbinden. Anscheinend bin ich gnadenlos gescheitert.«

Mit einer unfassbaren Sanftheit streichelte er mir über den Rücken und ich konnte körperlich fühlen, wie sich Wunden in mir schlossen, die jahrzehntelang offen gelegen hatten. Aber da gab es trotzdem eine Sache, die ich unbedingt in Erfahrung bringen musste.

»Du, Klaus, was war das für eine Aktion vorhin mit Lydia? Was ist zwischen euch gelaufen?«

»Was soll da gelaufen sein?«

»Sag schon. Ich habe gesehen, wie ihr euch umklammert habt. Anne und Georg waren auch dabei, also sinnlos, es zu leugnen.«

Er lachte laut auf. »Wieso sollte ich das leugnen? Ich würde es nur anders formulieren. Wir haben uns nicht umklammert, wir haben uns umarmt. Ich hatte den ganzen Tag am Telefon verbracht und mit meinen Freunden hin und her geschrieben, Erkundigungen eingeholt, mit dem Steuerberater geredet. Ich wollte ihr keine Hoffnungen machen, die sich am Schluss als Seifenblasen herausstellen. Und am Nachmittag war ich so weit, ihr preisgeben zu können, dass meine Idee funktionieren wird. Wir sind am Strand entlang spaziert und ich habe ihr von meinen Aktivitäten berichtet. Am Gartentörchen hat Lydia sich für alles bedankt und mich umarmt. Ende der Geschichte, mehr war da nicht.«

»Also hast du dich nicht in sie verliebt?«

Ein weiteres Lachen von seiner Seite führte dazu, dass ich mich abermals fühlte wie ein überaus albernes, junges Mädchen, das sich hoffnungslos in abenteuerliche Fantasien verrannt hatte. »Natürlich nicht! Wie soll ich denn in sie verliebt sein, wenn ich dich seit Monaten liebe?«

»Wirklich schon seit Monaten?«

»Ja.«

»Seit wann?«

»Fast von Anfang an. Ich habe dich in der Musikbar gesehen und war gleich fasziniert von dir und deiner Ausstrahlung. Du erschienst mir geheimnisumwittert, traurig, verletzlich und gleichzeitig stark. Diese ungewöhnliche Mischung hat meine Neugier geweckt. Im Laufe des Abends habe ich gemerkt, was uns für eine unglaubliche Chemie verbindet. Körperlich habe ich mich sowieso sofort zu dir hingezogen gefühlt.« Er beugte sich über mich und verwöhnte mich mit einer Schlangenlinie aus Küssen, die er auf meinem Gesicht verteilte.

»Irgendetwas hat mir gesagt, dass ich es bei dir gar nicht erst mit einem *normalen* Kennenlernen versuchen muss. Ich war mir sicher, du würdest mich auflaufen lassen. Und dann kam mir die Idee mit der Freundschaft plus, um dir näher zu kommen. Ganz ohne Druck und mit einem hohen Maß an Unverbindlichkeit. Schon nach ein paar Tagen wusste ich, dass du die Frau bist, mit der ich den Rest des Lebens verbringen will. Doch mir war bewusst – auch, wenn ich die Gründe nur ahnen oder vage spüren konnte –, dass ich dich genau mit diesem Wunsch vertreiben würde. Also habe ich bei unserem Deal mitgespielt, als wenn nichts wäre.«

Ich schob ihn von mir weg und beugte mich über ihn. »Du bist ein verdammt schlauer, ausgebuffter, hinterhältiger Kerl«, stellte ich fest und begann, ihn hingebungsvoll zu küssen.

Als wir das nächste Mal zu Atem kamen und wieder in der Lage waren, miteinander zu reden, zeigten sich bereits die ersten Vorboten des neuen Tages. Der Himmel wurde heller und ein ganz zartes Rosa startete seinen Eroberungsfeldzug. Versonnen sah ich aus dem Fenster und genoss all das, was gerade in mir und um mich herum geschah. Gäbe es die Möglichkeit, einmal im Leben die Pause-Taste zu drücken und einen Augenblick in der Zeit auszudehnen, dann wäre es dieser, den ich wählen würde. Ich war glücklich. Ich fühlte mich frei.

Ich dachte schon, Klaus wäre eingeschlafen, als er plötzlich die Stille durchbrach. »Was war das mit Georg, Eva?«

Ich seufzte beschämt auf. »Ich mag Georg. Er ist ein feiner Kerl, auch wenn er das zu verstecken versucht, und attraktiv finde ich ihn obendrein. Wir haben eine gute Verbindung zueinander. Möglicherweise, weil in uns beiden das Leben mehr kaputtgemacht hat als bei anderen. Das hat mich zu ihm hingezogen. Aber vor allem war er mein Strohhalm, mein Ausweg aus diesem Deal, der mir zunehmend über den Kopf gewachsen ist. Ich hatte gemerkt, dass ich dich liebe, und zugleich war es das, was ich auf der Welt am wenigsten wollte. Also hoffte ich, meine Gefühle für dich durch eine Affäre mit ihm abschwächen oder verlieren zu können.«

»Und dann?«

»Willst du das wirklich hören? Es ist mir ziemlich peinlich.«

Behutsam streichelte er mir über die Haare und hauchte einen Kuss auf die Stirn. »Ich weiß. Und ja, ich möchte es trotzdem hören. Ich finde, wir sollten ab sofort hundertprozentig ehrlich zueinander sein. Keine Deals, keine Spielchen mehr, keine Halbwahrheiten. Und glaube mir, ich verkrafte es – egal, was du mir gleich erzählen wirst.«

»Also gut«, nahm ich Anlauf. »Ich war in seinem Zimmer und wir haben uns geküsst. Urplötzlich wusste ich, dass mein Plan nicht funktionieren würde. Dass ich mich nicht auf ihn einlassen wollte und dass es niemals etwas geben würde, was die Gefühle zu dir unterbinden könnte. Ich habe mich bei ihm entschuldigt, und das war alles. Eine Weile habe ich auf der Veranda gesessen und über die nächsten Schritte nachgedacht. Anschließend bin ich losgezogen, um dich zu suchen.« Ein freches

Lächeln schlich sich auf mein Gesicht. »Beim Rest warst du dabei, sofern du dich trotz deines fortgeschrittenen Alters noch daran erinnerst.«

Er gab mir einen liebevollen Klaps auf den Po. »Gerade noch, du Frechdachs. Und ich werde es auch nie vergessen.«

»Was heißt da Frechdachs?«, empörte ich mich. »Wenn hier einer nicht nur frech, sondern sogar vertragsbrüchig war, dann ja wohl du! Hinterrücks hast du meine Verteidigungslinien gesprengt und dich uneingeladen in mein Herz geschlichen.« Mit einem vorwurfsvollen Zungenschnalzen schüttelte ich den Kopf, sodass ihm meine Haare ins Gesicht flogen und er sie laut schnaubend wegpustete.

»Tja, mein kleiner Kobold, dumm gelaufen für dich«, wisperte er mir ins Ohr. »Da hast du in der Märchenstunde nicht gut genug aufgepasst, sonst hättest du dich an die allseits bekannte Regel gehalten: Küss keinen Frosch, denn es könnte ein Prinz sein!«

Urlaub der Veränderungen

Nur zwei, drei Stunden hatte ich geschlafen, doch ich fühlte mich so erholt und befreit, wie seit gefühlten Ewigkeiten nicht mehr. Es war taghell im Zimmer, der Himmel strahlte im schönsten Azurblau und kein einziges Wölkchen trübte die Stimmung – weder draußen noch in mir. Ich spürte, dass Klaus' Bartspitzen in meinem Nacken kitzelten, und mein Glücksgefühl schwang sich in neue Höhen auf.

Zufrieden drehte ich mich zu ihm um und strich ein paar Haarsträhnen aus seiner Stirn, die sich verwegen aus der sonst herrschenden Ordnung gelöst hatten.

»Na, du Schlafmütze, wie wäre es mit Aufstehen?«, neckte ich ihn.

»Schlafmütze, sagt sie«, brummte er. »Einen alten Mann erst stundenlang durchs Bett jagen und dann als Schlafmütze bezeichnen. Nicht gerade charmant.«

»Das müsste man ausdiskutieren, wer hier wann wen gejagt hat, du verwunschener Froschkönig!«

Er griff sich theatralisch an die Brust und murmelte: »Ertappt!«

Eine halbe Stunde später machten wir uns eng umschlungen auf den Weg zu den anderen. Als wir am üppig gedeckten und voll besetzten Frühstückstisch ankamen, vermutlich beide mit einem leicht debilen Grinsen auf dem Gesicht, brach ein unbändiges Gelächter und Gejohle aus. Nacheinander standen alle auf, beglückwünschten uns und verteilten Umarmungen.

Lydia raunte mir mit einem freundlichen Zwinkern zu: »Schön, dass du es doch noch auf die Reihe gebracht hast.«

Georg drückte mich unter den wachsamen Blicken von Klaus an sich und flüsterte mir zu: »Ich freue mich für euch, Eva. Ehrlich! Und ihr zwei passt hervorragend zusammen.«

Den ersten Tag unserer aus dem Gefängnis entlassenen Verliebtheit verbrachten wir zu zweit. Wir schnappten uns ein Auto, fuhren von Traumstrand zu Traumstrand, hielten Händchen, küssten, schmusten, redeten und genossen unser schwer erkämpftes Glück.

Beim Abendessen trafen wir wieder auf unsere Freunde, die nach allem, was geschehen war, wirklich diese Bezeichnung verdienten. Die Sitzordnung hatte eine Veränderung erfahren. Als wäre es das Selbstverständlichste der Welt, hatte sich Lydia auf meinen Platz gesetzt, damit Klaus und ich nebeneinandersitzen konnten – zum Händchenhalten, Küssen und Tiefe-Blicke-Tauschen.

Während wir auf das Essen warteten, stieß ich ihn amüsiert an. »Schau mal«, sagte ich und wies auf die Düsseldorfer Familie, die zwei Tische entfernt saß. Die Oma hatte ihr Enkelkind auf den Schoß genommen und las im breitesten Düsseldorfer Platt eine Geschichte von Feodora und Fritzchen vor. Das Buch hielt sie so in der Hand, dass die Rückseite sichtbar wurde, auf der ein Porträtfoto von Klaus prangte.

»Ich würde sagen, Geheimnis gelüftet«, flüsterte ich. »Jetzt ist klar, warum ihr dein Gesicht bekannt vorkommt. Willst du sie von ihren Qualen befreien oder willst du die Arme weiter zappeln lassen?«

»Ich bin doch kein Unmensch!«, entgegnete er kopfschüttelnd mit gespielter Empörung.

Entschlossen lief er an den Tisch der Familie und grüßte freundlich. »Möchten Sie, dass ich Ihnen das Buch signiere?«, fragte er mit einem charmanten Augenaufschlag.

»Sichneere, waröm sichneere?«[11], stammelte sie irritiert und musterte ihn, als ob sie sich fragen würde, wer nicht alle Tassen im Schrank hatte – sie oder er.

Das kleine Mädchen hüpfte aufgeregt auf Omas Schoß umher und rief: »Der Mann, der Mann, das ist der Mann vom Foto!«

Mittlerweile vollends verwirrt und ein wenig unwirsch, wies sie ihre Enkelin an: »Mariesche, jebb mol Roh! Wat es los?«[12]

Klaus verstärkte sein Lächeln und deutete mit dem Zeigefinger auf das rückwärtige Buchcover. »Ich vermute, dass Sie mein Gesicht daher kennen.«

---

11 Signieren, warum signieren?

12 Mariechen, gib mal Ruhe. Was ist los?

»Du leewer Jott!«[13], stieß sie hervor und starrte Klaus ungläubig an. Inzwischen leichenblass wanderten ihre Blicke zwischen ihm und dem Foto hin und her, als ob die Möglichkeit bestünde, dass entweder Foto oder Mann schlagartig ihr Aussehen veränderten.

»Och, kick ens aan. Ech kenn en bekannte Schreftsteller. Du leewer Jott!«[14]

Ich sah Klaus an, dass er alles aufbieten musste, um nicht laut loszulachen. Auch unsere Tischgesellschaft wurde auf Äußerste gefordert.

»Möchten Sie nun gerne eine Widmung?«, wiederholte Klaus seine Einstiegsfrage.

»Secher, secher«, murmelte sie – immer noch völlig überfordert von der Situation –, während ihr Ehemann Klaus geistesgegenwärtig einen Kugelschreiber hinhielt.

»Du heißt Marie?«, wandte er sich an das Mädchen, das sich aufgeregt an seiner Oma festgeklammert hatte.

»Ja«, flüsterte die Kleine schüchtern.

Klaus löste vorsichtig das Buch aus Omas Hand, schlug die erste Seite auf und platzierte darauf seine Widmung. Als er es Marie zurückgab, fing sie plötzlich herzzerreißend zu weinen an.

»Der Mann hat mein Buch verkritzelt«, schluchzte sie und fauchte ihn an. »Du bist ein böser Mann!«

Klaus blieb betroffen stehen und griff sich ratlos in seinen Bart. Derjenige, der sich am schnellsten wieder gefasst hatte, war Georg. Er stand auf, gesellte sich zu der Versammlung am Nachbartisch und fragte das Mäd-

---

[13] Du lieber Gott!

[14] Ach schau mal an. Ich kenne einen bekannten Schriftsteller. Du lieber Gott!

chen: »Soll ich dir ein schönes Bild von Feodora und Fritzchen malen, damit man das Gekritzel von dem Mann nicht mehr so doll sieht?«

Neugierig beäugte die Kleine ihn und schien sich zu fragen, ob sie ihm vertrauen könne. Nach einem längeren Prozess des Abwägens nickte sie zaghaft und ließ ein zögerliches »Mh-hm« erklingen, das eindeutig Zustimmung signalisieren sollte.

Georg griff sich das Kinderbuch, nahm auf einem Stuhl Platz und zauberte eine niedliche Zeichnung von Feodora und Fritzchen am Strand unter Klaus' Widmung. Dann gab er ihr das Buch aufgeschlagen zurück.

»Oma, Oma, schau mal. Der Mann hat Feodora und Fritzchen gemalt. Schau mal, die sehen aus wie in echt!« Begeistert hüpfte sie auf Omas Schoß umher und wischte sich entschlossen die eben noch geweinten Tränen aus dem Gesicht.

Als die beiden Männer wieder an unserem Tisch angelangt waren, klopfte Georg Klaus auf die Schulter und brummte: »Da sieht man, Kumpel, dass dein Gekritzel ohne meine Zeichnungen nichts wert ist!«

*

Die Urlaubswochen vergingen wie im Flug. Von Tag zu Tag wuchsen wir mehr zusammen, und die Freundschaften, die wir geschlossen hatten, bekamen eine immer größere Tiefe. Natürlich verbrachten wir Zeit in der Gruppe, nicht nur an den Abenden, doch die Freunde akzeptierten auch, dass wir das neu gewonnene Glück ausgiebig allein genießen wollten. Wir tauchten ein in die vielen zauberhaften Orte, die Korfu zu bieten hatte. Sogar den weit entfernten südlichen Teil erkundeten wir. Auf winzigen Sträßchen kurvten wir durch atemberaubend enge Dörfer, in denen wir beteten, dass wir nicht zwischen den labyrinth-ähnlichen Häuserfluchten stecken blieben. Ein ums andere Mal ließen wir uns von dem herrlich ursprünglichen Charme der Insel beeindrucken.

Ehe wir es uns versahen, brach der letzte Urlaubstag an, und dafür hatten wir uns etwas ganz Besonderes überlegt. Wir wollten uns für die einzigartige Gastfreundschaft, mit der uns Alexios und Helena vierzehn Tage lang verwöhnt hatten, revanchieren. Am Abend würden sie ihr Restaurant schließen und unsere Gäste sein. Im Garten stand ein gemauerter Grill, den wir noch nicht einmal genutzt hatten, und das wollten wir endlich nachholen. Wir kauften Grillgut ein, bereiteten lachend und bestens gelaunt Salate zu und Lydia zauberte ihre legendären Burger.

Um sieben Uhr versammelten wir uns in fröhlicher Runde um den Tisch. Harald, der zunehmend zum Sprecher der Gruppe geworden war, erhob sein Sektglas und setzte zu einer kleinen Rede an: »Ich möchte gerne einen Trinkspruch ausgeben, auf diesen Urlaub, auf uns alle, auf Korfu. Für mich war es die denkwürdigste Reise, die ich je erlebt habe, und irgendwie habe ich das Gefühl, dass das nicht nur für mich gilt. Deswegen schlage ich vor, dass wir die gemeinsame Zeit nach dem Essen mit einer besinnlichen Erzählrunde abschließen, in der jeder berichtet, welches Geschenk er nach Hause mitnimmt.« Wir reagierten mit zustimmendem Nicken und Ausrufen wie »Oh ja!« und »eine schöne Idee!«.

»Also dann: Auf diesen Urlaub!«

»Auf diesen Urlaub«, gaben sieben Münder zurück.

Als der Tisch abgeräumt war und wir alle pappsatt und glücklich dasaßen, zog Alexios die allabendliche Flasche Ouzo hervor und schenkte ein.

Mit erhobenem Glas rief er: »Auf die deutsch-griechische Freundschaft!« Wieder beteiligte sich ein vielstimmiger Chor.

»Ich würde sagen, das ist die perfekte Eröffnung für unser Resümee«, lachte Harald. »Ich mache gerne auch dieses Mal den Anfang, denn ich habe eine Ankündigung in petto. Liebe Freunde, für mich wird es in Zukunft zwei Lebensmittelpunkte geben: Avlaki und Tübingen. Vor langer Zeit habe ich mich entschieden, meinen Kontrollzwang aufzugeben und mich stattdessen dem Vertrauen hinzugeben, zu schauen, was das Leben mit mir vorhat. Irgendein wunderbarer Wind hat mich hierhergeweht und ich durfte die zauberhafte Helena kennenlernen. Ihr habt es schon geahnt, wir sind uns nähergekommen und haben uns verliebt. Deswegen haben wir beschlossen, die Taverne künftig gemeinsam zu führen und ein paar neue Ideen umzusetzen. Außerdem werde ich bei Helenas Exportgeschäft miteinsteigen, das wir im

Winter mit einem zweiten Firmensitz in Tübingen voranbringen werden. Ich habe mein Glück nicht gesucht, aber es hat mich gefunden. Darauf würde ich gerne trinken. Auf das Glück!«

»Auf das Glück!«

Eine kleine Pause trat ein, und ein bisschen fühlte es sich an wie an Weihnachten. Wir starrten bewegt in das Licht der Kerzen auf dem Tisch und der zahlreichen Windlichter, die wir um den Pool gestellt hatten. Glücklich, beieinander zu sein und derart reich beschenkt worden zu sein. Jeder Einzelne von uns!

»Das, was Harald gerade gesagt hat, passt so gut zu mir, deswegen würde ich gerne weitermachen«, meldete ich mich zu Wort. »Harald, du sprachst von Kontrollzwang. Darüber hatten wir am Strand von Acharavi ein langes Gespräch, das intensiv in mir nachgehallt hat. Seit Leo und Oliver gestorben sind, habe ich zwanghaft versucht, mein Leben und vor allem meine Gefühle zu kontrollieren. Nie mehr wollte ich lieben. Schließlich hatte ich gelernt, wie schmerzhaft das enden kann. Und ich hatte mit dieser Art von Kontrolle Erfolg. Bis dieser Mann hier in mein Leben getreten ist.« Ich griff nach Klaus' Hand, der neben mir saß, und mich mit einem Blick voller atemberaubender Liebe ansah (ja, ich kann das Wort aussprechen, fühlen und niederschreiben).

»Was als Arrangement mit klar definierten Grenzen begann, ist zunehmend aus dem Ruder gelaufen. Klaus hat sich durch die Hintertür in mein Herz geschlichen und das erste Mal seit einer Ewigkeit Gefühle in mir ausgelöst. Dagegen habe ich verzweifelt angekämpft, fühlte mich wie in ›Und täglich grüßt das Murmeltier‹, weil ich in einer Endlosschleife festhing, aus der ich mich nicht befreien konnte. Aber Stück für Stück ist etwas gewachsen, dem ihr alle hier einen letzten Schubs gegeben habt: Mut. Mut, Gefühle zuzulassen. Mut, einen Menschen nah an mich heranzulassen. Mut, mir das Recht auf Glück zuzugestehen. Mut für das Abenteuer Liebe. Es war schwer, zu springen, mich zu überwinden, doch nun ist plötzlich alles ganz leicht. Deswegen möchte ich darauf trinken. Auf den Mut!«

»Auf den Mut!«

»Ich denke, hier kann ich mich anschließen«, verkündete Anne, nachdem wir die neuerliche Pause lange genug ausgekostet hatten. »Als ich hierhergereist bin, kannte ich nur noch einen Modus: den Opfer-Modus. Ich habe das nicht mal gemerkt. Er hat sich auf leisen Sohlen in mein Leben geschlichen. Ich dachte, nichts mehr im Griff zu haben, verraten und verkauft worden zu sein. Ich war das Opfer meines Noch-Mannes – er der Böse, ich die Gute. An unseren Abenden der Ehrlichkeit ist mir klar geworden, dass ich meinen Teil dazu beigetragen habe. Er konnte allein deshalb zum Täter werden, weil ich bereitwillig in die Opfer-Rolle geschlüpft bin. Ich habe alles getan, was er wollte. Ich hätte genauso gut aufbegehren, meinen eigenen Weg gehen können, doch ich bin lieber bequem seinen Vorgaben gefolgt. Hier auf

Korfu bin ich plötzlich wieder mit etwas in Kontakt gekommen, das jahrzehntelang überhaupt nicht mehr stattgefunden hat bei mir: Handlungsmacht. Ich habe realisiert, dass ich die Regisseurin meines Lebens bin, dass ich es bin, die entscheidet, wann ich wo wie abbiege. Bislang habe ich meinen Mann entscheiden lassen, nun darf und kann ich es selber tun. Und ich werde es tun!«

Anne hielt inne, dachte nach und auf einmal bahnte sich ein glückliches Lächeln seinen Weg auf ihr Gesicht. »Georg und ich haben in den letzten Tagen immer wieder kreativ gewütet, und wir haben entschieden, aus dem Thema ›Senioren und Kunst‹ etwas zu machen, ein gemeinsames Standbein aufzuziehen. Nicht alternativ zu dem, was ich mir bereits überlegt hatte, sondern ergänzend. Ob wir zusammen eine Firma gründen oder als Netzwerkpartner agieren, wissen wir noch nicht, aber wir wollen auf jeden Fall etwas Schönes kreieren.« Inzwischen schillerten Tränen in ihren Augen und sie hatte sichtlich Mühe, weiterzusprechen.

»Ich bin hier frustriert und wütend angekommen. Jetzt reise ich voller Tatendrang, Freude und Hoffnung nach Hause. Hätte mir das vorher jemand gesagt, hätte ich ihn für verrückt erklärt. Dennoch ist es passiert, mein ganz großes Wunder. Und ich möchte gerne trinken auf das, was ich zurückgewonnen habe. Auf die Handlungsmacht!«

»Auf die Handlungsmacht!«

Fasziniert beobachtete ich das Geschehen. Hier saßen acht Menschen am Tisch, die sich vor wenigen Tagen zum Teil noch nicht mal gekannt hatten und die plötzlich durch ein unsichtbares Band miteinander verwoben waren. Mein Empfinden sagte mir, dass es eine Verbindung war, die lange Bestand haben würde, womöglich für immer.

Sich leise räuspernd nahm Helena Anlauf, ihren Beitrag zu leisten. »Opferrolle und Handlungsmacht sind ein gutes Stichwort für mich«, erklärte sie. »Ich würde vielleicht nicht so weit gehen, zu behaupten, dass ich in der Opferrolle war, aber zumindest gab es ein Gefühl der Ohnmacht. Die Verpflichtung meinem Vater gegenüber, der Gedanke nicht von hier wegzukönnen, all das hat mich gelähmt. Und für mich war es *dieser* Mann ...« Sie schmunzelte schelmisch in meine Richtung und griff sich dann Haralds Hand. »... der mir aus heiterem Himmel eine neue Welt eröffnet hat. Sozusagen eine neue Welt in der alten Welt. Wir werden der Taverne ein modernes Konzept geben, das hoffentlich überregional Menschen anziehen wird. Und der Standort für das Exportgeschäft in Tübingen wird meine Sehnsucht nach der Heimat meiner Jugend befriedigen. Letzten Endes ist das zwar alles schön, aber nichts gegen das allergrößte Geschenk, das ich in den vergangenen Tagen erhalten habe: Haralds Liebe. Das, wonach ich mich seit Jahren sehne, hat nun endlich in meinem Leben Einzug gehalten, und ich bin überglücklich. So lange war mir meine Welt zu klein und eng. Sie hat mich erstickt und mir das Gefühl von Freiheit geraubt. Harald hat sie geweitet und damit alles verändert – im allerschönsten Sinne. Darauf würde ich gerne trinken: Auf die Schönheit der Veränderung!«

»Auf die Schönheit der Veränderung!«, wiederholten wir und genossen dieses Ritual, das sich entwickelt hatte und dem Zusammensein fast schon etwas Verschwörerisches verlieh.

Das Schweigen, das sich zwischen unseren kurzen Ansprachen ausbreitete, schien mit jedem Mal schwereloser zu werden. So, als schwirrten Schmetterlinge durch die Gegend, die die Sorgen und Ängste, die wir im Gepäck hergeschleppt hatten, davontrugen.

Nach ein paar Minuten durchschnitt Alexios' tiefe, raue Stimme die Stille. »Schönheit der Veränderung, ist ein wichtiger Punkt. In meinem Leben hat es zahlreiche Veränderungen gegeben, und nicht immer gute. Einiges hat wehgetan. Meine geliebte Frau habe ich viel zu früh verloren. Ich bin von Griechenland nach Deutschland umgezogen und von Deutschland nach Griechenland. Meine wunderbare Tochter habe ich allein großgezogen, und das war oft schwer. Doch mein Herz war voller Liebe für dieses kleine Mädchen.« Er deutete mit einem Gesichtsausdruck, der vor Glück und Stolz überquoll, auf Helena, die spontan aufsprang und die Arme von hinten um ihren Vater schlang.

»Helena ist das Beste, was mir passiert ist. Häufig hat mir die Veränderung Angst gemacht, und Angst ist schlecht. Viele Menschen haben Angst vor Veränderung, weil sie nicht erkennen können, was daran wertvoll ist. Die Schönheit von Veränderungen entdecken zu können, ist ein Geschenk. In jeder Veränderung steckt ein guter Kern. Oft zeigt er sich nicht auf den ersten oder zweiten Blick, doch womöglich auf den dritten. Eines ist wichtig: lang genug hinzusehen.«

Er deutete auf Harald und seine Stimme zitterte, als er fortfuhr. »Dieser Mann hier hat das Glück zu meiner kleinen Helena gebracht, genauso wie zum alten Alexios. Endlich kann ich in den Ruhestand gehen. Ein bisschen helfen ja, aber ich will baden, fischen, durch die Gegend spazieren und vielleicht irgendwann auf eine zweite kleine Helena oder einen zweiten kleinen Harald aufpassen.« Schelmisch ließ er seine Augenbrauen auf- und abtanzen. »Ich weiß, dass ich nicht allein bin. Ich habe tolle neue Freunde in Deutschland, die hoffentlich zu Besuch kommen, Helena und einen wunderbaren Mann für Helena. Also: Jámas! Auf die Familie und auf die Freunde!«

»Auf die Familie und auf die Freunde!«, erhob sich unser Chor.

Nach der nun schon gewohnten Besinnungspause fühlte sich Lydia berufen, den Reigen fortzusetzen. »Familie und Freunde passt hervorragend«, stellte sie fest. »Ohne meine Eltern wäre ich vermutlich in den letzten Monaten abgestürzt. Sie sind meine einzige Familie und haben mich aufgefangen, als wäre ich ein kleines

Mädchen. Dummerweise habe ich mich auch genau so gefühlt. Tja, was Freunde angeht, dachte ich, dass ich keine hätte – bis ich hierher gekommen bin. Ich kann kaum glauben, was in diesen paar Tagen auf Korfu geschehen ist. Mein Leben war ein Scherbenhaufen und plötzlich habe ich eine Perspektive – und was für eine! Ich fühle mich wie ein Phönix, der aus der Asche aufsteigen darf. Ich weiß, dass ich das in erster Linie Klaus zu verdanken habe, aber nicht nur.«

Ihre Augen glitzerten feucht, was sich selbst im Schein des sanften Kerzenlichts erkennen ließ, und ihre Stimme zitterte ergriffen, als sie fortfuhr. »Ich danke dir, Harald. Ohne deinen verrückten Vorschlag, uns in schockierender Echtheit gegenüberzutreten, hätte ich meine Sorgen niemals geteilt. Und ich hätte sie genauso wenig geteilt, wenn ihr alle nicht so ehrlich gewesen wärt. Ihr habt den Boden dafür bereitet, dass ich die Fassade habe fallen lassen. Aus diesem Grund bin ich jedem Einzelnen von euch dankbar. Ihr habt damit nicht nur meinem Leben eine neue Perspektive geschenkt, sondern mir auch eine wichtige Lektion beschert: Ich habe bloß dann eine Chance auf echte Begegnungen mit Menschen, auf Verbundenheit und Unterstützung, wenn ich mich in schonungsloser Authentizität sichtbar mache, mich zu meinen Fehlern bekenne und es zulasse, Schwäche zu zeigen. Allein das wird mein Leben schon verändern. Deswegen würde ich darauf gerne einen Trinkspruch ausgeben: Auf die Authentizität!«

»Auf die Authentizität!«

So langsam spürte ich eine gewisse Dumpfheit in meinem Kopf. Zwar hatte ich jedes Mal nur einen winzigen Schluck Ouzo getrunken, aber nach sechs Trinksprüchen hinterließ das trotzdem eine spürbare Wirkung im Blut, das freudig und zugleich erschöpft durch meine Adern pumpte.

Georg schloss sich Lydia an. »Ja, Authentizität ist ein gutes Stichwort für mich. Wenn ich mehr davon gehabt hätte, wäre ich womöglich nie abgestürzt. Ich wollte immer der tolle Hecht sein, der Kreative mit den brillanten Ideen, der Mann mit der schönen, erfolgreichen Frau an seiner Seite, der begabte Zeichner, den alle bewundern. Und entsprechend war es ein No-Go zu sagen: ›Ey, Leute, ich hab's verkackt. Meine Frau ist auf und davon und mir geht's echt mies.‹ Stattdessen habe ich eine Rolle gespielt. Getan, als ob nichts wäre und den Kummer weggesoffen. Authentizität hätte mich retten können, doch lieber habe ich mich fast umgebracht, als meinen Stolz zu verlieren.« Er hing seinen Gedanken nach, bevor er den Blick erhob und auf Klaus und Harald deutete.

»Ihr zwei habt mich beschenkt. Klaus, du hast mir eine zweite Chance spendiert. Das allein ist schon fantastisch, aber trotzdem nicht das Wichtigste. Ihr beide gemeinsam habt darüber hinaus etwas viel Größeres zu mir gebracht. Einsicht! Ohne Einsicht wäre ich permanent in Gefahr, es erneut zu verbocken, wieder abzustürzen, auch die zweite Chance zu vergeigen. Doch ich habe tief verinnerlicht, welches der falsche Weg ist.

Ich habe mir geschworen, nie mehr in diese Richtung abzubiegen, und ich werde alles daran setzen, diesen Schwur einzuhalten. Alkohol hat für mich als schnelle, verführerische Lösung ausgedient. Und aus diesem Grund gilt mein Trinkspruch der Einsicht. Auf die Einsicht!«

»Auf die Einsicht!«

Mein Zustand näherte sich allmählich der völligen Glückseligkeit. Es war einfach unglaublich, wie viel sich verändert hatte innerhalb einer unbedeutenden Zahl bedeutsamer Tage. Ein tiefes Gefühl von Demut flutete mich, all dem beigewohnt haben zu dürfen. Wenn ich mich daran erinnerte, wie schwer es mir gefallen war, Klaus auf diesen Trip zu begleiten, konnte ich mir das an diesem Abend überhaupt nicht mehr vorstellen.

Klaus übernahm das Wort und griff nach meiner Hand, die er fest umklammerte. »Dieses Jahr habe ich den fünfzigsten Geburtstag gefeiert, und ich darf wohl behaupten, dass ich in den vergangenen Jahrzehnten vieles erlebt und gesehen habe. Aber mal ehrlich: Ein Urlaub wie dieser mit derartigen Umbrüchen, Neuanfängen und glücklichen Wendungen war noch nicht dabei. Ich bin überglücklich, das erfahren zu dürfen. Und, ihr werdet es mir sicher nicht verübeln, wenn ich gestehe: das allergrößte Glück für mich ist es, das Herz der Frau gewonnen zu haben, die ich bereits eine ganze Weile liebe. Und das, obwohl ich eigentlich die Hoffnung längst aufgegeben hatte.« Seine Stimme brach, und ich merkte, wie er gegen die Tränen anzukämpfen hatte. Im Gegensatz zu mir gelang es ihm. Bei mir kämpften sich salzige Bäche die Wangen hinab, die er liebevoll mit einem Taschentuch abtupfte.

»Doch es geht ja hier um uns alle. Die vielen ehrlichen Worte, die ihr gesprochen habt, haben mich tief bewegt. Und egal, worauf wir hier heute schon getrunken haben, gibt es eine gemeinsame Kraft, die all das eint und miteinander verbindet: die Liebe. Liebe schenkt Glück. Auch wenn sie manchmal eines Tages zerbricht, hat sie Glück gestiftet, solange sie dauerte, und ein Teil davon überlebt mit einem gewissen Abstand trotzdem – in Form von Erinnerungen, die einem niemand mehr stehlen kann. Liebe befähigt zu Mut.«

Mit einem liebevollen Blick glitten seine Augen über mein Gesicht. »Eva, mein Kobold, wäre deine Liebe nicht groß genug gewesen, hätte sie dir nie den Mut verliehen, den du brauchtest, um einen gefährlich erscheinenden Weg zu gehen. Und Liebe zu uns selbst schafft Handlungsmacht. Der Ausstieg aus der Ohnmacht führt einzig und allein über Selbstliebe. Liebe versetzt uns in die Lage, das Schöne in Veränderungen zu sehen, und die Liebe ganz allgemein, die Liebe zu den Menschen legt den Grundstein für Authentizität. Zum guten Schluss: Georg, deine Einsicht mag dein Fixstern sein, der dich durch dein weiteres Leben leitet. Aber auch er kann nur leuchten, solange das Feuer der Liebe in dir brennt, der Liebe zu dir und der Liebe zu anderen, denen du vielleicht in der Zukunft begegnen wirst. Und deswegen möchte ich trinken auf die größte Macht, die es überhaupt gibt, die wir feiern sollten und die wir als Menschheit niemals verlieren dürfen: Auf die Liebe!«

»Auf die Liebe!«, tönten all die so unterschiedlichen Menschen mit brüchigen Stimmen und tränenfeuchten Augen.

Lange schwiegen wir, hingen erfüllt und buchstäblich beseelt unseren Gedanken nach. Ohne es abgesprochen zu haben, hatten wir uns an den Händen gegriffen, spürten das Miteinander wie eine große Kraft, die wir in den Alltag mitnehmen konnten.

Eine gefühlte Ewigkeit später ergriff Anne mit einem verschmitzten Lächeln das Wort. »Nur, damit ich es auch wirklich auf die Reihe bekomme, lasst mich das noch mal resümieren. Was haben wir? Eva und Klaus genauso wie Helena und Harald haben hier die Liebe gefunden. Darüber hinaus wird Harald auf Korfu und in Tübingen einen beruflichen Neuanfang wagen, dabei sein altes Leben in Deutschland ummodeln und teilweise sogar aufgeben. Alexios wird sich in den wohlverdienten Ruhestand zurückziehen. Gleichzeitig ist die Zukunft der Taverne gesichert. Helena wird mit einem zukunftsfähigen Konzept an den Start gehen und das Exportgeschäft von Tübingen aus intensivieren. Lydia hat eine neue Aufgabe als Chefin der Gastronomie eines Kulturklubs und wird eng mit Klaus und seiner Band zusammenarbeiten. Obendrein werden Georg und Klaus die bestehende Kooperation ausweiten und echte Partner werden. Georg wird für die bildliche Kunst im Kulturklub verantwortlich sein. Außerdem werden er und ich gemeinsam Seniorenprojekte auf die Beine stellen als Geschäfts- oder Netzwerkpartner. Und ich werde meinen Traum von der Selbstständigkeit realisieren.« Sie schnaufte lachend durch und wischte sich mit einer theatralischen Geste über die Stirn.

»Das klingt ordentlich verwirrend und eher nach den Entwicklungen von vielen Jahren als von läppischen zwei Wochen. Ganz schön krass, oder? Habe ich noch irgendetwas vergessen?«

»Etwas Wichtiges, würde ich mal sagen«, meldete sich Lydia mit sichtlicher Empörung.

»Okay, und was?«

»Wir reisen hier alle mit einer beachtlichen Zahl neuer Freunde ab. Und ich finde, auch darauf sollten wir trinken. Auf unsere Freundschaft!«

»Auf unsere Freundschaft!«

Geschenktes Familienglück

Mit geschlossenen Augen liege ich auf der Gartenliege und tue einfach nichts. Stimmt nicht! Ich tue doch etwas: Ich genieße, und zwar mit allen Sinnen. Der Duft des Waldes weht verlockend in meine Nase. Ich rieche Tannennadeln, Baumharz, Kräuterduft und den feinen Geruch der vielen Pflanzen, die mich in diesem prächtigen Garten umgeben. Außerdem lausche ich den Geräuschen um mich herum. Vogelgezwitscher, zirpende Grillen, ab und zu das Brummen von Insekten oder der nahezu unhörbare Schlag eines Schmetterlings, der mich umflattert. Die Sonne wärmt jetzt am späten Vormittag noch auf eine sanfte Weise die Haut und ich spüre, wie mich ihre Kraft durchdringt, ihre Strahlen nicht nur die äußere Hülle, sondern auch die Seele wärmen. Die pure Idylle!

Von der Straße her höre ich Autotüren zuknallen. Ein leises Seufzen entringt sich meiner Kehle. Das war es dann wohl mit der Ruhe vor dem Sturm! Doch das Seufzen ist durchtränkt von einem breiten Strahlen, das mein Gesicht schneller erobert, als ich es überhaupt realisieren kann.

Schon nähert sich das fröhliche Trappeln eiliger leichter Schritte. Und die Vorfreude, was gleich auf mich zukommen wird, verwandelt das Strahlen in eine Sonne, die stärker brennt als die, die am Himmel steht.

»Oma, Oma, schau mal«, brüllt eine Stimme voller Begeisterung, bevor sich kurze Ärmchen um meinen Hals schlingen.

»Hallo, Felix, mein Schatz«, lache ich und betrachte mit einer Mischung aus überschäumender Freude und großmütterlichem Stolz das kleine begeisterte Gesichtchen unter dem blonden verwuschelten Haarschopf. »Was willst du mir denn zeigen?«

Er löst sich von mir und drückt mir mit stolzgeschwellter Brust das nun leicht zerknitterte Blatt Papier in die Hand. »Das hab ich gemalt für dich, Oma. Zum Gebodstag!« Sein zartes Lispeln, das er immer an den Tag legt, wenn er besonders aufgeregt ist, macht seine kurze Ansprache noch viel charmanter.

»Oh, du hast ein Bild gemalt für mich, Felix. Lass mal sehen.«

Mit einer Miene, die jedem großen Künstler zur Ehre gereicht hätte, verkündet er: »Ja, ein ganz tolles Bild. Da hab ich ganz lang dran gemalt. Bestimmt ein paar Jahre.«

»Ein paar Jahre sogar. Ui, das ist aber lang. Erklärst du mir, was du dir dabei überlegt hast.«

Mit Kennermiene deutet er auf die Striche, die sich in wildem Wirrwarr über das Blatt ziehen. »Das bin ich und daneben sind Opa und du. Und ihr macht ›eins, zwei, drei und hui‹, sodass ich bis zum Himmel flieg. Und das da sind Mama und Papa und Lena.«

Rebeccas Stimme erklingt mit einem hörbaren Lächeln im Hintergrund. »Na, Felix, hast du der Oma bereits dein schönes Bild erklärt?«

Zufrieden nickt er, während die junge Frau mit ihrem Baby im Arm näherkommt.

»Komm, Felix, Schätzchen, lass mich mal aufstehen. Ich möchte der Mama und Lena auch Hallo sagen.«

Mit einem verständnisvollen, altklugen Blick klettert er von mir herunter und ich springe von der Liege.

»Hey, Eva, ganz herzlichen Glückwunsch zum Fünfzigsten!« Rebecca spendiert mir eine schiefe Umarmung, damit die kleine Lena auf ihrem Arm nicht aus der Balance gerät.

»Danke dir.« Wie das eben so ist, wenn ein Baby in der Nähe ist, wandert meine Aufmerksamkeit zu der Kleinen, die aufgeregt mit dem Körper auf und ab hüpft. Mit einem fröhlichen Glucksen und einem breit grinsenden Mund, in dem ein Daumen steckt, begrüßt sie mich.

»Na, du Mäuschen, geht's dir gut?«, strahle ich ihr entgegen, während ich mit albernen Lauten, von denen ich nie gedacht hätte, dass ich sie jemals von mir geben würde, ihren winzigen Bauch kitzle, was mit einem noch heftigeren Glucksen belohnt wird.

»Schön, dass ihr da seid«, begrüße ich meine ersten Geburtstagsgäste.

»Ja, wir freuen uns auch. Torben kommt gleich. Er lädt gerade die Kindersachen aus. Nur ein paar Stunden außer Haus sind vom Packaufwand fast so schlimm wie eine mehrwöchige Reise.« Stöhnend schüttelt sie den Kopf, doch ich grinse einfach. Wenn ich mit den beiden Kleinen auf Achse bin, fühle ich mich ebenfalls regelrecht überfordert, angesichts all dessen, was ich nicht vergessen darf.

Als Torben endlich schwer beladen um die Ecke stapft, macht er einen leicht erschöpften Eindruck, der ein neuerliches Grinsen in mir heraufbeschwört. *Die zwei sind ein tolles Team*, denke ich, *die werden das Kind schaukeln*. Im allerwörtlichsten Sinne!

Klaus hat bereits seine Grillschürze umgebunden, die ich ihm letztes Jahr aus Jux und Tollerei habe anfertigen lassen. In der Mitte prangt ein riesiger grüner Frosch mit einem goldenen Krönchen darauf und drum herum steht der Text: *Ich bin ein Frosch, aber ich wurde geküsst*. Lässig schlendert er zu uns, begrüßt seine Familie, die jetzt irgendwie unsere ist, nimmt mich von hinten in den Arm und flüstert mir ins Ohr: »Na, du Kobold, wie geht's dir so mit fünfzig?«

Laut lache ich auf. »Scherzkeks. Daran solltest du dich noch erinnern. Ist ja nicht so lange her bei dir.«

Er drückt mir einen dicken Kuss auf die Wange und begibt sich zum Grill, um seinen Gastgeberaufgaben nachzukommen.

Nur wenig später ertönen schon wieder Autotüren und das nächste Grüppchen gesellt sich zu uns. Benjamin und seine Freundin Lara tragen einen Kindersitz zwischen sich, in dem die kleine Pia friedlich schläft. Sie ist mit ihren drei Monaten der jüngste Familienzuwachs.

Und auf einmal geht es Schlag auf Schlag. Immer mehr Menschen treffen in Klaus' Garten ein. Seine Bandkollegen, die mir inzwischen so vertraut sind wie jahrzehntelange Freunde, sind mit von der Partie und gratulieren mir zu meinem besonderen Tag. Außerdem begrüße ich freudestrahlend Laura, Mark, Tammy und Jonas, die mir mit herzlichen Umarmungen alles Gute wünschen. Sogar meine Studienfreundin Melanie ist mit ihrem Mann Karsten aus Heidelberg angereist.

Auch Lydia mischt sich unter die Gratulanten. Trotz unseres schwierigen Starts sind wir echte Freundinnen geworden. Seit Klaus und sie Geschäftspartner sind und ihr Leben wieder einem beruflichen Sinn folgt, hat sie sämtliche Flirt- und Eroberungsversuche dauerhaft eingestellt. Ich trage ihr die Sache nicht mehr nach, denn mir ist längst klar, wie verzweifelt sie damals war.

Als die letzten Gäste des Tages eintreffen, wandert ein frohes Lächeln über mein Gesicht. Anne und Georg komplettieren die Runde. Für Georg gilt dasselbe wie für Lydia – wir sind Freunde geworden, ohne dass das von Anzüglichkeiten oder Flirtereien überlagert wäre. Mit Anne bin ich ohnehin schon ewig richtig dicke. Und es war die größte Freude für mich, als Georg und sie sich nach zweijähriger Bekanntschaft endlich getraut haben, mehr aus ihrer Geschäftsbeziehung zu machen. Nun sind sie seit einem Jahr ein Paar und ich höre bereits leise die Hochzeitsglocken läuten.

Was Klaus und mich angeht, haben wir bislang keine diesbezüglichen Pläne. Vielleicht heiraten wir eines Tages noch, vielleicht auch nicht. Wir sind überglücklich mit der aktuellen Situation. Die Nähe, die von der ersten Begegnung an zwischen uns spürbar war, hat sich ausgeweitet und unser Miteinander geflutet. Sie beschert uns einen wundervollen harmonischen Alltag, in dem all die Liebe ihren Platz findet, die ich jahrzehntelang unterdrückt hatte. Ob es da überhaupt einen Trauschein braucht, wissen wir nicht.

Jeder von uns hat sein Zuhause behalten, und wir betreiben sozusagen »Home Hopping«. Mal sind wir bei ihm, mal bei mir, und ab und zu gönnen wir uns ein paar Stunden für uns allein. Wenn ich einen besonders langen Tag hatte, die Abrechnung wartet oder ich einen lustigen Mädelsabend verbringe, übernachte ich in meiner Wohnung in der Stadt. Genauso, wenn Klaus nach einem vorbereitungsintensiven Konzert oder vor einem knappen Buch-Abgabetermin Ruhe möchte. Dieses Arrangement funktioniert hervorragend und tut unserer Liebe keinen Abbruch, ganz im Gegenteil!

Als wir geraume Zeit später um eine riesige Tafel sitzen, lasse ich glücklich meine Augen über die Runde kreisen. Ich, die nie geheiratet und die nie Kinder bekommen hat, bin auf einmal Lebenspartnerin, zumindest Zweitmutter, gleichberechtigte Mit-Erstoma, Schwester und Freundin von einer wachsenden Zahl großartiger Menschen. Kurz stutze ich, weil mir die Worte, die ich denke, merkwürdig vertraut vorkommen. Mein Blick fällt auf Tammy und ein breites Lächeln erhellt mein Gesicht, das sie mit einer fragenden Miene auffängt. Sie, die Extrem-Romantikerin, hat mich mehrfach dazu gebracht, Filme zu schauen, die ich mir niemals freiwillig angesehen hätte. »Während du schliefst« ist einer dieser Filme, und wenn meine Erinnerung mich nicht vollkommen trügt, fielen dort ganz ähnliche Formulierungen, als Sandra Bullock alias Lucy den »falschen« Bräutigam vorm Altar stehen ließ.

Das, was mir das Leben an zauberhaften Menschen geschenkt hat, ist ein weiteres Mosaiksteinchen, das alles, was ich heute mit Klaus erleben darf, perfekt ergänzt. Ein hart erarbeitetes und zugleich spät gewonnenes Glück.

Nein, ich habe keine Ahnung, was die Zukunft für mich bereithält. Ob wir fünfzig Jahre miteinander verbringen dürfen oder nur zwei. Ich habe gelernt, dass es nichts bringt, gegen den Verlauf des Lebens aufbegehren zu wollen, das entweder seinen beliebigen Launen folgt oder einem tieferen, verborgenen Plan. Wer von uns weiß das schon? Aber eines weiß ich ganz sicher: Was auch immer geschehen wird, nichts und niemand kann mir die gemeinsame kostbare Zeit mit Klaus nehmen. Die Momente der Zärtlichkeit, der Verbundenheit, der grenzenlosen Liebe – all das wird auf ewig mein Herz erfüllen.

Zum ersten Mal seit dreißig Jahren fühle ich mich jemandem zugehörig. Selbst die beiden Menschen, die jetzt nicht mit mir am Tisch sitzen, sind dabei – in meinem Herzen und in meiner Erinnerung, die mehr und mehr das Traurig-Schwere verloren hat und zunehmend heiter und fröhlich wurde.

Mein Blick wandert zu meinen Füßen. Ich wackle mit den Zehen und betrachte die Schuhe. Es sind dieselben wie vor drei Jahren, doch sie tragen sich komplett anders. Es sind meine Schuhe, in denen ich heute durchs Leben spaziere. Sie sind weder zu klein, noch zu groß oder in irgendeiner Weise fremd. Es sind einfach meine!

* HAPPY END *

Viel zu danken! Und eine kurze Anekdote …

Nach über einem Jahr schriftstellerischer Tätigkeit ist es mal wieder an der Zeit für ein Dankeschön an meinen Mann Heiko. Ohne Dich wäre ich nie zu einem Menschen geworden, der sich etwas traut, statt sich ängstlich zu verstecken! Zum Beispiel, den Schritt in die Sichtbarkeit und damit in die Öffentlichkeit zu gehen. Die Bereitschaft, sich bewerten zu lassen, selbst wenn es manchmal wehtut. Die kräftezehrende Überwindung, sich in nüchternen Unternehmen als Autorin von Liebesromanen zu »outen« – im Vertrauen, dadurch nicht an wahrgenommener fachlicher Kompetenz zu verlieren. In einigen Fällen hat das geklappt, in anderen nicht. Umso wunderbarer, dass ich heute dazu sagen kann: Egal!

So vielen Menschen, die mich auf meiner Reise zur Schriftstellerin begleitet haben und das auch immer noch tun, habe ich bereits meinen Dank ausgedrückt. Trotzdem gibt es welche, die bislang unerwähnt geblieben sind oder die nicht genug gewürdigt wurden.

Friederike und Kathrin, Euch Super-Coaching-Mums, verdanke ich den ersten Impuls, aus Cora Fink (dem Pseudonym, hinter dem ich mich eigentlich zu verstecken gedachte) einen selbstbewussten Auftritt unter meinem echten Namen zu machen.

Constanze, meine Heldin aus der Welt der Sprecherinnen: Hättest Du mich nicht in Eigeninitiative mit einer Mail voller Würze und Unwiderstehlichkeit angeschrieben, hätte ich niemals erfahren, wie leicht es ist, aus meinen Romanen Hörbücher entstehen zu lassen. Und nicht nur das: Dass Du die Texte mit den Emotionen zu sprechen vermagst, die mich beim Schreiben erfüllt haben, ist ein großartiges Geschenk.

Und weil Constanze so ein schöner Name ist: Liebe Cover-Constanze, dass Du es immer wieder aufs Neue schaffst, für meine Romane die perfekte äußere Hülle zu komponieren, ist einfach wundervoll. An dem atemberaubenden Erfolg meiner Bücher, allen voran »Hitzewallungen im Kühlschrank«, hast Du einen riesigen Anteil. Dafür kann ich Dir überhaupt nicht genug meine Dankbarkeit ausdrücken!

Natürlich danke ich auch dieses Mal mit besonders prall gefülltem Herzen Euch allen, liebe Leserinnen und Leser, dass Ihr mir die Treue haltet. Und eines gebe ich zu: Es erfüllt mich mit einer speziellen Freude, dass »Leserinnen und Leser« nicht nur eine leblose Floskel ist, sondern dass es tatsächlich (männliche) Leser gibt. Ronald (der erste mutige Mann, der Rezensionen zu zweien meiner Bücher verfasst hat): Ich kann Dir gar nicht sagen, wie viel Vergnügen mir Deine männliche Sicht der Dinge bereitet und wie es mich freut, zu hören, dass meine Worte »sogar« ein Männerherz erwärmen. Stellt Euch hier bitte ein Augenzwinkern vor, denn ich gehöre definitiv zu den Frauen, die felsenfest daran glauben, dass in ein Männerherz reichlich Liebe passt.

Danke an Euch alle, die Ihr mich über Facebook, Instagram oder meine Webseite kontaktiert habt. Und das ultimative Riesen-Danke an diejenigen, die wertschätzende und konstruktive Rezensionen geschrieben haben und mir damit einen Teil ihrer Zeit geschenkt haben! Danke auch für Eure bewegenden Geschichten, die Ihr mir auf unterschiedlichen Wegen anvertraut habt. Zum Beispiel die Leserin aus Istanbul, die sich durch meine Bücher an die Orte ihrer Kindheit in Reutlingen und Tübingen mitgenommen fühlt und in Erinnerungen schwelgt. Oder die Dame, die nach 56-jähriger Ehe plötzlich Witwe ist und durch einen meiner Romane ein paar Stunden Ablenkung und Trost gefunden hat. Offenbarungen wie diese sind es, die mich mit einer tiefen Demut erfüllen und die mein Herz berühren wie nichts sonst. Endlos großen Dank, dass Ihr mich daran teilhaben lasst und mir diese riesige Ehre erweist!

Nach diesen emotionalen Worten, die mich selbst durch rütteln, nun noch ein kleines, heiteres Schmankerl zum Schluss. Die namenlose Düsseldorferin musste ich unbedingt in die Geschichte einbauen, weil sie hier so perfek reinpasste. Das Ganze beruht auf einer wahren Begebenheit.

Doch vorneweg: Liebe Düsseldorferinnen un Düsseldorfer, ich komme aus Schwaben und muss z meiner Schande gestehen, dass ich nicht mal schwäbisc schwätza ko (reden kann, soll das heißen). Wie um alles in der Welt soll ich dann Düsseldorfer Platt beherrschen? Ich habe mir wirklich viel Mühe gegeben. Die wenigen Sätze auf Düsseldorfer Platt haben mich mehr Zeit gekostet als ziemlich viele Buchseiten. Ich habe in einem Mundart-Wörterbuch nachgeschlagen und außerdem über Düsseldorfer Redewendungen recherchiert. Wenn es dennoch ganz fürchterlich falsch sein sollte, was ich geschrieben habe, seht es mir bitte nach und seid großzügig mit mir! Ihr habt einen zauberhaften, charmanten, temperamentvollen Dialekt, den ich auf jeden Fall ehren wollte – so gut es mir eben möglich ist.

Aber nun zur Hintergrundgeschichte für die liebenswerte Düsseldorferin: Es ist etliche Jahre her, dass ich mit meiner Familie in der Türkei Urlaub gemacht habe. Ich tippe aufs Jahr 2000. Wir waren in einem Hotel zu Gast, in dem man herrlich im Freien essen konnte. Am ersten Abend schweifte mein Blick zum Nachbartisch. Ich sah weg und gleich wieder hin. Diesen Mann kannte ich doch! Natürlich war ich mir nicht sicher, schaute mehrfach verstohlen in seine Richtung, beobachtete ihn am Buffet, und irgendwann hatte ich Gewissheit: Er war ein Schauspieler aus der Fernsehserie »Hotel Paradies«.

Wie das eben so ist bei einem vierzehntägigen Urlaub – man läuft sich wiederholt über den Weg. Nicht nur er und ich, sondern auch besagte Düsseldorferin, die genau wie hier in der Geschichte verzweifelt rätselte, woher sie sich wohl kennen könnten. Er ließ das Ganze mit stoischer und leicht amüsierter Gelassenheit über sich ergehen und beantwortete die gebotenen Möglichkeiten mit »da war ich noch nicht« oder »könnte sein«.

Ich gebe gerne zu, dass mir diese Sache ein diebisches Vergnügen bereitet hat – als hätte ich einen Ehrenplatz in einem besonderen Bühnenstück. Doch ich glaube, es hat mir nicht mal halb so viel Spaß gemacht wie seiner Partnerin, die nach jedem neuen Rateversuch nur schwer ein Lachen unterdrücken konnte.

Übrigens: Soweit ich es mitbekommen habe, wurde das Rätsel nicht gelöst. Irgendwann waren Schauspieler und Düsseldorferin abgereist. Möglicherweise rätselt sie auch heute noch, sofern sie ein hohes Alter erreicht hat. Oder vielleicht liest sie gerade dieses Buch, und es fällt ihr wie Schuppen von den Augen. Wer weiß? Jedenfalls war es eine erstklassige Geschichte, wie sie lediglich eine, einer, eines schreiben kann: das Leben!

Newsletter-Anmeldung & mehr

Zum guten Schluss präsentiere ich Euch mein persönliches Siegertreppchen zum Thema Autoren-Glück:

Platz 1: Ihr mögt meine Bücher derart, dass Ihr nichts verpassen möchtet und Euch deshalb für den Newsletter anmeldet. (Dort findet Ihr exklusive Einblicke in den Autorenalltag, frühzeitige Informationen über Neuigkeiten, Lesetipps oder bei Neuveröffentlichungen auch Buchverlosungen.)

https://www.sinnfee.de/newsletteranmeldung.html

Platz 1: Ihr schreibt eine wohlwollende (oder gar begeisterte) Rezension auf Amazon und verleiht ihr im Idealfall die dazu passende Sternezahl. Eine warmherzige Rezension, die versehentlich mit nur einem Stern versehen wurde, freut mich zwar trotzdem, ist aber leider ungünstig für den Bewertungsdurchschnitt.

Platz 3: Ihr schreibt eigentlich prinzipiell keine Rezensionen (was meint Ihr, wie oft ich das höre?), findet jedoch, dass die Autorin es durchaus verdient hat, einen euphorischen Klick auf die Sterne am Ende des eBooks platziert zu bekommen.

Ihr seht, mein Ranking kennt zwei erste Plätze und da halte ich es mit den Olympioniken: Es gibt nichts Schöneres als Doppel-Gold. Doch natürlich freue ich mich auch über Bronze ganz außerordentlich.

Herzlichen Dank für jeden einzelnen Platz auf dem Glücks-Siegertreppchen, den Ihr mir schenkt!

Printed by Amazon Italia Logistica S.r.l.
Torrazza Piemonte (TO), Italy

34552114R00207